얼룩덜룩해도 아름다워

얼룩덜룩해도 아름다워

릭 브래그 지음
황유원 옮김

떠돌이 개 스펙과 함께하는,
유쾌하고 시끄럽고 가슴 아린 날들

아카넷

샘에게

개가 완벽하기를 바랄 사람이 누가 있겠나?

— 윌리 모리스

차례

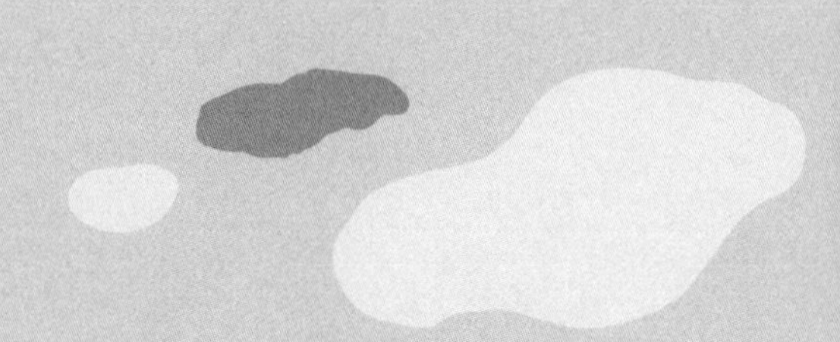

서문

크게 죄책감을 느끼며 한쪽 눈을 반짝이는

400미터에 이르는 구불구불한 진입로는 소나무가 뒤얽힌 산과 목초지를 통과하는 어둑한 초록빛 터널로, 맑고 무더운 날이면 햇빛으로 시야가 어룽거린다. 번쩍이는 빛깔의 큰어치와 노랑턱멧새, 녹이 슨 가시철조망 사이를 누비는 흐릿한 에메랄드빛 벌새, 그리고 100년 전에 이 산에서 베인 삼나무 그루터기에 내려앉는 흉내지빠귀. 흰꼬리사슴과 야생 칠면조들은 존슨그래스의 길고 날카로운 잎 위로 잠망경처럼 주변을 살피고, 흙이 붉은 이곳에서는 보기 힘든 백로들은 평평한 수면의 갈색 연못에서 한쪽 다리로 우뚝 서 있다. 이 모든 풍경은 왠지 한 폭의 그림 같다. 마치 누군가가 어느 여유로운 날에 편안한 마음으로 떠올려 허공에 걸어놓기라도 한 것처럼. 그때 **녀석이** 요란스레 뛰어들어 온갖 소란을 피워 댄다.

눈이 반쯤 멀어 가는 개가 혀를 내민 채 전속력으로 달려와 진입로의 중간 지점에 이른 내 트럭을 가로막으면 동물들은 대지의 구석구석으로 흩어진다. 녀석은 울부짖고 몸을 뒤틀며 뛰어오다가 저만 아는 위치에서 딱 멈춘다. 그곳은 보통 불개미 집 한복판이거나 진흙 구렁인데, 늘 큰길로부터 안전할 만큼 떨어진 곳이다. 마치 녀석이 큰길에서 맞닥뜨린 모든 비열함과 고통을 기억이라도 하는 것처럼, 이 산이야말로 제 안식처이자 최후의 보루임을 알기라도 하는 것처럼. **너무 멀리 달려가면 이 세상에서 추락할 거야**. 밥그릇 안에서 잠이 들고, 배를 문질러 주면 중풍에 걸린 것처럼 부들부들 떨고, 다루기 힘든 주머니쥐를 만날 때마다 종말의 징후를 느끼는 것처럼 행동하는 개에게 감정이입을 하는 것은 지나친 일임을 나도 안다. 하지만 한번 버려진 적이 있는 개보다 자기 집을 더 잘 아는 개는 없으리라.

하지만 녀석이 이해하는 것은 이게 거의 전부다. 녀석은 매일 눈을 뜰 때마다 1톤짜리 트럭과 장난을 치면 안 된다는 사실을 잊는 듯하다. 회전하는 트럭 바퀴를 물려 달려들고, 커다랗고 활기찬 암소인 양 트럭을 진입로 위로 몰고 가려 한다. “녀석이 알아서 비킬 거예요.” 사람들은 이렇게 말한다. 길에 있는 것이 자기 개가 아닐 때는 다들 전문가시니까. 하지만 나는 녀석의 어느 쪽 눈이 안 좋은지를 항상 헷갈려서 브레이크를 세게 밟고 핸들을 꺾어 대다가 마침내 휘청거리고 악담을 퍼부으며 언덕 꼭대기의 오두막집에 도착한다. 내가 차문을 활짝 열면 젖은 털에 판단력이 떨어지는 35킬로그램의 개가 나를 보고는 매번 놀라고 몹시 기뻐하며 달려든다. 나는 “당장 **내려가!**” 하고 외치지만 너무 늦었다. 트럭의 운전석은 흙이며 진흙, 물어뜯는 개미들로 뒤덮인다. 녀석이 나를 확인하기 위해 얼굴 바로 앞까지 오느라 몸부림쳐야 하기 때문이다. 차에 탄 사람은 내가 아니라 막대기를 들고 다녀야 한다는 것을 알게 된 UPS[1]나 체로키 전기 회사의 직원일 수도 있었다.

그러던 녀석은 으르렁거리며 가축을 괴롭히러 가고 태연히 난동을 피운다. 태생적으로 목양견, 즉 오스트레일리언 셰퍼드의 잡종인 녀석은 목초지로 돌진해서 작은 가축 떼를 우르르 달아나게 만든다. 녀석은 쿵쿵거리는 발굽을 간신히 피하지만 늘 끝없이 빙빙 도는 무리 안에 갇혀 나오지를 못한다. 주차장에서 차를 빠른 속도로 빙빙 돌리는 술 취한 10대 아이처럼 말이다. 나는 휘청거리면서 녀석을 따

1 미국에 본사를 둔 세계적 물류 운송업체.

라가 소리를 지르며 위협하고, 그러면 녀석은 쪼그리고 앉아서 앞발로 두 눈을 가린다. 예전에는 녀석이 부끄러워서 그러는 줄 알았는데, 이제는 녀석이 이렇게 하면 자기가 보이지 않게 되는 줄 안다는 생각이 든다.

최근 일주일 간 여행을 다녀왔더니 진입로는 평화로이 텅 비어 있고 그 망나니 녀석은 어디에도 보이질 않았다. 녀석이 나를 마중하러 달려 나오지 않으면 늘 살짝 불안해진다. 녀석은 내가 알았던 그 어떤 동물 못지않게 위험천만한 삶을 살아왔다. 나의 형 샘은 헛간에서 낡은 얀마 트랙터를 망치로 두들기고 있었다. 트랙터가 또 과열돼서 살짝 데는 바람에 형은 고약하고 무뚝뚝해져 있었는데 아니다, 형의 성격이 원래 대체로 그렇긴 했다. 형이 트랙터를 고치고 있던 건지, 아니면 트랙터에 앙갚음을 하고 있던 건지 모르겠다.

"내 개 봤어?" 내가 물었다.

"녀석은 감금 중이야……" 형이 말했다.

이런!

"……이번에도."

녀석은 이곳에 와서 처음 한 달을 보내는 동안 스물아홉 번이나 감금됐다. 그로부터 거의 2년이 지났음에도 녀석에게 얌전히 굴라고 말하는 것은 오늘이 화요일이라고 말해 주는 것이나 다름없는 일이었다.

“이번에는 또 무슨 짓을 저지른 거지?” 내가 물었다.

“노새를 몰았어.” 형이 대답했다.

나는 형에게 개가 노새 한 마리를 몬 것이 그렇게 나쁜 일은 아니지 않느냐고 말했다.

“노새를 몰았어. 당나귀들도 몰았지. 녀석들이 반쯤 죽을 때까지 몰았어. 녀석들의 다리를 물면서 목초지를 계속 빙빙 돌게 만들었고…… 녀석들이 콧김을 내뿜으며 날뛰고 외치면서 자기를 발로 걷어차 죽이려 할 때까지 몰았어. 대체 녀석들을 어디로 몰고 가려 한 건지 모르겠어. 아마 자기도 몰랐을 거야.”

이런!

“또?” 나는 물었다. 이런 경우에는 늘 또 다른 일이 있었기 때문이다.

“죽은 지 한참 지난 사슴의 일부를 집으로 끌고 왔어…… 그렇게 고약한 냄새는 난생처음이었지…… 저쪽 부엌 창가에 누워서 다리뼈를 물어뜯더라…… 지금도 냄새가 날 거야.”

언덕을 오르는 낡고 삐걱거리는 기차처럼, 형은 잠시 말을 멈추고 멸시감을 가라앉혔다.

“엄마의 강아지한테도 싸움을 걸었어. 공을 훔쳐 달아나서는 땅에 묻어 버리고…… 먹이를 먹지 못하게 훼방을 놓고…… 강아지의 밥그릇에 누워서 으르렁거리는 거야."

이런!

이런!

이런!

형은 차고 바닥의 가운데에 고여 있는 물웅덩이를 가리켰다. "트랙터에 오줌을 쌌어. 내 트럭에도 오줌을 쌌고. 엄마의 꽃에도 오줌을 쌌고……." 백일홍은 독에 오염된 것처럼 보였다.

"결국 엄마가 나더러 녀석을 가두어 버리라고 했어."

형은 망치를 내려놓더니 스패너를 들었다. 형은 올가미를 조이기라도 하듯 엄한 표정으로 녹슨 볼트를 조이다가 무언가 빠뜨렸다는 것을 알아차렸다. "엄마가 꺼내 놓은 고양이 먹이도 다 먹어 버렸어…… 고양이들은 사방으로 날뛰었고."

소리 내어 웃는 나를 형이 째려봤다. 형은 잘 먹어서 쥐를 잡지 못하는, 한마디로 실용적이지 않은 고양이를 좋아하지도 않는다. 그런데도 어떻게 형이 내 개는 질색하면서 고양이 편을 들 수 있는지 나는 모르겠다.

지린내가 나는 커다란 웅덩이 주변에서 중얼거리며 형은 다시 트랙터를 괴롭히기 시작했다. 나는 중간중간 들리는 몇 마디밖에 알아듣지 못했지만, 요지는 내가 그 개를 애초에 여기 발붙이게 하지 말았어야 했다는 것, 한 줌의 돌로 녀석을 미련 없이 쫓아 버렸어야 했다는 것이리라. 가련한 떠돌이 개를 구하더라도 온순한 녀석으로 구할 수 있는 것 아니냐고? 하지만 너무 오랫동안 야생에서 지낸 이런 개는 오직 비탄만을 가져올 뿐이다. 형이 '비탄'이라는 말을 내뱉진 않았지만 형의 말뜻은 바로 그것이었다. 때로 내 개가 형에게 너무 가까이 다가가면 형은 녀석의 머리에 침을 뱉었다.

샘은 순종적이고 진지한 개들만 데리고 있었다. 그의 마음속에 밥값을 못 하거나 명령을 따르지 않는 개를 위한 자리는 없었다. 형의 어린 시절에는 최고의 개들조차 말뚝에 연결된 쇠사슬에 묶여 살고 뒤집힌 휠 캡에 담긴 먹이를 먹었다. 형은 녀석들이 옴이 오르면 연소된 엔진오일을 먹였고 상처가 나면 등유로 치료했다. 녀석들 또한 귀가 없고 이빨이 없고 씹히고 꿰매어지고 총성을 두려워하는 버려진 개들이었지만, 형이 명령하지 않아도 스스로 트럭의 개집에 들어갔고 수 킬로미터에 이르는 산길을 따라 냄새를 추적했으며 발로 차서 쫓아낼 때까지 나무 위에 머물렀다. 형의 개들은 강도 헤엄쳐 건널 것이었다. 그저 형이 휘파람만 분다면. "네 개는 훈련을 받아야 해. 복종을 배워야 한다고." 내 개와 관련된 모든 문제는 내 잘못이라고 형은 분명한 어조로 말했다. 나는 개를 훈련하려고 몇 달간, 몇 년간 애썼지만 비참하게 실패하고 말았다. 녀석에게 어떤 종류의 명령을 내리는 것은 아무 성과도 기대해서는 안 되는 멍청한 짓이었다. 차라리 녀석에게 「하이어워사의 노래The Song of Hiawatha」[2]를 읽어 주거나 〈온 위스콘신On Wisconsin〉[3]을 불러 주는 것이 나았다. 나는 녀석을 수의사에게 데려갈 때마다 비료 포대처럼 트럭 안으로 끌어 올리거나 편육으로 유인해야 했다.

반려견과 독일어로 던진 물건 되물어 오기 놀이를 하고 반려견에게 몸에 좋고 맛없는 음식만 먹이는 고상한 견주들은 내게 조언했다. 녀석에게 깊고 강한 목소리로 말해서 내가 우두머리 수컷임을 보여 주어야 한다고. 만일 이것에 실패하면 둘둘 만 신문지로 녀석의 코를 호되게 때려야 한다고. 하지만 그들은 내 개를 만나 본 적이 없다. 녀석은 뜨거운 돌 위에 서 있기라도 하듯 집중력이 매우 떨어지고, 내가 신문지를 찾아서 둘둘 말았을 즈음이면 자신이 왜 벌을 받는지 기억조차 못 할 것이다. 그저 나만 어리둥절한 개를 월마트의 광고 전단으로 때리는 덩치 크고 비열한 주

2 미국의 시인 헨리 워즈워스 롱펠로의 서사시.

3 미국의 윈스콘신-매디슨 주립대학교의 풋볼 팀 '윈스콘신 배저스'의 응원가.

인이 될 뿐. "장작으로 때리면 되잖아"라던 형의 말은 농담이었으리라. 나는 거의 확신한다.

"아니면 말이야." 형이 말했다. "두께 2인치 폭 4인치의 짧은 막대기로 때리든가."

내 생각에는 우리에 가두는 것이 더 인간적이었다.

"안으로는 어떻게 유인한 거예요?" 내가 물었다.

칸막이 문 반대편에서 어머니의 목소리가 들려왔다.

"내가 마요네즈 샌드위치를 만들어 줬다." 어머니가 말했다. "그랬더니 바로 들어오더구나."

"달리 할 일이 없었나 보네요." 내가 말했다.

"녀석이 내 수염패랭이꽃에 오줌을 쌌어." 어머니의 목소리가 들려왔다.

"알아요." 내가 말했다. "죄송해요."

아무 대답이 없었다. 어머니는 벌써 다른 곳으로 가 버린 후였다. 개는 심지어 내가 칸막이 문에게 사과하도록 만든 셈이다.

결정타는 무덤 도굴이었다. 어머니와 형은 다른 일은 다 용서할 수 있었다고 말했다. 부주의한 배뇨조차도. 어쨌거나 녀석은 어린 수컷이었으니까. 하지만 만일 인근에 어떤 종류의 사체, 즉 부주의한 사슴 사냥꾼이 버려두고 갔거나 어떤 밀렵꾼이 급히 덮어 두고 간 사체가 있다면 녀석은 그것을 발견하고 파헤쳐서 이곳으로 끌고 와서는 내가 메스꺼워하며 치워 버릴 때까지 그것을 물어뜯을 것이다. 다행히 가장 가까운 인간의 묘지는 몇 킬로미터 떨어진 곳에 있었고, 따라서 녀석이 우리에게 가져오는 것은 어쨌거나 늘 다리 넷 달린 사체였다. 그럼에도 어느 날 저녁에 집으로 돌아와 녀석이 누군가의 소중한 고인인 러린 고모의 옷자락을 끌어당기는 모습을 보게 될지도 모르겠다는 생각을 완전히 떨칠 수는 없었다.

어쨌거나 나는 참고 들어줄 수 있는 설교를 전부 다 들었다. 우리가 어렸다면 형은 이런 개를 데려온 나를 이해했을 텐데, 이제 시무룩한 노인이 된 형은 영 이해하지 못하는 것 같다.

"녀석에 대해 한마디만 할게." 등은 뻣뻣하고 머리는 굳었음에도 사람 좋은 형이 말했다. "녀석은 두려움이 없어……." 그렇다, 녀석은 방울뱀을 만나도 물러서지 않을 것이다.

형은 낡은 트랙터를 마지막으로 한번 제대로 후려쳤다. 다음번에는 정신을 차려서 말을 더 잘 듣도록.

"그리고…… 생각도 없지."

나는 손전등을 챙겨 들고 둥그런 빛의 원을 따라 우리까지 걸어갔다. 무더운 날씨에 이곳을 걷고 있으면 남부의 우림 지역을 걷는 것 같았다. 살금살금 기는 덩굴식물과 덩굴옻나무와 검고 노란 줄무늬를 두른 커다란 거미들, 너무 무거워서 오직 신념의 힘만으로 공중에 매달려 있는 듯한 축 늘어진 은빛 거미줄. 적어도 100만 마리는 될 벌레와 개구리들의 웅얼거림과 울음소리가 어둠 속에서 노래처럼 들려왔고, 빛나는 반점 같은 반딧불이들이 키가 큰 풀 위를 낮게 날며 깜빡깜빡 점멸하는 밤이었다.

할머니는 그것이 비가 내릴 징조라고 말씀하셨다. 그리고 점멸하는 빛 속에서 크게 죄책감을 느끼며 한쪽 눈을 반짝이는 나의 개가 있었다.

녀석의 왼쪽 눈, 연한 갈색 눈동자는 정상적인 개의 눈이 그렇듯 빛을 반사했다. 하지만 녀석의 오른쪽 눈은 완전히 짙은 남빛이었다. 손전등으로 비추면 우물 아래를 비추듯 빛이 안으로 스며들어 사라져 버리는 듯했다. 녀석의 오른쪽 눈은 거의 보이질 않아서 오른쪽으로 너무 빨리 돌 때면 녀석은 울타리 기둥이나 나무나 움직이는 픽업트럭의 측면에 머리를 부딪히고는 했다. 녀석의 오른쪽 눈의 바로 위아래로는 펠트펜으로 그은 선보다 약간 가늘고 검은 상처가 발톱 자국처럼 나 있었다. 나는 녀석이 그 상처 때문에 버림받은 것인지, 아니면 정글에서 떠돌며 사투를 벌이다 그 상처를 얻은 것인지 궁금했다.

하지만 짝짝이 눈이 녀석의 얼굴을 망쳐 버린 것은 아니었다. 그저 녀석을 해적처럼 보이게 만들었을 뿐. 녀석의 털은 오스트레일리언 셰퍼드의 특징대로 몹시 얼룩덜룩했다. 파란색, 붉은색, 회색, 검은색, 갈색, 흰색이 뒤섞여 있었고, 구릿빛 반점이 녀석의 흰 얼굴과 발 여기저기에 주근깨처럼 흩어져 있었다. 어머니는 성경 구절을 빌려 그것을 녀석의 '채색옷'[4]이라고 불렀지만, 나는 어머니에게 녀석의 모습은 성경과는 아무 상관도 없는 것이 확실하다고 말했다. 그럼에도 녀석은 멀리서 보면 꽤나 고귀해 보였다. 가까이 다가가서 세상이 녀석에게 무슨 일을 저질렀으며 녀석이 최근에 어떤 끔찍한 일에 휘말렸다는 사실을 알아차리기 전까지는 말이다.

녀석은 문 쪽에 가만히 앉아 오솔길을 쳐다보고 있었다. 녀석은 낮 동안에는 멀쩡한 쪽 눈으로 잘 볼 수 있지만 황혼 녘에는 그러기가 힘들다. 녀석은 튀어 오르는 공을 붙잡거나 날아가는 새를 따라가지 못한다. 그러기에는 거리 감각이 너무 떨어지는데, 흐릿한 빛 속에서는 더욱더 그렇다. 청력 또한 불완전하다. 양쪽 귀는 지난번 심각한 개싸움으로 머리와 이어진 부분이 찢어졌지만, 기적적으로 '스낵'이

4 '채색옷'은 「창세기」 37장 3절에 나오는 표현으로, 야곱이 늘그막에 얻은 아들 요셉에게 지어 준 옷이다. 부유함과 특권을 상징하기도 한다.

나 '비스킷' 같은 단어는 늘 놓치는 법이 없다. 심지어 후각도 무딘 편이다. 급히 달려가느라 보지 못하면 '닭의 간 튀김'도 그냥 지나쳐 버린다. 하지만 현관의 종이 접시에 담아 주면 '닭의 간 튀김' 스무 개를 감자튀김과 약간의 롤빵과 함께 거뜬히 먹어 치운다.

녀석이 내가 어둠 속에서 다가오는 소리를 듣고 짖은 것은 딱 한 번뿐이었다. 무척 고통스러워하는 쉰 목소리였다. 녀석은 예전에 싸우다가 다쳐 목과 목구멍도 시원치 않았다. 갈비뼈와 한쪽 엉덩이와 척추에도 적어도 한 대 이상의 차에 치인 듯한 흔적이 있었다. 하지만 녀석은 병약하거나 망가진 개가 아니었다. 녀석은 튼튼하고 날쌨으며, 늘 굶주려 있었고 늘 먹을 것을 찾으러 다녔다. 오늘 녀석은 크게 꾸지람을 듣고 발길질을 당하고 영문을 모른 채 욕을 먹었지만, 그리고 그것은 고작 오후 나절에 일어난 일이었지만, 그래도 녀석은 부루퉁하지도 칭얼대지도 않았다. 녀석은 내가 올 것을 알았다. 나는 매일 밤 이 시간쯤이면 녀석을 구해 주러 왔으니까.

"안녕, 친구." 어둠 속에서 내가 말했다.

"안녕."

녀석은 구름처럼 높이 한 번, 두 번, 세 번 뛰어오르더니 쇠사슬을 향해 몸을 던졌고, 가련하고 초라하게 공중제비를 시도했다. 하지만 녀석은 몸을 옆으로밖에 돌리지 못했으니, 그것은 그냥 회전에 가까웠다고 말해야겠다. 그러고서 녀석은 쭈그리고 앉아 발로 흙을 두드리며 꼬리를 달걀 거품기처럼 흔들어 댔다. 나는 양손을 문틈으로 집어넣어 녀석의 짝짝이 귀를 잡아당겼다. "우리 착한 개가 어디 있지?" 내가 말했고, 녀석은 꼬리로 여기저기 두드리고 몸을 부들부들 떨며 **제가** 여기 있다고 답했다. 내가 걸쇠에 손을 가져가자 칸막이 문이 열리며 나를 비난하듯 끽끽거리는 소리가 들렸다.

"녀석을 꺼내 주면 안 돼." 어머니가 현관에서 외쳤다. 여든셋인 어머니는 그동안 결함이 있고 아무도 원하지 않는 개를 수십 마리나 구했지만 이런 바보는 겪어 본 적이 한 번도 없었다.

"알았어요." 나는 약속하며 망치를 내려치듯 문을 쾅 닫았다. 그저 살아 있다는 사실이 행복한 양 개가 나를 쳐다봤다. 그런 개가 우리에 갇혀 있는 것을 그냥 두고 볼 사람이 있을까?

녀석은 산탄총이 발사되듯 재빨리 그곳을 빠져나와 낙엽과 먼지로 소용돌이를 일으켰다. 녀석은 야단법석을 떨며 오두막 주위를 돌고 돌고 또 돌았고, 녀석이 한 번 돌 때마다 몹시 헐떡이는 소리가 들려왔다. 이번에도 고양이들이 모든 틈새에서 급히 빠져나왔고, 멀리 5킬로미터 떨어진 곳에 있는 개들까지 전부 요란하게 짖어 대기 시작했다. 녀석이 저렇게 달리다가는 정말로 죽을지도 모른다는 생각이 들었을 무렵이었다. 네 바퀴째가 되자 가까스로 정신을 차린 녀석이 비틀거리며 내 다리에 몸을 기댔다. 나는 낡은 접이식 의자에 앉아서 녀석의 머리를 쓰다듬어 주었다. 그것 말고는 달리 할 게 아무것도 없는, 앨라배마주 잭슨빌에서 맞이하는 평일 밤이었다. 그때 다시 문이 끽끽거리는 소리가 들려왔다.

"숨어." 나는 녀석에게 말했고, 녀석은 다시 나무 사이로 급히 달아났다.

"녀석을 꺼내 줬구나, 그렇지?" 부엌으로 들어가자 어머니와 형이 거의 이구동성으로 물었다. 나는 거짓말을 하기 시작했지만, 숨길 수 없는 증거가 칸막이 문 너머로 우리를 쳐다보고 있었다.

"숨으라고 했잖아." 내가 녀석에게 말했다.

녀석은 누가 자기를 만지고 싶어 할지도 모른다는 생각에 몸을 뒤집어 배를 드러냈다. 녀석의 혀는 머리 옆으로 축 늘어져 있었다. 그것은 녀석이 잘할 줄 아는 유일한 장난이었다. "앉아"나 "멈춰"는 아직 요원한 꿈이었다.

"혀 다시 집어넣어." 어머니가 명령했다.

아무 반응도 없었다.

"네 혀를 보고 싶어 하는 사람은 여기 아무도 없다니까." 어머니가 말했다.

아무 반응도 없었다.

녀석은 몸을 굴려 일어났다. 그러려고 애썼다. 현관의 모서리는 녀석이 못 보는 쪽에 있었고, 그래서 녀석은 비틀거리며 계단으로 가서 우아한 흔들 목마처럼 계단을 쿵쿵 걸어 내려갔다. 녀석은 마치 그게 다 연기의 일부였다는 것을 우리에게 보여 주기라도 하듯 스프링이 달린 것처럼 공중으로 뛰어올랐다. 그 모습을 보니 어렸을 때 행주를 잘라 만든 망토를 두르고 뛰어다니다가 풀린 신발 끈을 밟고 넘어져 얼굴을 바닥에 부딪히고서 곧장 일어나 "짜—**잔**!" 하고 외쳤던 기억이 떠올랐다.

나는 집 안에서 어머니와 형이 눈을 매섭게 굴리는 걸 무시하며 녀석에게 착하다고 말해 주고는 문을 닫았다. 녀석은 문이 다시 열리거나 누군가가 어떤 보상을 해 주지 않을까 싶은 마음에 문 앞에서 1, 2분 정도 기다렸다. 녀석이 이런 착각 속에 사는 것은 순전히 다 내 탓이다. 녀석은 제가 정말 착한 줄 아는데, 그것은 내가 녀석에게 그렇다고 수천 번이나 거짓말을 했기 때문이다. 녀석은 다른 말은 거의 알아듣지 못하고 심지어 "위쪽"이 어느 쪽인지도 모르면서 그 말을 들으면 거의 공중에 두둥실 떠오른다. 물론 그럴 때 녀석은 다람쥐나 스크램블드에그를 기대하고 있는지도 모르지만.

잠시 후 녀석은 몸을 돌려 빠른 걸음으로 나무 사이로 들어갔다. 녀석은 보통 정해진 장소, 즉 목초지 문 쪽에 있는 빽빽한 활엽수 잡목림에서 잠을 잤다. 애초에 한 번도 믿은 적이 없는 수탕나귀가 탈출하거나 반란을 일으킬 경우에 대비해서 말이다. 수탕나귀는 못 믿을 족속으로 유명하니까.

나는 녀석에게 더 나은 잠자리를 마련해 주려고 애를 썼다. 녀석을 차고나 현관에서 자게 만들려고 해 봤지만, 녀석은 거부했다. 녀석은 타협하는 개가 아니었다. 담요를 주면 녀석은 청미래덩굴과 악취를 풍기는 것들 사이로 끌고 다녔고 어느새 담요는 실오라기 하나 보이지 않았다.

녀석에게 150달러짜리 개 전용 침대를 사 준 적도 있다. 녀석은 내가 침대를 상자에서 꺼내기도 전에 미쳐 날뛰며 그것을 재빨리 물어가더니 아프리카악어처럼 기이하게 몸을 휙 돌렸다. 나는 여전히 다른 쪽 끝을 붙들고 있었다. 우리는 커버를 씌우지 않은 침대로 죽어라 줄다리기했다. 아마도 자존심 때문에. 그러는 동안 충전재는 눈처럼 휘날렸다. 녀석은 내가 침대를 머리에 씌워 주고 나서야 흥분을 가라앉혔다. 마치 불타는 헛간의 미친 말 같았다.

그날 밤, 녀석은 밤이면 보통 그랬던 것처럼 나무 사이에서 현실이나 상상 속에 존재하는 생명체들을 향해 미친 듯이 짖어 대며 나를 네다섯 번 깨웠다. 최근에는 새벽 세 시에 깨워 댔다. 결국 밖으로 나간 내가 현관 계단에 앉아서 녀석에게 제발 조용히 하라고 외쳐도 녀석은 더욱더 시끄럽게 짖어 댔다. 녀석은 어둠 속에서 뛰쳐나와 거의 나를 쓰러뜨릴 듯 안기면서 자신이 여전히 임무 수행 중이라는 사실을 알렸고, 다음번에는 어둠 속에서 뛰쳐나오는 것이 자신이 아니라 곰일 수도 있다는 사실도 알렸다.

어차피 나는 잠을 포기한 상태였다. 나는 비호지킨 림프종 혈액암을 앓고 있었다. 인간이 걸릴 수 있는 암 중 제법 괜찮은 암이라고들 말했다. 마치 그게 무슨 세탁기라도 된다는 것처럼 말이다. 어쨌든 나는 모든 것을 잃어버린 용감한 사람들 곁에 앉아서 수년간 치료받은 끝에 차도를 보이고 있었다. 내게는 좋은 의사들, 그리고 나와는 달리 발끈하지 않고 기도해 주는 사람들이 있었다. 하지만 항암 치료는 나를 멍청하게 만들었고, 장황하게 이어지는 고통—심부전과 신부전, 폐렴 등—은 나를 무너뜨렸다. 어느 밤, 나는 고통을 억누르며 차를 몰고 응급실로 갔다. 나는 대기실에서 살다시피 하며 바늘의 개수를 헤아렸고 2년 묵은 『필드 앤드 스트림Field & Streams』[5]을 읽었다. 나는 신장 결석을 돈처럼 모았고, 1973년에 먹은 아이스크림콘의 대가로 이틀에 한 번씩 몸에 직접 인슐린 주사를 쿡 찔러 넣었다. 그뿐 아니라 한쪽 귀의 오래된 신경 손상으로 인해 들리는 울부짖는 듯한 소리는 늦은 밤 나를 죽을 지경으로 만들었다. 의사들은 내가 우울해서 그런 거라고 말했고, 나는 속으로 '이런 망할, 나도 그렇다고 생각해' 하고 중얼거렸다. 하지만 우울증 약도 나를 멍청하게 만들기는 마찬가지였고, 그래서 나는 치료를 관두었다. 나는 타이프라이터의 키를 두드릴 때 무언가를 느껴야만 했다. 하지만 나는 '왜 하필이면 나지?' 하고 물은 적이 한 번도 없었다. 나는 그보다 더 힘든 시기에도 다른 사람들의 슬픔을 글로 쓰며 밥벌이를 했다. 이제 내 차례가 되었을 뿐이었다.

나는 나아졌지만 완쾌된 것은 아니었다. 내가 마지막으로 좋은 결정을 내린 게 언제인지, 혹은 내가 마지막으로 약속을 지킨 게 언제인지 기억나지 않는다. 솔직히 나는 내 삶을 이미 끝난 이야기로, 남은 것은 하워드 존슨 레스토랑에서의 칵테일 시간[6]처럼 그저 따분한 기다림일 뿐으로 여기고 있었다. 많은 사람이 그러하듯. 저명한 텍사스 작가

5 사냥, 낚시 등의 야외 활동을 다루는 미국 잡지.

6 보통 저녁 식사 전인 오후 5시에서 8시 정도 사이의 시간을 '칵테일 시간(cocktail hour)'이라고 한다.

래리 맥머트리는 이 같은 상태를 한 편의 시처럼 말했다. 그는 풍요롭고 맹렬한 삶을 살았지만 마음속으로 늘 굽이치는 공허감을 느끼는 젊은 개척자에 대해 이렇게 썼다. 어떤 사람은 그저 '우울의 강' 옆에서 태어난다. 그리고 그곳에서 평생을 산다. 젊은 시절에는 그 말이 낭만으로 들렸는데, 어느 날 깨어나 보니 그 말은 바위나 비처럼 현실이었다. '우울의 강' 옆에서라면 당신이 어떤 것에 마음을 쓰게 될지 아무도 모른다.

개는 내 옆의 계단에 앉아 있었다. 녀석은 썩은 고기 냄새를 희미하게 풍겼다.

"**착하지**."

녀석은 여전히 대체로 야외에서 생활하는 개다. 하지만 뇌우가 쏟아지거나 멀리서 산탄총 소리가 들리거나 그냥 외로워질 때면 녀석은 안으로 들어온다. 녀석은 안에 머문지 30분 정도가 지나면 서성거리며 조바심치기 시작한다. 녀석은 문 쪽으로 달려가 뒷발로 선 채 앞발을 유리에 올리고 반대편에서 벌어지는 커다란 모험을 응시한다. 멍청한 인간이 자신을 풀어 주기를 기다리며 소파나 카펫에서 몸을 웅크리고 있는 동안 자신이 무엇을 놓치고 있을지 생각한다. 보이지 않게 그의 산을 돌아다니고 있을 모든 어둡고 위험한 것들을 떠올린다. 만일 내가 너무 미적거리면 녀석은 고개를 돌려 정신없고 실망한 표정으로 나를 노려본다. **모르겠어? 밖에 뭐가 있는지 모르겠어? 도깨비가 있잖아! 도깨비가 수도 없이 많잖아!** 부엌문의 안쪽은 안달하는 녀석이 파놓은 깊은 홈과 긁힌 자국으로 가득하다. 예전에는 정말 멋진 문이었는데.

내가 이 글을 쓰는 지금 녀석은 집 안 내 발 아래에 있다. 왜냐하면 이곳이 녀석에게 가장 불편한 곳이기 때문이다. 녀석은 화장실 벽에서 끌어내린 타월을 앞발로 바닥에 고정한 후 갈가리 찢어 누더기로 만들고 있다. 나는 녀석에게 올이 다 드러난 낡은 타월을 장난감으로 줘 봤지만 녀석은 그것을 무시하고는 화장실로 빠르게 걸어가 벽에 걸려 있던 또 다른 타월을 끌어내렸다. 그러니까 훔친 게 더 값진 것이다. 훔치지 않은 타월은 전혀 흥미로울 게 없는 것이다. 잠시 후 내가 이루 말할 수 없는 꼴이 된 그 타월을 다시 벽에 걸면 녀석은 자신이 그것을 계속해서 훔치고 또 훔친다고 생각할 것이다. 이 수법은 때로는 먹히고 때로는 먹히지 않는다. 나는 자신의 쌍둥이 형제가 번쩍이는 휠 캡 안에 살면서 얼굴이 시뻘게질 만큼 흥분하며 짖어 댄다고 생각하는 동물과 끝없이 머리싸움을 벌이고 있다.

녀석은 가끔 일어나 기지개를 켜고 하품을 하고는 변기로 가서 물을 시끄럽고 어정쩡하게 마시기도 한다. 그냥 화장실 문을 닫아 두면 된다는 것을 알지만, 변기에 코를 박은 채 양쪽 귀 옆으로 떨어진 변기 시트에 갇힌 개를 보는 것은 너무나도 흐뭇한 일이다. 녀석은 그게 다 자기 잘못이라는 사실을 알지 못한 채 으르렁거리며 머리를 빼려 한다. 녀석은 자신이 이번에도 무서운 변기 괴물에게 공격당했다고 믿는다. 머리에 변기 시트를 후광처럼 두른 개를 어떻게 사랑하지 않을 수 있겠나?

나는 녀석이 으르렁거리고 몸부림치는 것을 보면서 어렸을 적에 따라다니곤 했던 나이 든 사람들을 떠올린다. 럭키 스트라이크를 연달아 피워 대고 내게 블랙 레이서,[7] 질 나쁜 위스키, 그리고 왜 침례교도가 빠르게 몰락했는지에 대해 가르쳐 준 타락한 성경 학자들, 대낮부터 술을 퍼마시던 술꾼들, 허들 하우스[8]의 철학자들을. 그들은 이따금 내게 개에 대한 이야기도 들려주었다. 그때의 나이 든 수다쟁이들은 대부분 세상을 떠나 이제는 불충분한 몇 마디 말이 새겨진 화강암 석판 아래 잠들어 있다. 그런데 누구도 과장

7 북미산 뱀.

8 24시간 운영하는 미국의 체인 레스토랑.

이나 수정, 거짓말이 허용되지 않는 끌 같은 것으로 이야기를 만들어서는 안 될 테고, 만일 그들이 살아 있다면 내 개에 대해 이야기할 수도 있었으리라.

이제 이 일은 오로지 나의 몫인 것 같다. 솔직히 말하자면 나는 늘 사연이 있는 개에 대한 글을 쓰고 싶었다. 영혼이 살아 있는 작가라면 누구나 그렇겠지만. 그렇지 않은 쪽은 아마 고양이를 좋아하는 부류이겠지.

처음에는 내 친구가 잭 런던의 『야성의 부름The Call of the Wild』이나 『화이트 팽White Fang』, 프레드 깁슨의 『올드 옐러Old Yeller』나 『세비지 샘savage sam』 같은 책에 등장하고 문학사에 길이 남을 영웅적인 개들과는 어울리지 않을지도 모른다는 걱정이 앞섰다. 그 개들은 얼음 언덕을 가르며 썰매를 끌고, 곰이나 산돼지나 무리에서 빠져나와 사냥하는 동물과 싸우고, 자신은 굶주리더라도 배고픈 인간을 먹여 살리기 위해 애쓴 개들이 아니던가. 내 개는 마지막 남은 식은 감자튀김을 두고 나와 사투를 벌일 녀석인데.

녀석은 심지어 착한 악당도 아니다. 문학 작품에 등장하는 나쁜 개들은 사랑스러운 악당이다. 이 녀석 같은 상습범이 아니라. 그 녀석들에게는 모자나 사슴뿔을 씌워 줄 수도 있고, 녀석들을 스바루에 태우고 드라이브를 할 수도 있다. 어린아이들은 조랑말을 타듯 녀석들을 탈 수 있고, 녀석들에게 차차차를 가르칠 수도 있다. 녀석들은 아기들을 사랑하고, 아기들은 녀석들이 핥아 주면 숨이 넘어갈 듯 킥킥거린다. 만일 내 개가 돌보는 사람이 없는 아기를 핥는 모습을 보게 된다면 내 심장은 그 자리에서 멈춰 버릴 것이다.

나는 녀석의 몸에 머리핀으로 1천 달러를 끼워 놓아도 녀석을 훔쳐 갈 사람이 없다는 것을 안다. 그렇지만 누가 얼마를 준다 해도 나는 녀석을 절대 팔지 않을 것이다. 어쨌든 이런 개는 돈을 주고도 살 수 없을 테니까. 만일 이런 개를 원한다면 이 비참하고 지긋지긋한 세상이 또다시 만들어낼 때까지 기다려야만 한다. 내 개가 그렇게 만들어졌듯이. 녀석은 던진 물건을 물어서 되돌아오거나 악수하지 않을 것이고 순순히 목욕하거나 약을 먹지도 않을 것이다. 그 약이 소시지 비스킷 안에 감춰져 있다고 해도 말이다. 대신 녀석은 또 하루를 살아가기 위해 땅다람쥐 구멍에서 뱀을 파내거나 연기 나는 폐허를 가로지르며 쓰레기 매립지에 사는 쥐를 쫓을 것이다. 만일 이런 개를 원한다면 유기견 보호센터에서 가장 비참한 잡종견을 입양하거나 쓰레기 더미 속에서 직접 찾아내야만 할 것이다.

한때는 녀석도 그냥 평범한 개였겠지만 그것은 단조로운 시작일 뿐이었다. 녀석은 하자가 생겼거나 귀찮은 존재가 되어서 길가에 버려졌다. 녀석은 떠돌이 개들과 어울렸고, 도랑과 쓰레기 폐기장과 펄프재를 쌓아 둔 황무지에서 저주받은 개들의 왕으로 1년 이상을 지냈다. 다른 개들이 달려들어 상처를 입히고 쫓아내기 전까지. 녀석은 떠돌면서 점점 허기지고 허약해졌고, 하루하루 조금씩 더 사그라들었을 게 분명한 생명을 부지하려 애썼다. 나는 어떤 마법 같은 일이 벌어졌다고 말하려는 것이 아니다. 다만 녀석이 그 모든 상처를 입고서야 이곳에 와서 수탕나귀들을 몰고 우리에서 공중제비를 돌고 있다고 말하려는 것뿐이다. 녀석은 너무나도 부주의해서 나는 숨을 죽인 채 녀석에게 덤으로 주어진 시간이 다하기를 기다리고, 그러면 녀석은 잘 보이는 쪽 눈에 의지해 블랙베리 덤불과 청미래덩굴과 가시철조망을 뚫고 돌진해온다. 글쎄, 어쩌면 녀석은 마침내 무사히 집으로 돌아왔다고 생각하는 것인지도 모른다.

우리는 이 개의 이야기를 무용담이라고 부를 수 있을지도 모른다. 개의 생애에서 무용담이란 별 대단한 것이 아니어도 상관없으니까.

가끔은 나도 훌륭한 개를 키우기를 바란다. 훌륭한 개와 일상을 함께한다면 정말 좋을 것 같다. 하지만 나는 공허한 마음을 물어뜯고 할퀴고 찢어 버리려면 나쁜 개가 필요하다고 믿는다. '우울의 강'을 내가 절벅절벅 걸어가야 하는 또 다른 진흙 구렁처럼 보이게 해 줄, 야비하고 더럽고 비열한 세상에서 살아남은 개가 필요하다. 녀석은 안 좋은 쪽 눈으로 당신을 바라볼 수 있고, 바닥 모를 고통이 담긴 그 눈으로 그처럼 보잘것없는 인간의 허약함을 부끄럽게 만들 수도 있다. 아, 나는 여전히 느낀다, 다른 많은 사람처럼, 밀려와서 나를 밀어젖히고 가는 그 감정을. 그리고 어쩌면 나는 언제까지고 그 감정을 느낄 것이다. 하지만 나는 녀석이 최선을 다하고 있고, 여전히 변기 시트에 갇혀 있는 동물에게 너무 많은 것을 바라지는 않는 편이 좋다고 믿는다. 시간이 조금 걸렸지만, 마침내 우리는 녀석에게 이름을 지어 주었다. 우리는 녀석을 간단히 '스펙Speck'이라 부르기로 했다. 물론 녀석이 그게 자기 이름인지 아는지, 혹은 우리가 절대 모를 녀석의 옛 이름이 녀석의 머릿속에서 깜빡이고 있는지 알 수 없지만. 하지만 이제 녀석은 차로에서 멀찍이 떨어져 있고, 형은 녀석의 머리에 침을 뱉지 않기로 나와 약속했다.

1장
내가 생각했던 개

2019년

대기실에서 고양이가 수상쩍어하면서도 동시에 거만한 눈빛으로 우리를 내려다봤다. 고양이란 녀석들은 원래 그런 식이다.

나는 걱정스러워하며 내 개와 함께 앉아 있었다. 그날 아침에 녀석은 몸을 떨 만큼 심하게 기침을 했고, 숨을 쉬면서는 캑캑 소리를 냈다. 나는 녀석을 거의 발로 차고 항의하다시피 하며 픽업트럭의 뒷자리에 밀어 넣고는 급히 동물병원으로 향했다.

나는 녀석이 차마 입에 담기도 힘든 무언가를 삼켰다고 생각했는데, 그것은 살아 있는 두꺼비에서 용접용 장갑에 이르기까지 무엇이든 될 수 있었다. 아니면 녀석은 그저 아프거나 중독된 것일 수도 있었다. 턱뼈를 씹는 장난감처럼 물고 돌아다니는 녀석이기에 무슨 끔찍한 병에 걸렸을지 알 도리가 없었다. 내가 녀석을 키운 지 약 2년이 되었을 무렵이었고, 녀석은 지금껏 내가 차마 입에 담을 수도 없는 것들을 삼켰다.

녀석이 다시 내 무릎에 딱 달라붙었다. 이는 내가 녀석의 주인이라는 뜻이 아니라 단지 녀석의 알리바이를 입증해 줄 사람, 공모자, 보석 보증인, 녀석의 앰뷸런스 운전사라는 뜻일 뿐이었다. 대다수의 사람은 자신의 개가 자신에게 그렇게 가까이 달라붙는다는 사실에 위안을 얻을 것이다. 내가 보기에 그들은 '연좌제'라는 말에 익숙하지 않은 사람들이다.

간호사가 녀석의 이름을 불렀고, 나는 녀석의 목줄을 끌고 검사실로 들어갔다. 가는 길에 녀석이 진열된 개 사료가 어머니의 칼라[9]라도 되는 양 그것에 오줌을 싸려 했지만, 내가 녀석을 휙 잡아당겼다. 우리가 지나가는 동안 녀석이 고양이에게 눈짓을 보냈다.

내가 돌아왔을 때 여기 없는 게 좋을 거야, 플러피.

나는 개에게 지나친 감정이입을 하고 싶진 않지만, 그리

9 천남성과의 여러해살이풀.

고 녀석을 대변하는 척하고 싶지도 않지만, 녀석이 온 지 2년쯤 지나고 나니 어떤 행동은 너무 쉽게 해석이 되었다.

실험실에서 녀석은 기침을 너무 심하게 해서 몸이 떨리는 듯했지만 개의치 않고 꼬리를 흔들어 댔다. 녀석은 훌륭하지는 않을지언정 강인하고, 이것은 녀석에게 그저 또 한 번의 다툼, 도랑에서 벌이는 또 한 번의 싸움에 불과했다.

수의사인 에릭 클랜턴 선생님은 녀석의 기침이 '심하다'고 했고, 녀석의 호흡기에 무언가가 걸려 있지는 않은지 확인하기 위해 엑스레이를 찍어 보기로 결정했다. 간호사는 녀석의 의식을 잃게 만들기 위해 주사를 놓았다. 누군가의 명령에 따라 얌전히 굴거나 가만히 있는 것은 녀석의 천성이 아니었기 때문이다. 녀석은 약효가 도는 동안 얼빠지고 당황한 듯한 모습으로 바닥에 누워 있었다.

"녀석을 데리고 있은 후로 이렇게 얌전히 구는 건 처음이네요." 나는 강한 척하려 애쓰며 간호사에게 말했지만, 녀석의 그런 모습을 보고 있자니 가슴이 미어졌다. 나는 손을 뻗어 녀석의 머리를 만져주었지만, 녀석은 이제 실신한 채 바닥에서 코를 훌쩍이며 침을 흘리고 있었다.

녀석은 내가 생각했던 개가 아니다.

나는 지극히 상식적인 의미에서 좋은 개를 생각하고 있었다.

◇ ◇ ◇

불과 몇 주 전에 나는 칼렙 카의 소설 『이탈리아인 비서관』을 펼쳐서 가슴에 올려놓은 채 안락의자에서 반쯤 잠들어 있었다. 텔레비전은 낮은 음량으로 켜져 있었다. 리타 헤이워드가 짝사랑에 대한 슬픈 노래를 부르며 맨발로 춤추고 있었다. 바깥에서는 개 짖는 소리가 들려왔는데, 그 소리는 움푹 꺼진 곳에서는 작아졌다가 산마루에서는 커졌다. 그날 밤에는 커다란 오렌지색 달이 떠서 거의 대낮처럼 환했던 기억이 난다. 그런 달이 뜨는 밤이면 개는 평소보다 더 엉뚱하게 굴었다.

나의 예순 번째 생일은 아주 조용히 지나갔지만, 나는 그 중대한 시점에 이르기 한참 전에 이미 늙고 지치고 쓸모없어진 기분을 느끼고 있었다. 한동안 나는 무너져 내렸다가 다시 일어나기를 반복했고, 피로하고 시무룩하고 혼란스러웠지만, 이곳 사람들이 자신의 노령 연금이라고 부르는 것을 받으려면 아직 5년이 남아 있었다. 모두 열한 명 혹은 열두 명에 이르는 나의 훌륭한 의사 선생님들은 내가 망가졌고 미숙하고 자기 파괴적이며, 어쩌면 불운하거나 부적응하고 있는지도 모르지만 당장 위태로운 수준은 아니라고 말했다. 나는 앞으로 남은 길을 절뚝이며 나아갈 것이었다.

건전한 생활과 우량 보험과 더불어. 하지만 나는 혼자 걸어가고 싶지는 않았다. 나는 여행의 이 구간을 늙고 느리고 여유로운 개와 함께하면 좋겠다고 생각했다.

나는 뚱뚱한 개, 침을 적당히만 흘리고 차 트렁크에 폭찹이 가득 차 있어도 쫓아가지 않는 온순하고 느릿느릿한 개를 그려 왔다. 내 상상 속에서 우리는 늘 추리닝이 어울리는 계절, 늘 딱 적당한 날씨에 언제나 살짝 내리막인 매끄러운 길을 발을 질질 끌며 나란히 걷고 있었다. 내 낡고 해진 버튼다운 셔츠의 가슴 주머니에는 늘 뜯지 않은 '쥬시 푸르트'[10] 한 통이 있었다. 그저 발길 닿는 대로 가다 보면 생각보다 더 멀리 가게 될 테니까. 내 상상 속에서 나는 부츠와 청바지를 푹신푹신한 정형외과용 신발과 헐렁한 코르덴 바지로 바꾸어 입은 상태였다. 나는 이것저것 신경 쓰기에는 너무 나이 들어 버린 때가 오면 늘 그런 옷을 구할 계획이었다. 이런 편안한 환상 속에서 내 주머니에는 늘 사과 한 개와 육포 한 봉지가 들어 있었다. 착한 개, 특히 뚱뚱한 개는 1킬로미터쯤 걸을 때마다 육포가 하나씩 필요할 것이었다. 그리고 나의 늙은 개와 나는 함께 발을 질질 끌며 석양 속으로 걸어갈 것이었다. 물론 중간중간 걸음을 멈추고 낮잠을 자기도 해야겠지만.

10 미국의 추잉 껌.

나는 우리가 개 덕분에 최선을 다하게 된다는 생각을 늘 마음에 들어 했고, 그런 생각을 늘 신뢰하고 싶어 했다. 때로 우울함이 찾아오면 나는 쓴 대마초를 피우며 살짝 몽상에 빠져 나 같은 사람이 맞이하게 될 훨씬 더 그럴듯한 말로를 본다. 내 눈에는 페인트칠이 안 된 현관에서 마구 성을 내며 이루지 못한 위대한 과거를 곱씹는 심술궂은 노인이 보인다. 내 귀에는 달리며 지나가는 사람들이 깩깩거리는 소리, 그리고 노인이 행인에게 꽥 소리를 지르며 허리만 제대로 펴지면 당장 현관 아래로 내려가 엉덩이를 확 걷어차 줄 거라고 외치는 소리가 들리는 듯하다.

하지만 늙고 느리고 여유로운 개가 바로 내 옆에 있는 모습은 왠지 머릿속에 그려지지 않는다. 그것은 대부분의 사람이 경험해 보지 못한 방식으로 나를 부끄럽게 만들 것이다.

어쩌면 우리는 심지어 발을 질질 끌며 어느 맑은 호수로 내려가 한없이 근사한 볼로냐 샌드위치와 얼음처럼 차가운 루트 비어를 옆에 둔 채 낚시를 하는 척할지도 모른다. 어쩌면 그런 게 천국이리라. 우리는 심지어 낚시에 미끼도 달지 않고 그저 긴장을 푼 채 하루를 즐길 것이다. 만일 어떤 기적이 일어나 고기를 잡게 된다면 우리는 그것을 그냥 다시 물속에 놓아줄 것이다. 그리고 만일 뱀을 본다면 우리는 그것을 그냥 내버려 둘 것이다.

그것은 늘 합리적인 생각, 꿈이 아니라 적당한 계획으로 보였다. 백 번째 생일에 상어와 함께 잠수하거나 고관절 대치술을 받은 후에 화산에 오르고 싶어 하는 사람에게는 이게 대단한 계획처럼 들리지 않을 것이다. 나는 그저 당시 나의 형편에 맞는, 내가 생각했던 개에 대해 말하고 있을 뿐이다.

바깥에서는 여전히 나의 흥분한 개가 나무 사이로 바람을 쫓는 소리가 들려왔다.

자정이 지났고, 그러고는 한 시, 두 시…… 그러다가 그냥 눈을 감아버렸던 것 같다.

멍! 멍! 멍! 으르르르르르…….

스펙.

이번에는 녀석의 어조가 달랐다. 다급하고 성난 어조였다. 말재주가 좋은 형은 그것을 '도깨비 울부짖음'이라고 부른다. 개가 단지 까다로운 미국너구리나 방황하는 사슴에 관심을 보일 때가 아니라 정말로 겁먹었을 때 내는 소리다. 어떤 개들은 이럴 때 그냥 무시해도 된다. 위협이 사라지거나 개가 건전지로 작동되는 장난감처럼 그냥 울음을 멈출 때까지 가만히 내버려두면 된다. 어떤 개들은 그래도 된다. 하지만 스펙은 정체 모를 무엇 때문에 비틀거리다 탈진한 적도 있는 개다. **코뿔소 같은 게 아니기만 해 봐라**. 신발을 신으며 나는 생각했다.

나는 녀석이 언덕 기슭에서 제자리 뛰기를 하며 내가 자신을 따라잡기를 기다리는 것을 보고 놀랐다. 그 모습에 나는 살짝 걱정이 되었다. 녀석은 내가 따라잡기를 기다린 적이 한 번도 없었다. 녀석은 현관 등 아래로 내가 보이자마자 다시 움직였는데, 평소에 어둠 속에서 노는 곳, 즉 오두막 주위로 편자 모양을 이루고 있는 나무들 속으로 달려가지 않고 대신 진입로를 곧장 내려가 최대한 빠른 속도로 차로로 향했다. 나는 차로 쪽에서 오두막집이 보이지 않게 가려 주는 급격히 굽은 길을 돌아 녀석을 따라갔다. 우편함에서 몇 미터 떨어진 진입로 쪽에서 새빨간 미등 하나가 눈에 들어왔다. 그 낡은 수입차는 후진해서 진입로에 들어와 엔진을 공회전시키고 있었다. 나는 우리 집 진입로에서 보풀로 덮인 실내화를 신은 채 총에 맞아 죽으면 얼마나 비참한 종말이 될지 생각하며 그 뒤에서 속도를 줄였다. 손전등을 가져왔어야 했지만, 그저 밖으로 나가 짖는 개를 욕해 주는데 손전등이 필요할 거라고는 생각하지 않았다. 나는 다음에 무엇을 해야 할지 몰라 걸음을 멈추었다. 병을 앓고 난 후 몇 년 동안 나를 엄습한 그 모든 지긋지긋한 일 가운데 최악은 가련하고 나약한 불확실성이었다.

예전 같으면 이 모든 것을 무해하게 여겼으리라. 때로 10대들이 어두운 진입로에 들어와 차를 세워 놓기도 했지만, 지금 이들은 사랑을 나누는 어린 연인들이나 대마초를 돌려 피우는 꼬마들이 아닌 듯했다. 필로폰은 이곳에서의 삶에 오점을 남겼고, 문을 잠그지 않았다는 말은 더 이상 누구도 하지 않았다. 나는 라이터의 불빛이 계속해서 솟구치는 것을 보았다. 그 낡은 차는 사람들의 무게로 가운데가 처져 있었다. 나는 목에 문신을 새긴 스킨헤드족을 상상했지만, 그들은 어쩌면 암웨이 판매원이나 여호와의 증인, 혹은 수녀들일 수도 있었다. 하지만 그들은 내 개를 건드리지 말았어야 했다.

녀석은 운전석 옆문 쪽에서 방방 뛰며 사납게 으르렁대고 있었고, 금이 간 차창 사이로 그들이 녀석을 비웃는 소리가 들려왔다. 스펙은 유리창에 입김이 서릴 만큼 가까이서 울부짖었다. 나는 부실한 자동식 차창이 신음하며 내려가는 소리를 들었고, 무엇인가가 밖으로 휙 던져지는 것을 보았다. 그러고는 깨갱거리는 소리와 분명 맥주병이 툭 떨어져 **데구루루** 구르는 소리가 들려왔다. 그것은 산산이 부서지지 않고 풀밭과 자갈 위를 구르고 있었다. 그들은 내 개에게 맥주병을 던지고 있었다. 제정신인 개라면 누구나 도망쳤겠지만, 녀석은 그들의 행동에 그저 화가 났을 뿐인 듯했다. 나는 거의 속삭이듯 녀석을 부르고 또 불렀다. 아무 반응도 없었다.

나는 어둠 속에 보이는 죽은 나뭇가지를 아무것이나 집어 들었다. 뭘 고를 수 있는 상황이 아니었다.

나는 차에 더 가까이 다가갔고, 거의 뒤 범퍼 쪽까지 간 다음 사람들이 최대한 크게 속삭이려 할 때처럼 공허하게 녀석을 다시 불렀다.

"**스펙! 여기야!**" 내가 쉭쉭거렸다.

아무 반응도 없었다.

차의 뒤창문에서 얼마 떨어지지 않은 곳까지 한두 걸음 더 다가갔다. 내가 하려던 말, 내가 염두에 두었던 말은 단호하고 합리적인 것이었다. **다들 여기서 나가 주세요, 지금 당장**.

하지만 내 입에서 나온 것은 날카롭고 성난 말이었다. "내 개를 다치게 하면 전부 죽여 버릴 거야."

심지어 내 목소리처럼 들리지도 않았다. 예전에 그런 미친 소리를 내뱉고 자신이 그런 말을 해도 **된다고** 믿었으며, 그러고서 그에 대한 대가를 치렀던 무식한 백인 노동자를 알았던 것도 같은데, 그 날뛰던 멍청이는 지금쯤 분명 죽고 없을 것이었다. 하지만 보다시피 나에게는 선택의 여지가 없었다. 비록 녀석이 역사상 최악의 개라고 해도 녀석은 **나**

의 개다. 남의 개한테 맥주병을 던지고 킥킥거리는 것은 예의가 아니다. 누군가의 개를 그의 눈앞에서 해치고 그냥 달아나려 하는 것은 용납할 수 없는 일이다.

그곳에 서 있으면서 더 크고 그럴듯한 나뭇가지를 골랐으면 좋았겠다고 생각했던 것이 기억난다. 하지만 일단 저질렀으면 끝장을 봐야 하는 어리석은 짓도 있는 법이다.

나는 문이 활짝 열리고 누군가의 엉덩이—필시 나의 엉덩이—가 걷어차이기를 기다렸는데, 그 차에 타고 있던 심야의 파티 참석자들 가운데 나처럼 멍청한 사람은 없었던 것 같다. 운전자가 브레이크에 발끝을 대고 변속기를 드라이브로 바꾸는 동안 차 뒤에서 대마초가 빨갛게 타오르는 것이 보였다. 차가 나선형의 연기를 휙 내뿜으며 휘청이고 타이어와 팬 벨트가 끼익거리는 소리를 내기 시작하자 스펙이 춤을 추듯 빠르게 길옆으로 비켜섰다. 그 낡은 차는 대로에서 급히 우회전하고는 그대로 사라져 버렸다.

"그래, 다들 도망치는 게 좋을 거다." 그들이 도망쳤다는 게 확실해지자 내가 용감히 외쳤다. 개는 매우 기뻐하며 구름처럼 이는 먼지 속에서 승전의 노래를 불렀다.

그들은 내게 권총이 있는 줄 알았던 것 같다. 이곳은 거의 모두가 권총을 소지한 앨라배마니까. 사람들은 치과, 합

창단 연습, 학부모회, '루비 튜스데이'[11]에 갈 때도 무장을 한다. 그러니 자기 집 진입로에서도 무장하지 말라는 법은 **없지** 않겠나. 나는 사실 권총을 들고 있지 않았고, 심지어 제대로 된 신발이나 긴 바지도 입고 있지 않았다. 하지만 나는 정신이 들 때까지 차 앞유리를 심하게 내리쳤을 것이고, 그렇지 않으면 총에 맞거나 두들겨 맞거나, 아니면—웃자고 하는 말이 아닌데—우리 집 진입로를 따라 쫓기며 **911에 신고해!** 하고 외쳤을 것이다.

녀석 같은 개는 나를 이런 상황으로 몰아넣을 수도 있다는 사실을 알았어야 했다. 훌륭한 개가 이런 상황에서 주인을 구해 주는 것과 마찬가지로 말이다. 녀석은 길게 이어진 연기를 따라가고 싶어 했지만, 나는 최대한 비굴한 목소리로 녀석을 불렀다. 녀석은 몇 걸음 따라가다 멈추었는데, 내게 복종해서가 아니라 녀석의 머릿속에 있는 나침반이 녀석을 이곳에 붙들어 맸기 때문이다.

나는 녀석의 목걸이를 꽉 쥔 채 억지로 끌면서 진입로를 거슬러 올라갔다. 아까 그들이 술이나 대마초의 힘을 빌려 용기를 내고서는 총을 들고 돌아오지나 않을지 조금 염려되었고, 나는 개나 내가 다시 죽을 기회를 맞이하게 되는 것은 원하지 않았다. 돌아가는 길은 계속 오르막이었고, 녀

11 미국의 체인 레스토랑.

석은 한 걸음 나아갈 때마다 저항했다. 나는 진입로를 따라 녀석을 끌고 올라가 마당을 가로지른 다음 계단을 올라 집 안으로 들어갔고, 그러는 동안 신발 한 짝을 잃어버렸는데 그것을 주울 틈도 없었다. 문 앞에 이르렀을 무렵 나는 쌕쌕거리고 껙껙거리고 있었다. 개는 여전히 누군가와 싸우고 싶어서 오두막집 안을 미친 듯이 달리며 우편물과 잡지를 흐트러뜨렸다. 선반에 있는 도자기 천사들이 몸을 떨었다. 침대 가장자리에 앉아 있던 어머니는 내게 괜찮은 것이냐고, 대체 무슨 일이냐고 물었고, 나는 어머니에게 "뽕쟁이들이에요" 하고 대답했다. 어머니가 아는 불법 마약 관련 용어가 1952년에 멈추어 있었기 때문이다.

"네가 고함치는 소리가 들리던데." 어머니가 말했다.

"저 바보 같은 개 때문에 그랬어요."

나는 거실에 앉아서 숨을 돌렸고, 그러고는 손전등을 들고 문 쪽으로 향했다.

"또 무슨 일인데 그러니?"

"신발을 찾으러 가야 해서요."

개는 나와 함께 진입로를 걸어 내려갔다. 만일 녀석을 집 안에 가두어 두려 했다면 녀석은 문을 떼어 내버렸을 것이다. 이곳에서는 정말이지 이상할 정도로 혼란이 빨리 가라앉는다. 나무 사이로 바람이 부는 소리와 나뭇가지가 삐걱거리는 소리가 들려왔다. 하지만 평온함 또는 속삭이는 소나무와 어울리지 않는 사람도 있는 법이다.

"그 망할 앞유리를 박살 내 줄 걸 그랬어." 내가 개에게 말했다.

녀석이 고개를 들더니 이해한다는 표정을 지었다.

맞아.

"너를 차창 사이로 집어넣어서 녀석들을 혼내 줄 걸 그랬어." 내가 녀석에게 말했다. "너와 함께 있으면서 녀석들이 얼마나 오래 너를 비웃을 수 있는지 볼 수 있게 말이야."

맞아.

수의사는 금방 돌아왔다.

그는 나에게 엑스레이 사진을 보여 주었다. 개의 기도를 열어 놓는 연골이 함몰돼서 기도가 좁아져 있었다. 숨을 들이쉴 수는 있지만 내쉴 때 기도가 수축하면서 마지막 숨이 빠져나오지 못했고, 그래서 때로 숨이 막히면서 기침을 했다고 했다.

"치명적인가요?" 내가 물었다.

수의사가 고개를 저었다.

"꼭 그렇진 않습니다." 그가 말했다.

개는 이미 숨을 더 잘 쉬고 있었다. 하지만 클랜턴 선생님은 녀석을 하룻밤 동안 병원에 두겠다고, 녀석을 좀 더 지켜보겠다고, 녀석의 목에 관을 넣어서 이물질이 없는지 다시 확인하겠다고 말했다. 녀석은 내가 병원을 나설 때도 여전히 기절한 상태였다.

다음 날 병원에서 개를 데려가라는 전화가 걸려 왔다.

무슨 개요? 하고 대답하는 것이 현명한 일이었겠지만, 내가 알기로 그들은 내 주소를 알고 있었다.

녀석은 내 목소리를 듣고는 거의 춤을 추듯 급히 로비로 달려왔다. 태초부터 개들이 해 왔던 방식으로 말이다. 녀석은 애초에 아프지도 않았던 것처럼 건강해 보였고 숨소리도 골랐다. 수의사는 말하기를 어떤 개들은 하루 만에 모든 것을 다시 시작할 수 있는 놀라운 능력을 지니고 있다고 했다. 녀석은 그런 부류의 개였다.

그는 내게 부기를 가라앉히는 약을 주었는데, 내가 바란 것은 치료였다. 나는 그가 이제 그런 일은 일어나지 않을 것이라고, 내 개가 완치되었다고 말해 주기를 바랐다. 하지만 내 개는 그런 것을 보장하기에 전적으로 부적절한 개였다. 이제 나의 끔찍한 개가 돌아왔으니 나는 그 사실을 받아들여야만 했다.

우리가 병원을 떠날 때 그 오만한 고양이는 이미 사라진 후였다. 개는 녀석을 찾아 대기실을 둘러보다니 몹시 실망한 표정을 지었다. 그에 대한 보상으로 우리는 패스트푸드를 파는 드라이브 스루 매장으로 향했다. 나는 치킨 너깃 열두개와 얼음물 한 컵을 사서 마을 광장에 차를 세운 후 녀석에게 먹였다. 다 먹는 데 전부 12초가 걸렸다. 혹은 너겟 하나를 먹는 데 1초씩 걸렸다. "원 세상에, 씹기는 하는 거니?" 녀석이 바로 얼마 전에 겪은 참사를 이겨 내자마자 치킨 휠레를 먹다 질식해 죽는 꼴을 보게 되더라도 그것이 내 운명이겠거니 생각하며 내가 물었다. 사람들이 광장에 있는 우리를 보고는 트럭 옆에 와서 말을 걸거나 손으로 녀석의 귀를 잡아당기거나 녀석의 털을 만져 주었다. "**착하지**." 사람들이 연달아 말했고, 나는 그저 고개를 끄덕였다. 마을 사람들의 잘못된 생각을 전부 바로잡아 줄 시간이 어디 있겠나?

나는 녀석 같은 개는 생각보다 많은 것을 이해한다는 글을 읽은 적이 있다. 그래서 집으로 가는 동안 이런저런 이야기를 해 주었다. 나는 약을 먹으면, 약에 묻혀 놓은 땅콩버터만 핥아먹고 약을 부엌 바닥에 뱉는 짓을 하지 않으면 건강이 나아질 것이라고 녀석에게 말했다. 나는 녀석에게 거의 쓰러질 때까지 정신 나간 개처럼 뛰어다니지 말라고,

교활한 수탕나귀와 사악한 수고양이와 위험한 미국너구리 옆에서는 신중히 행동하라고 말했는데……. 녀석이 코 고는 소리가 들려왔다. 녀석은 뒷좌석에서 뻗어 다시 푹 잠들어 있었다. 녀석은 꿈꾸는 개들이 그러듯 씩씩거리고 힝힝거리고 으르렁거렸다. 개에 대해 많은 것을 알던 삼촌들은 그럴 때 녀석들은 토끼를 쫓는 꿈을 꾸는 중이라고 말해 주었다. 그때 나는 어린아이일 뿐이었고, 어린아이는 뭐든 믿기 마련이다.

2장

셀 수 없이 많은 다람쥐

내가 녀석을 처음 봤을 때, 녀석은 도로 한복판에서 패스트푸드 포장지를 실컷 핥고 있었다. 떠돌이 개 중에는 털이 긴 개가 많지 않다. 그런 이유로 녀석은 내 시선을 끌었다. 나는 우편함 앞에서 고지서와 광고물, 그리고 내게 축하를 전하는 내기 경마 우편물을 뒤적거리고 있었다. 나는 이번에도 억만장자가 될 **뻔했다**. 네다섯 마리의 다른 떠돌이 개가 내게서 멀찍이 떨어진 채 털이 긴 개 주변을 서성이고 있었다. 녀석들은 사람과 마당과 집을 피해야 한다는 사실, 자신들이 이제는 그 모든 것의 남루한 주변부에서 살아야 한다는 사실을 재빨리 깨달은 듯했다. 나는 그 문제에 대해 너무 깊이 생각하지 않으려 애썼다.

포장지에 음식이 조금 남아 있었던 것이 분명했다. 다른 개들이 빼앗으려 하자 녀석이 사납게 으르렁거리며 공격했으니 말이다. 나는 지저분한 자갈을 한 움큼 모아서 녀석들에게 던져 멀리 쫓아내려고, 혹은 적어도 아스팔트 밖으로 밀어내려고 했다. 픽업트럭 한 대가 심지어 속도도 줄이지 않은 채 굉음을 내며 커브를 돌고 있었기 때문이다. 트럭이 돌진해오자 떠돌이 개들은 도로 양쪽의 도랑으로 흩어졌다.

개들이 어떻게 트럭을 피했는지 모르겠다. 트럭이 덜커덩거리며 지나가자 작은 개들 중 하나가 도로로 쏜살같이 달려가서 포장지를 낚아채고는 죽을 듯이 달렸고, 다른 개들이 녀석의 뒤를 줄줄이 쫓아갔다.

나는 녀석들 중 누군가가 죽는 모습을 보지 않게 되어 기쁜 마음에 도로 쪽을 향해 자갈을 옆으로 던졌다. 그때는 2017년 1월이었고, 나는 털이 긴 그 개가 한 달도 더 못 버틸 것이라고 확신했다.

우리 민족은 지난 200년 동안 이곳에 살면서 늘 목숨을 구하고 족쇄를 차고 선택되고 쫓겨난 듯하다. 머지않아 우리는 이곳이 우리의 소유라고 생각하게 되었고, 지구에서 가장 아름다운 곳들 중 한 곳에 흩어져 살며 레드불 캔과 마운틴듀 병과 포장해 온 닭의 뼈를 잘근잘근 씹게 되었다.

그러니 시골길에 쓰레기를 내던지는 것은 어떤 얼간이라도 할 수 있는 짓이지만, 이곳으로 슬그머니 다가와 훌륭한 개를 버리고 가는 것은 비열한 자식이나 하는 짓이다.

몇 달 뒤에도 녀석은 여전히 도랑을 달리며 쓰레기와 로드킬에 맞서 싸우고 있었다. 내 눈길을 끈 것은 녀석의 주근깨 낀 얼굴에 난 흰 털과 깃발처럼 숱이 많은 꼬리였는데, 그렇지 않았다면 나는 녀석을 보지도 못했을 것이다. 한동안 떠돌이 개들과 어울리며 돼지풀 사이를 살금살금 돌아다니거나 쓰레기 사이로 해충을 쫓다 보면, 이 개들은 마치 자신도 쓰레기가 된 듯 희미해지기 시작한다. 녀석들은 우리 눈에 보이면서도 보이지 않는 존재가 된다. 그중 한 마리가 아스팔트 위에 쓰러져 있는 모습을 보게 되기 전까지는. 그러면 한동안 다시 감각이 예리해지고 기분이 사나워진다. 나의 형제들도 수 킬로미터 떨어진 곳에서 때로 혼자 있고 때로 다른 개들과 함께 있는 녀석을 보았다.

그저 절뚝이는 잡종견, 길 잃은 비글, 기진한 사냥개의 연합일 뿐인 그 떠돌이 개 무리에게 영원한 것이란 아무것도 없었다. 녀석들은 달걀 껍데기에서 더러운 종이 타월에 이르는 모든 것을 먹었고, 사냥꾼들이 제거하고 버린 사슴의 내장을 포식했으며, 믿을지 모르겠지만 희귀한 반려동물이나 갓 태어난 송아지도 먹었다. 나는 발정 난 암컷이나 얼마 안 되는 음식 찌꺼기를 두고 죽도록 싸우는 이런 개들을 평생 보아 왔다. 더 강하고 사나운 개나 무리가 녀석을 끝장내거나 녀석이 그냥 병에 걸리는 것은 시간문제인 듯했다. 하지만 녀석은 목숨이 질긴 개 같았고, 그래서 나와 형제들은 녀석을 계속 지켜보았다. 그리고 우리가 몇 주에 한 번씩 녀석을 볼 때마다 녀석은 싸우고 있었다.

그것을 무리라고 할 수 있을지는 모르겠으나, 어쨌든 무리를 이룬 개들은 줄곧 사라졌다가 다시 나타났고, 매번 변했다. 때로는 이곳에 떠돌이 개들이 전혀 눈에 띄지 않을 때도 있었다. 녀석들은 도로를 떠나 목재 야적장이나 쓰레기 폐기장에서 살면서 쥐와 뱀, 심지어 그것보다 더한 것을 잡아먹으며 생존했다. 녀석들 대부분은 파멸할 운명이었고, 진드기와 사상충에 시달렸으며, 피부병을 앓고 벼룩에 뜯겼다.

샘은 내게 수년 전에 미국너구리 사냥을 나갔을 때 그의 개들이 그를 도시의 쓰레기 폐기장 근처로 이끌고 갔던 이야기를 들려주었다. 형의 사냥개들은 형의 명령을 무시하며 갑자기 이탈해 트럭이 있는 쪽을 향해 맹렬히 달려갔다고 했다. "주변을 조명으로 비추었는데 사방에 눈밖에 보이지 않았어. 사람들은 키우다 싫증 난 고양이를 폐기장에다 유기했고, 떠돌이 개들은 그런 고양이들을 해칠 준비가 되어 있었지. 녀석들이 그렇게 사나워지는 것은 녀석들 탓이 아니야." 만일 형이 그때 불안해했더라면 내게 그런 이야기를 들려주지 않았을 것이다. 형은 그런 사람이니까. 만일 녀석들이 너무 가까이 다가왔더라면 형은 녀석들을 모자로 찰싹 때렸을 것이다.

나는 형에게 사람들이 녀석들을 떠돌이 개가 아니라 들개라고 부르는 것은 그러면 더 위험하게 들리기 때문이라고, 그러면 총으로 쏘거나 덫으로 붙잡거나 심지어 독살하기도 더 편해지기 때문이라고 말했고, 형은 자기도 그렇게 생각한다고 말했다.

하지만 털이 긴 그 개에게는 수수께끼 같은 사연이 있었다. 녀석은 다른 개들을 떠나 완전히 사라졌다가 몇 주 후에 다시 남은 무리에 합류했다. 샘은 녀석이 기억 속의 장소, 버려진 집이나 농장으로 거듭 돌아가서 누군가가 다시 나타나기를 기다렸던 것이라고 믿었다. 혹은 녀석은 자신이 버려졌던 장소로 가서 주인이 다시 나타나기를 기다렸는지도 몰랐다. "녀석은 누군가를 찾고 있었던 게 분명해." 샘이 말했다. 어쩌면 그것은 이런 개뿐만 아니라 모든 개에게 너무 지나친 감정이입을 하는 것일지도 모른다. 우리가 알던 개들 중 자신을 버린 사람을 찾은 개는 아무도 없었다. 그것은 완전범죄였다. 주인은 개가 그동안 알았던 모든 것과 함께 그냥 떠나 버린 것이다.

더 큰 수수께끼는 녀석이 왜 늘 오두막집 근처로 돌아오는가 하는 것이었다. 녀석은 이곳 출신이 아니었다. 만일 누군가가 이 개를 잃어버렸다면 우리가 알았을 것이다. 녀석은 어디로든 떠날 수 있었지만 결국 늘 이곳으로 돌아왔다. 마치 끝없이 빙빙 도는 원 안에 갇히기라도 한 것처럼.

우리는 수년 동안 많은 떠돌이 개들을 구했다. 대부분 헤매다가 우리 집 마당으로 들어왔거나 너무 약하고 병들었거나 상처를 입어 움직이지 못하는 개들이었다. 그렇게 우리는 '프리티 걸', '리틀 걸', '틱', '테디', '지퍼', 그리고 적어도 세 마리의 '킹'을 기르게 되었다. 그렇게 우리는 한쪽이 마비되었던 '커비', '리건', '플로이드', 판지 상자에 버려져 있던 '리틀 기즈'를 기르게 되었다. 그렇게 우리는 '스타킹스', '한니발', '브로큰 하티드 프레드', 그리고 이름이 기억나지 않는 다른 수많은 개들을 기르게 되었다. 하지만 어쨌거나 우리는 녀석들을 먹이고 돌보았고, 녀석들은 몸을 눕힐 수 있는 현관이 있는 집에서 안락하게 살았다.

그리고 그렇게 우리는 지난 몇 년 동안 두 마리의 새로운 난민, 즉 똑똑하고 용감한 경비견 '스키니'와 자신이 구조되었다는 사실을 잊은 듯하고 매일 다시 설득해야만 하는 문제 많고 무모한 고아 '퍼피'를 받아들이게 되었다. 우리가 기르는 모든 개들이 그렇듯, 녀석들은 우리가 구하지 않은 개들에 대한 일종의 핑곗거리가 되어 주었다. 하지만 퍼피와 스키니는 엄마의 개, 이곳에 속한 개였지 나의 개는 아니었다. 녀석들은 개라는 존재가 원래 그렇듯 집을 더 나은 곳으로 만들어 주었다. 불행한 개들, 도로에 사는 개들은 계속해서 도망쳤다. 얼마 후 털이 긴 그 개는 우리의 예상대로 보이지 않았다. 녀석이 정확히 언제부터 보이지 않았는지는 알 수 없다. 어쩌면 우리는 결말이 어떻게 될지 뻔해서 더 이상 녀석을 찾아보기를 관두었는지도 모른다.

녀석이 다시 나타난 것은 그로부터 몇 달 후인 2017년의 늦가을이었는데, 물론 처음에는 녀석이 그때 그 녀석인지도 알아보지 못했다. 녀석은 뒤쪽 현관에서 100미터쯤 떨어진 능선에 있었는데, 회색빛 안개와 검은 나무들과 빽빽한 들장미 속에서 또렷이 보기에는 너무 멀리 있었고, 그냥 무시하기에는 너무 가까이 있었다. 녀석은 고개를 든 채 미동도 없이 누워 있었다. 녀석은 그 위에서 누구도 해치지 않았고, 그래서 우리는 녀석을 그냥 내버려두었다.

이튿날에도 녀석은 똑같은 곳에 그대로 있었다. 녀석은

전혀 움직인 것 같지 않았다. 나는 조만간 텃세가 아주 심한 스키니가 녀석을 쫓아 버릴 것이라고 생각했지만, 스키니는 녀석을 가만히 내버려두었다. 마치 우리가 그러지 않아도 무슨 일이 일어날지 안다는 듯이. 다음날 아침이면 녀석은 분명 사라지고 없겠지.

하지만 변한 것은 아무것도 없었다. 마치 누군가가 낡은 합판에서 개 모양을 대충 잘라 내어 나무에 기대어 놓기라도 한 것처럼 녀석은 그대로 거기에 있었다. 녀석을 올려다보면서 나는 녀석이 그저 집이나 사람 근처, 무언가 익숙한 것 근처에 있기를 바라는 것은 아닐까 하고 생각했다. 샘이 그렇듯 나도 버려진 개는 예전의 삶을 쉽게 잊지 못한다고 믿는다. 형과 나는 녀석이 죽으러 그 위에 올라간 것은 아닐까 하고 생각했다.

"가만히 내버려두는 게 상책이야." 샘이 내게 말했다. 샘은 모질게 구는 것이 아니라 그저 내게 약간의 상식을 전해 주려는 것뿐이었다. 형은 충동적이거나 무모한 생각을 할 때가 드물었는데, 우리 식구 중에서 그런 사람은 희귀했다. 나는 종종 우리가 다른 아빠의 자식이 아닐까 하는 생각이 들 때가 있다.

우리 가족은 현명함이라든가 조심스러움과는 거리가 멀다. 아빠는 내가 고등학교 1학년 때 돌아가셨는데, 아빠가 내게 남긴 것은 자동 넥타이와 주사위 한 쌍이 전부였다. 지금에야 깨달은 사실이지만, 그것이 바로 아빠의 노후 대책이었다.

내 동생 마크는 자신의 포드 브롱코를 몰고 철도 교각을 지날 수 있다고 믿은 적이 있다. "할 수 있을 줄 알았어." 산골짜기 아래에서 그가 말했다.

모두의 삶이 이런 식으로 이성이나 논리나 책임감이라고는 찾아볼 수 없는 상태로 흘러갔다. 오직 일어난 일의 결과, 보석금, 벌금, 병원, 그리고 애처롭고 비뚤어진 자존심만 남아 있을 뿐이다.

"내가 죽어서 관에 누워 있으면 내 셔츠 주머니에 카멜 담배 한 갑만 넣어 줘"라고 말하며 동생은 덧붙였다. "라이터는 됐어."

실망스럽게도 나는 나이가 들어도 조금도 똑똑해지지 않았다.

나는 부츠를 신고 낡은 오리 사냥용 외투를 걸친 채 비틀거리며 언덕을 올라갔다.

◇ ◇ ◇

진흙과 낙엽과 덤불을 요란하게 헤치고 미끄러지고 궁

시렁대며 몇 걸음 걸어 올라갔을 뿐인데 녀석은 이미 사라지고 없었다. 내가 계속 미끄러지는 동안 능선을 서둘러 넘어간 것이 분명했다.

나는 나무에 몸을 기대고 젖은 낙엽 위에 앉았다. 혼자서 추운 숲속에 앉아 본 것은 정말 오랜만이었다. 낡은 오리 사냥용 외투는 아주 커서 거의 헛간 같았고, 내 몸을 따뜻하고 젖지 않게 해 주었다. 잠시 쉬어야겠다는 생각이 들었다. 나는 마지막으로 그 외투를 입었을 때, 즉 1993년에 매사추세츠주 케임브리지에서 맞이했던 북부에서의 겨울에 대한 몽상에 잠겨 있었다. 그 전까지 나는 진짜 겨울을 경험해 본 적이 한 번도 없었다. 너무나도 극악무도한 겨울이어서 찰스강은 얼어붙고 도로 경계석에 주차한 차들은 얼음에 파묻혔던……. 바로 그때 녀석이 내 오른쪽 눈 옆으로 닿을 만큼 가까이 왔다.

나는 펄쩍 뛰었다. 개는 비틀거리며 물러섰지만 놀랍게도 도망가지는 않았다. 나는 한눈에 녀석이 위협적인 존재가 아님을 알아보았다. 녀석은 정신 나간 개가 아니었고, 차에 치였거나 불구가 되어서 종잡을 수 없거나 위험해진 개가 아니었다. 녀석은 그저 기력이 다 소진되었을 뿐이다. 양팔을 떨군 채 얼굴을 가릴 힘도 내지 못하는 소진된 권투선수처럼.

털이 긴 개들은 자신의 고통을 더 잘 숨기는 법이다. 하지만 녀석은 털과 이빨과 뼈가 모두 철사로 묶인 것처럼 보였다. 디즈니랜드가 있기 전에 플로리다 고속도로의 명소에서 25센트를 내고 보던 유리 너머의 그것들처럼 말이다. 녀석의 다리와 배는 진흙으로 시커맸고, 털은 쓰레기와 뒤엉켜 있었으며, 얼굴의 뼈는 거의 눈으로 헤아릴 수 있을 듯했다. 녀석의 털 사이로 가늘고 희미한 혈관이 보였다. 그러자 녀석이 바로 그때 그 개라는, 혹은 그 개가 쪼그라든 것이라는 생각이 들었다.

녀석은 몸집이 줄어들어 있었고, 녀석의 위협적인 성격은 모두 사라져 있었다. 누군가가 마개를 따서 그것을 모두 흘려보내기라도 한 것처럼. 그런 개를 대할 때는 조금 더 조심해야 했던 것 같지만, 어쨌든 나는 다시 낙엽에 앉아서 녀석이 겁먹지 않게 천천히 손을 내밀었다. 나는 찢어진 한쪽 귀를 긁어 주었고, 녀석은 내 손을 핥았다. 아마 녀석이 그렇게 완전히 지쳐 버리지 않았다면 상황은 달랐을지도 모르겠다. 녀석은 심지어 머리를 똑바로 들고 있는 것조차 힘들어했다. 녀석은 늙은 술꾼처럼 머리가 흔들거렸다.

"정말 힘든 시간을 보낸 게로구나." 내가 말했다. "그렇지, 친구야?"

나는 녀석이 뭘 먹을 수나 있을지 궁금해하며 녀석 앞에

빵 한 조각을 내려놓았는데, 녀석은 두 번 만에 그것을 먹어 치웠다. 그러고는 내가 내려놓기 바쁘게 여섯 조각을 더 먹어 치웠다. 녀석은 잠시 구역질과 기침을 하더니 더 달라며 나를 쳐다보았다. 녀석은 내가 마지막 조각을 내려놓기도 전에 그것을 내 손에서 빼앗아 갔다. 녀석이 살려는 의지를 되찾는 데 필요한 것은 오래된 건포도 빵 반 조각이 전부였던 모양이다.

그러고서 녀석은 내 다리에 머리를 올리고는 나를 쳐다봤다. 마치 자신이 막다른 골목의 속박에서 벗어나 아늑한 집으로 어슬렁어슬렁 걸어 돌아가는 앙증맞은 반려견이라도 된다는 듯이. 녀석의 냄새가 지독했지만, 그래도 나는 녀석을 쓰다듬어 주었다. 그러다가 내가 멈추자 녀석은 다시 쓰다듬어 줄 때까지 내 다리를 쿡쿡 찔러 댔다. 마치 예전의 기억을 조금 되찾고서 그것을 다시는 잃지 않겠다는 다짐이라도 한 것처럼 말이다.

녀석의 그쪽 눈을 본 것은 바로 그때였다. 나는 녀석의 눈 바로 위에서 최대한 부드럽게 손가락을 튕겨 보았다. 만일 잘 보인다면 녀석은 눈을 깜빡이거나 피했을 텐데, 어쨌거나 나는 녀석이 볼 때까지 계속 손가락을 튕겼다. 마침내 녀석이 눈을 살짝 깜빡이는 듯했다. 볼 수 있기는 했지만 아주 잘 보지는 못했다.

우리가 앉은 곳에서 나는 녀석이 보던 것을 볼 수 있었다. 나는 오두막집, 이제는 빛이 바래 잿빛이 된 삼나무 들보, 굴뚝에서 솟은 연기가 능선을 따라 피어오른 연무와 합쳐지는 모습을 볼 수 있었다. 비탈진 앞마당은 통나무 울타리를 지나 40에이커의 목초지로 이어져 있었고, 목초지에는 산림 지대를 이룬 습지성 떡갈나무와 번개에 쪼개진 소나무, 너무 빽빽해서 뚱뚱한 토끼들이 몸을 비집고 들어가야 하는 쥐똥나무와 블랙베리 덤불과 야생 자두로 이루어진 미로가 산재해 있었다. 다람쥐들—셀 수 없이 많은 다람쥐—은 나무 울타리를 따라 달리거나 오두막집 지붕을 따라 황급히 달리거나 땅을 따라 돌진했고, 그러다 사냥개 스키니에게 들키면 다시 빽빽한 나무 사이로 급히 쫓겨 갔다. 다람쥐와 토끼를 포함한 대부분의 다른 동물을 무서워하는 작고 소심한 개 퍼프는 부엌문 근처에서 맴돌았다. 그곳에 있으면 이틀에 한 번씩 비스킷이 날아들었고 나이 든 여자가 사람들이 먹다 남긴 음식을 접시 가득 가져다주었다. 그곳은 개로 지내기 좋은 곳이었다.

"자." 내가 녀석에게 말했다. "집에 가자."

나는 내려가면서 넘어지는 것이 올라가면서 넘어지는 것보다 더 아플 것이라고 생각하며 언덕을 내려가기 시작했다. 개는 걸어 내려가기 힘들 만큼 내게 가까이 달라붙었다. 나는 녀석에게 한 번, 두 번 발이 걸렸고, 그러고는 그냥 녀석을 들고 내려왔다. 막대기를 가득 채운 베갯잇을 들고 걷는 것 같았다.

나는 내가 대단한 마법을 부린 것이 아니라는 것을 안다. 녀석을 설득한 것은 음식이었다. 녀석은 만일 매일 혹은 이틀에 한 번이라도 음식을 먹을 수 있었다면 앨라배마 북부에서 가장 끔찍한 학대자의 곁이라 해도 딱 달라붙어 있었을 것이다. 복잡할 것도 신비할 것도 없는 일이다.

나는 나의 그런 행동이 아마 나쁜 결과를 낳으리라고 생각했다. 하지만 그 망나니 개와 함께 비틀거리며 언덕을 내려오면서 나는 믿음이 안 가는 우리 집 사람들이 늘 느껴온 것을 느낄 수 있었다. 만일 아무 때나 시간을 내서 곰곰이 생각해 본다면 이 애처로운 삶은 실은 암울하고 안쓰럽고 지루한 고투의 시간이라는 사실을 말이다.

3장

터프가이

나는 차고에 누워 있는 개 몸에 묻은 진흙과 묵은 피를 해진 천으로 닦아 주었다. 녀석은 누군가에게 얼음 깨는 송곳과 무딘 플라스틱 면도칼로 공격당한 듯 몸에 자상과 찰과상과 구멍이 가득했다. 녀석의 뒷다리는 문드러지고 씹혀 있었고, 입에는 보기 흉한 상처가 나 있었다. 오른쪽 갈비뼈의 상처 부위를 건드리면 녀석은 펄쩍 뛰었다. 하지만 피는 대부분 멈춘 상태였고, 상처가 생명에 위협적으로 보이지는 않았다. 내가 물론 수의사는 아니지만, 어렸을 때 우리 가족은 늘 누군가가 버린 개를 치료해 주고는 했다. 나는 녀석을 소독제로 흠뻑 적시다시피 했고, 그래서 따가웠을 텐데도 녀석은 쭉 나의 개였던 것처럼 나를 믿으며 고통을 참고 견뎠다.

무슨 일이 있었는지는 분명했다. 더 힘세고 사나운 개나 개의 무리가 녀석을 공격해 내쫓아 아사 직전까지 내몬 것이다. 나는 녀석에게 계속해서 착하다고 말해 주었는데, 녀석이 사람에게 그런 말을 들은 지 얼마나 됐을지 궁금했다. 사람들은 떠돌이 개에게 욕을 퍼붓거나 쫓아 버리려고 심지어 총을 쏘기도 한다. 하지만 녀석은 한때 누군가의 반려견이나 농장을 지키는 개, 혹은 그저 마당에 내놓은 꾀죄죄한 개였을 것이다. 어쩌면 녀석은 그런 사실을 기억했는지도 모르고, 어쩌면 그냥 망가졌는지도 모른다.

내가 해 줄 수 있는 일은 녀석에게 먹이를 주고 회복할 공간을 마련하는 것이 다였다. 그러고서 만일 녀석이 떠나지 않으면 나는 녀석을 잭슨빌의 수의사에게 데려가서 사상충이나 진드기매개질병 혹은 다른 문제가 있는지 검사해 볼 요량이었다. 떠돌이 개들은 몸 안에 시한폭탄을 안고 산다. 그러니 확실히 알기 전까지 녀석을 구했다고 믿는 것은 섣부른 생각이었다. 우선 나는 헝클어진 털을 조금 잘라 주었고, 도꼬마리와 풍나무 가시, 블랙베리 가시를 제거해 주었다. 배의 아픈 부위에서는 녹슨 비비탄 혹은 새 사냥용 산탄으로 보이는 것을 뽑아냈다. 얼마나 오랫동안 거기 박혀 있었는지는 알 길이 없었다.

문득 내가 녀석의 나이를 모른다는 생각이 들었다. 녀석의 이빨 상태는 좋았다. 어린 개의 이빨이었다. 나는 녀석이 기껏해야 서너 살이라고 생각했지만, 녀석의 몸 상태만 봐서는 나이를 가늠하기 어려웠다. 더 현명한 사람이었다면 녀석을 우리나 상자에 넣은 후 녀석이 기력을 회복하면 어떻게 할지에 관한 영리한 계획을 세웠을 것이었다. 하지만 나는 녀석을 우리에 넣으면 녀석이 겁먹을 것이라고 생각했다. 녀석은 너무 오랫동안 야생에서 살아왔다.

스키니가 마침내 관심을 보였다. 스키니는 녀석이 여전히 위협적인 존재가 아닌지 확인하려고 이리저리 돌아다니며 녀석의 관심을 끌 만큼만 으르렁거렸다. 바닥에 누워 있는 약하고 병든 개는 스키니에게 아무 의미도 없었고, 그래서 스키니는 녀석을 재빨리 피해 버렸다. 하지만 스키니는 녀석에게서 한 번도 눈을 뗀 적이 없었다. 그만큼 영리했다.

나는 녀석에게 물을 한 그릇 주었고, 다칠까 걱정이 될 때까지 녀석은 계속 물을 마셨다. 그러고는 녀석에게 개들이 실제로 먹는 것 같은 말린 음식을 커다란 그릇에 담아 주었는데, 어머니가 냄새를 맡더니 그런 말라빠진 엉터리 음식을 먹고 다시 건강해질 개는 한 마리도 없을 것이라고 말했다. 어머니는 기계로 만들어서 20킬로그램짜리 자루에 넣어 파는 개 사료를 믿지 않았다. 그것은 심지어 음식 냄새도 나지 않는다고 어머니는 말했고, 그래서 어머니는 녀석에게 베이컨 기름을 잔뜩 넣어 만든 밀크 그레이비한 냄비를 만들어 주었다. 개는 1리터쯤 되는 밀크 그레이비를 다 먹고 그릇의 바닥까지 핥고는 말린 음식 쪽으로 뒤뚱거리며 걸어가 킁킁 냄새를 맡더니 그것까지 다 먹어 버렸다.

어머니는 내가 녀석을 여기 데려온 것이 옳은 일이었는지를 문제 삼지 않았다. 녀석은 상처 입고 굶주렸으며 한 발자국도 더 나아갈 수 없는 상태라 곁에 두기에 너무 위험하지만 않다면 함께 있어도 괜찮았다. 우리는 한번 받아들인 개는 절대 내쫓지 않았고, 대부분의 개들은 자신이 구조되었다는 사실을 알 만큼의 지능을 가지고 있었다. 오로지 가장 약하고 병든 떠돌이 개들만 받아들이고 나머지는 밖에서 죽게 내버려 두는 것은 별로 말이 안 되는 일일지도 모르겠지만, 어떤 의미에서 결정의 주체는 우리가 아니라 개들이었다.

나는 오랫동안 그곳에 앉아서 녀석을 쓰다듬어 주었다. 어딘가 이상했지만 그것이 뭔지는 알 수 없었다. 그러다가 문득 깨달았다. 녀석은 그 어떤 소리도 내지 않고 있었다. 녀석은 짖지도 칭얼거리지도 낑낑거리지도 않았다. 녀석은 그저 나를 쳐다보기만 했고, 나는 녀석이 목구멍이나 목을 너무 심하게 다쳐서 소리를 못 내는 것은 아닐까 하고 생각했다. 내가 쓰다듬어 주기를 멈추자 녀석은 비틀거리며 나를 부엌까지 따라왔고, 나는 다시 녀석이 가여워져 녀석과 함께 차고로 돌아갔다. 녀석은 내 발 위에서 잠들었다.

그날 밤 형과 형수 테레사, 그리고 테레사의 오빠 토드가 거의 매일 밤 그러하듯 저녁을 먹으러 왔다. 어머니의 부엌은 우리에게는 우주의 중심이다.

"그때 그 녀석이네." 개를 내려다보며 형이 말했다. "그 녀석인 줄 몰랐는데."

나는 '경악스럽다'라는 말을 써 본 적이 한 번도 없는 것 같은데, 그때 형은 딱 그런 표정이었다.

"나도 알아." 내가 말했다. "하지만 내가 말해 봤자 형은……"

형은 그저 고개를 내저었다.

"나도 알아." 내가 말했다. "하지만 지금 녀석은 그때 그 개랑은 완전히 다른 개나 마찬가지야."

개는 마치 기도라도 하듯 머리를 앞발 위에 올린 채 누워 있었다.

"녀석은 착하게 굴었어." 내가 말했다. 그러자 갑자기 확 짜증이 치밀어 올랐다. 내가 그 망할 개를 데리고 있건 말건 그것은 내 마음이었지만, 우리 형제 사이에는 수십 년 동안 계속되는 기 싸움이 있다. 형은 자신이 언제나, 언제나 옳다고 생각했다. 형이 늘 옳은 것은 아니었지만, 어처구니없게도 나는 형의 그 망할 생각에 동조해야만 했다.

녀석은 그저 약해지고 병들어서 그런 거야, 하고 형은 말했다. 이것은 단지 일시적인 소강상태일 뿐이야, 하고 형은 경고했다.

"너는 녀석을 쫓아 버려야 해. 쓸데없는 수고는 미리 덜어야지."

"그럴 수는 없어." 내가 말했다.

"그래." 내가 네다섯살 때 그랬던 것과 똑같은 방식으로 형이 말했다. "하지만 녀석이 스키니와 싸우더라도 끼어들지 마."

"녀석은 이제 지쳐서 안 싸울 거야." 내가 말했다.

"녀석은 제정신이 아닐 테고, 그러니 계속 싸울 거야. 저런 개들은 다칠 때까지 싸우는 법이거든."

"내 생각에 녀석은 괜찮은 것 같아." 내가 말했다. "내 생각에 녀석은 그저 길 잃은 개일 뿐인 것 같아."

형은 어깨를 으쓱했다. 자신이 이번에도 옳다는 것을 보여줄 수만 있다면 내가 물리는 것도 그만한 가치가 있는 일일 것이었다.

"나는 네가 왜 녀석을 보살피려는지도 모르겠어."

"나도 모르겠어." 내가 말했다. 그러고는 생각했다. **아니, 나는 알아.**

녀석은 녹다운된 터프 가이였다.

"너한테는 스키니가 있잖아." 형이 말했다.

"스키니는 하나님의 자식이야." 늘 거의 그런 식으로 말하는 어머니의 말을 인용하며 내가 말했다. 스키니는 거의 사람 또는 독립적인 생명체나 마찬가지였다. 그런 개는 소유의 대상이 아니다. 그런 개는 함께 사는 존재인 것이다.

"너한테는 퍼프도 있잖아." 형이 말했다.

"퍼프는 심각할 만큼 멍청해." 내가 말했다. "녀석에게 축복이 있길."

그때 퍼피는 차고 모퉁이에서 소심하게 안을 엿보고 있었다. 녀석은 윗니가 아랫니보다 확연히 튀어나온 상태여서 늘 이를 갈고 있는 것처럼 보였다.

"흐음." 형이 말했다. "그럼 저 개가 엄마를 쓰러뜨리지만 않게 해."

나는 형이 머지않아 그 비장의 수를 쓰리라는 것을 알았다. 우리는 성인으로 살아가는 동안 엄마가 무슨 이유로든 쓰러지지 않도록 애썼다. 만일 녀석이 엄마를 쓰러뜨리거나 물기라도 하는 날이면 나는 부정기 화물선을 타고 아르

헨티나로 도망쳐서 불법 성형 수술을 받은 다음 이름을 알레한드로로 바꿔야 할 것이었다.

"엄마를 쓰러뜨리면 안 돼." 내가 개에게 말했다.

나는 새벽 두 시가 지나도록 그곳에 머물렀지만 잠자리에 들려면 아직 한참 멀었다. 개는 숨도 잘 쉬었고 먹고 마시는 데도 문제가 없었다. 기대 이상의 상태였다. 만일 아침에 당장 수의사를 봐야 할 상황이 생기면 녀석을 병원에 데려가야지. 적어도 녀석이 기력을 회복할 때까지 먹이를 줄 수는 있을 것이라고, 녀석이 그냥 떠나기로 결심하더라도 녀석에게 한번 기회를 줄 수는 있을 것이라고 나는 생각했다.

나는 몰골이 말이 아닌 녀석을 지역 동물 보호소—과중한 업무 부담 때문에 최선을 다해 동물을 죽이는 보호소—로 데려가지는 **않을** 것이었다. 나는 그들이 녀석을 곧장 안락사해 버릴까 두려웠다.

한번은 녀석이 일어나 진입로로 가서 힘없이 서 있었다. 녀석은 무언가를 기다리는 듯했다. 바람에 어떤 냄새나 소리가 실려 오자 녀석은 마침내 쉰 목소리로 딱 한 번 짖었는데, 나는 울타리 너머에 떠돌이 개들이 있는 것은 아닌지 궁금했다.

나약한 존재가 녀석을 만들었을 리 없어, 나는 마음속으로 생각했다. 녀석은 날뛰는 핏불이나 로봇 같은 도베르만, 혹은 만성 구취와 나쁜 버릇을 지닌 로트와일러가 아니라 그저 한 마리의 죄식자罪食者12 같은 개였다. 내가 집으로 들어가기 바로 전에 스키니가 차고로 미끄러지듯 들어가서 박스에서 상자로, 상자에서 테이블로 뛰어오르더니 마침내 트랙터 좌석으로 가서 몸을 웅크리고는 녀석을 내려다봤다. 나는 어느 날 스키니가 나에게 빠른 속도로 다가와 실제로 말을 하기 시작했더라도 놀라지 않았을 것이다.

나는 스키니의 머리를 쓰다듬어 주었고, 녀석은 질문하는 듯한 눈빛으로 나를 쳐다봤다. 녀석은 금빛 눈동자를 지니고 있었고, 내가 아는 어떤 사람보다 더 똑똑했다. **그래서, 우리가 이 쓰레기 개를 어떻게 해야 하는 거지**? 구조된 개들은 이렇다. 녀석들은 자신들이 떠돌이 개였다는 사실을 잊고 만다.

약 5년 전에 이곳에 나타났을 때 스키니는 거의 뼈만 남은 산송장이었다. 녀석은 레드본과 폭스 하운드와 그레이하운드로 추정되는 개가 섞인 잡종이었다. 녀석의 움직임은 너무 가벼워서 새처럼 뼛속이 텅 빈 것 같았다. 들개나 코요테가 이곳의 동물들을 위협하면 스키니는 용감하게 맞서 싸우며 녀석들을 내쫓았고, 확실히 하기 위해 그것들

12 옛날 영국에서 죽은 사람의 죄를 떠맡기 위해 제사 음식을 먹도록 고용된 사람.

을 수 킬로미터나 뒤쫓았다. 어느 밤에는 이 땅의 맨 끝에 있는 내 동생의 집까지 찾아가기도 했다. 녀석은 스스로 문을 여는 법을 터득했다. 녀석은 새벽까지 그곳에서 자다가 아침을 먹으러 어머니의 집으로 천천히 달려오고는 했다. 어머니는 내 동생이 보살핌을 필요로 한다는 사실을 스키니도 아는 것이라고 말했다. 스키니는 이곳에 오기 전에 새끼들을 낳았는데 그것들이 어떻게 되었는지는 나도 모르겠다. 스키니가 새끼들을 버렸을 것 같지는 않다. 스키니는 모두를 살폈다. 심지어 몸을 부들부들 떠는 불행한 퍼피까지도.

여기 온 지 적어도 5년은 되는 퍼피는 이제 다 자란 개로, 늘 입에 고무공을 물고 있었다. 녀석은 던진 물건 물고 되돌아오기 놀이를 좋아했는데, 일단 입에 문 것을 뱉기 전까지는 자신이 문 것이 뭔지 절대 알지 못했다. 녀석은 기대하며 흥분한 채 우리에게 달려오자마자 곧장 혼란에 빠지고는 했다. 우리는 녀석을 눕혀서 녀석이 문 것을 입에서 비틀어 빼내고서야 그것을 다시 던질 수 있었다. 하지만 조심해야 했다. 만일 그것을 덩굴에 던지면 녀석은 거의 스스로 목을 매달게 될 것이었으니까. 스키니는 조용히 앉아서 퍼피가 마구 움직이는 것을 지켜봤다. 마치 만화영화라도 보듯이. 퍼프는 **모든 것**을, 심지어 흔들리는 해바라기조차 무서워했고, 우리는 매일 아침이 우리가 처음 만난 아침인 것처럼 녀석을 날마다 설득해야 했다. 몇 달에 한 번씩 나는 녀석에게 목걸이를 걸어 주려 했고, 그때마다 녀석은 내 얼굴을 먹어 버리려 했다. 나는 녀석을 안쓰럽게 여겼는데, 녀석의 이름이 그냥 '퍼피'였기 때문이다.[13] 그래서 나는 옛날 만화영화 〈퀵 드로 맥그로Quick Draw McGraw〉의 제목을 따서 녀석의 이름에 '맥그로'를 붙여 주었다. 퍼피 맥그로. 노래하듯 들리는 이름이다.

나는 끔찍하게 상처 입은 개를 한 마리 더 들인다고 해서 전혀 문제될 것은 없을 것이라고 생각했다.

새로 온 개는 한 주 정도 휴식을 취하며 몸을 회복했고, 어머니가 앞에 놓아 주는 모든 것을 먹었다. 녀석은 먹고 남은 비프 로스트, 베이컨, 돼지 목살, 뼈를 제거한 폭찹을 먹었다. 녀석은 갈비와 햄버거를 먹었다. 녀석은 핫도그를 여섯 개나 먹고도 더 달라며 낑낑거렸다. 또한 녀석은 우리가 흰강낭콩, 완두콩, 구운 고구마, 차가운 비스킷을 입안에 던져 주자마자 삼켜 버렸다. 녀석은 옥수수빵, 메기, 감

13 '퍼피(Puppy)'는 '강아지'를 뜻한다.

자 샐러드, 얼룩덜룩한 강낭콩을 잔뜩 먹었다. 녀석은 콜라드그린, 호박 스튜, 튀긴 오크라를 먹었다. 어머니는 녀석을 위해 로스트 치킨의 뼈를 발라 주었고 스크램블드에그를 만들어 주었다. 어머니는 녀석에게 소시지 비스킷과 데빌드에그[14] 한 접시를 먹였다. 내가 하루 종일 주시하며 지킨 달걀로 만든 것이었다. 녀석은 우유와 버터밀크를 다 마셨고 치킨 누들 수프를 깨끗이 비웠다.

나는 어머니에게 사람이 먹는 음식을 이렇게 많이 주면 아마 녀석에게—분명 우리 중 누구에게도—안 좋을 것이라고 말했고, 어머니는 더는 주지 않겠다고 거짓말을 했다. 나는 녀석이 꽉 쥔 주먹 크기의 햄본을 꿀꺽 삼키는 것을 보았다. 녀석은 반죽해서 튀기지 않은 양파나 치즈버거에 넣어서 주지 않는 오이나 피클은 좋아하지 않았는데, 그것은 녀석이 먹지 않는 것들의 일부에 불과했다. 녀석의 수염에는 칠리소스가 묻어 있었고, 녀석의 입김에서는 허시 퍼피스[15] 냄새가 났다.

저속 촬영 사진처럼 녀석이 나아가는 모습이 거의 눈에 보이는 듯했다. 둘째 주가 되었을 무렵, 녀석은 조금 빳빳해진 다리로 마당을 돌아다니고 있었다. 그 주의 어느 날

14 삶은 달걀을 세로로 자르고 노른자위를 마요네즈 등과 섞어서 흰자 위에 올린 요리.
15 옥수수 반죽을 동그랗게 만들어 튀긴 음식.

녀석은 느릿느릿 걸어가더니 위쪽 목초지 문 옆에서 여물을 먹고 있는 당나귀 벅과 미미, 그리고 커다란 노새 벨라를 쳐다보았다. 녀석은 그들에게 매혹된 듯했다. **가축**. 녀석은 왠지 자신이 그들과 관련이 있다는 것을 아는 것 같았다. 그것이 뭔지 기억해 낼 수만 있다면 말이다. 녀석은 마침내 차고를 떠났고, 대신 그 동물들을 더 잘 볼 수 있게 문 바로 바깥에 누웠다. 마치 어떤 임무를 수행 중이기라도 하듯이. 하지만 녀석은 그들을 한 번도 괴롭히지 않았고, 어떤 의미에서는 그들을 그저 관찰할 뿐인 듯했다.

그 시절 나는 내가 그 개에게 얼마나 많은 시간을 들이는지 알고 놀랐다. 나는 늘 정신없이 일했고, 그 무렵에는 하루에 스무 시간, 한 주에 7일을 일했다. 나는 개와 장난칠 시간이 없었다. 아주 오래전 나는 신발 상자에 죽은 새를 넣고는 기적이 일어나기를 바라며 하루 종일 뛰어다니던 어린아이였다. 그러다가 모든 희망이 사라지면 테이블스푼으로 뜰을 파서 새를 묻어 주었다. 그런 아이가 되어 본 것은 실로 오랜만의 일이었다.

이제 내가 문을 열고 들어갈 때마다 녀석은 나를 기다리고 있었고 나와 발걸음을 같이했다. 녀석은 어머니에게 순하게 굴었고, 어머니 손에 베이컨이 있더라도 뛰어오르거나 음식을 구걸하지 않았다. 그때 그 도랑에서 달리고 싸우던 개는 그 산등성이에서 씻겨 내려간 것이나 마찬가지였다.

"아니, 녀석은 커다란 아기잖니." 녀석의 머리를 쓰다듬으며 어머니가 말했다.

녀석이 꼬리를 너무 심하게 흔들어 대서 등뼈 전체가 움직였다.

"네게 줄 볼로냐소시지가 좀 남았나 보자꾸나."

4장

대혼란

나는 비명에 잠에서 깼다.

개고 당나귀고 고양이고 할 것 없이 모두가 그러고 있었다.

당나귀가 비명을 질렀다.

어머니가 욕을 퍼부었다.

똑똑한 개가 분노하며 으르렁거렸다.

작은 개가 겁에 질려 깽깽거렸다.

나쁜 개가 기뻐하며 울부짖었다.

노새가 철문을 계속해서 말로 찼다.

쿵!

쿵!

쿵!

나는 이불을 걷어치우고 달렸다.

고양이가 칸막이 문의 1.5미터 높이에 매달려 쉭쉭거리고 있었다.

나는 고양이가 매달린 문을 활짝 열어젖혔다.

난장판이 벌어져 있었다.

대혼란.

아수라장.

나는 맨발로 죽어라 뛰어나갔다.

그동안 아무 문제도 없었건만.

"리키!"

"리키!"

"리키!"

현관으로 달려간 나는 80대 어머니가 부서진 빗자루로 내 개를 때리는 광경을 목격했다.

"녀석이 내 퍼피를 죽이고 있어!" 어머니가 소리쳤다.

새로 온 개가 퍼피의 목을 물고서 으르렁대고 있었다. 나는 스키니가 산비탈에서 미사일처럼 전속력으로 달려 내려와 새로 온 개의 뒷다리를 덥석 무는 것을 보았다.

퍼피는 울부짖었다. 스키니는 흙에 발을 파묻고 녀석을 끌어당겼다. 고양이들은 으르렁거리며 사방에 뛰어다녔고, 집의 삼나무 벽과 창문과 문의 가리개를 말 그대로 타고 올라가 지붕까지 도망쳤다. 가축들은 큰 소리를 내며 옆문으로 몰려가 무슨 신나는 일이 벌어졌는지 쳐다봤는데, 내가 보기에 녀석들은 집단으로 정신 줄을 놓은 것 같았다. 커다란 노새는 굶주리거나 안달하거나 화나거나 겁나면 문을 발로 차기를 좋아했는데, 지금은 문을 계속해서 쿵쿵 걷어차고 있었다.

사랑스러운 나의 어머니는 그 얼룩덜룩한 개에게 빗자루를 가져가서 휘둘러 댔다.

탁.

"죽여 버릴 테다!"

탁.

"죽도록 때려 줄 테야……."

탁.

"……이런……."

탁.

"……개자식!"

만일 빅풋이 납작한 중절모자를 쓰고 마당을 껑충껑충 뛰어다녔더라도 나의 사랑스러운 노모가 개를 ……라고 욕하는 모습보다는 덜 놀라웠을 것이다. 나는 내가 아직 잠든 채 꿈을 꾸고 있는 것은 아닐까 하고 생각했다. 개는 어머니와 어머니의 매질을 모두 무시했다. 녀석은 매질을 당한다고 생각하지도 않았을 것이다.

나는 급히 계단을 내려와 제대로 도움닫기를 하고는, 정말 그러고 싶지 않았지만 녀석이 작은 개를 놓아 주게 하기 위해 녀석의 옆구리를 맨발로 걷어찼다.

녀석은 퍼피를 놓아 주었지만 그러고는 이빨을 갈고 있던 스키니에게 달려들었다. 나는 녀석의 목걸이와 털 한 움큼을 붙잡고 녀석을 떼어 놓으려 했다. 녀석은 나를 살짝 물었고, 그래도 나는 녀석과 스키니 사이에 내 무릎을 집어넣었다. 그러자 스키니도 나를 물었다. 스키니는 제정신이 아니었다. 그리고 나는 그 사실을 이미 알았다.

아직 나를 물지 않은 유일한 개인 퍼피는 마지막 남은 정신 줄까지 놓고는 빙빙 돌면서 허공을 물어 댔다. 개들은 떨어져서 으르렁거렸고, 나는 빗자루를 붙잡고 내가 내 손으로 구한 개를 때릴 준비를 했다. 나는 빗자루를 든 채 녀석들 사이에 끼어서 스키니에게 저리 가라고 외쳤다. 둘 중에 스키니가 더 분별력이 있다고 생각했기 때문이다. 스키니는 마침내 내 말을 알아듣고는 빠르게 물러갔고, 나는 새로 온 개와 단둘이 남겨졌다. 이제 녀석이 물 수 있는 것은 나밖에 없었다.

여전히 겁먹고 흥분한 어머니는 다시 빗자루를 들고 녀석에게 걸어가 놀랍게도 한 번 더 매질을 해 주려는 듯했다. 와중에 녀석은 그냥 앉아서 꼬리를 흔들고 있었다.

어머니는 빗자루를 머리 위로 칼처럼 쳐들더니 그대로 멈추었다.

"왜 그러세요?" 내가 물었다.

"앉아 있는 개는 못 때리겠구나." 어머니가 말했다. 하지만 어머니는 서 있는 개도 때린 적이 없었을 것이다.

녀석은 갑자기 천사가 되어서 내 다리에 딱 달라붙었다. 마치 아무 일도 일어나지 않았다는 듯이. 아니, 그보다는 이 모든 것이 녀석에게 더는 중요하지 않은 것 같았다.

"나쁜 녀석!" 내가 헛되이 말했다.

"내가 녀석에게 서너번쯤 심한 매질을 했어." 어머니가 말했다.

"저도 알아요." 내가 말했다.

"녀석이 다친 것 같진 않구나." 어머니가 말했다. "녀석은 내가 자기를 때린 줄도 모르는 것 같아. 한 번도 당황하지 않았거든."

"그런데 누가 욕하는 소리를 들었던 것 같은데요." 숨을 돌리려 애쓰며 내가 말했다.

"아니다." 어머니가 말했다.

"그런 것 같은데요." 내가 말했다.

"아니라니까." 어머니가 말했다.

어머니는 욕한 죄에 거짓말한 죄까지 더하는 것의 위험성에 대해 잠시 생각했다.

"어쩌면 내가 녀석한테 '개자식'이라고 했을지도 모르겠네." 어머니가 말했다.

개는 다시 관심을 받게 되자 기뻐하며 꼬리를 흔들었다.

"녀석 안에는 악마가 숨어 있어." 어머니가 말했다.

어머니는 한동안 녀석에게 먹을 것을 주는 일은 없을 것이라며 한참 동안 중얼거렸다. 어머니는 녀석을 길에 내놓을 것이라고, 유기 동물 센터에 연락하거나 녀석을 평생 우리에 가둘 것이라고 말하고는 빗자루를 든 채 등을 돌려 쿵쿵거리며 집 안으로 들어갔다.

퍼피는 잔뜩 긴장한 상태였지만 마침내 내가 충분히 가까이 다가가서 목을 살펴보니 상처 하나 없었다. 새로 온 개는 그저 녀석들을 단속하느라 으르렁거렸을 뿐이다.

하지만 그것으로 끝이 아니었다. 당나귀들이 도살이라도 당하듯 비명을 지르는 소리가 들려왔다. 나는 희미한 발길질 소리와 쿵쿵거리는 소리를 듣고는 개가 녀석들의 발뒤꿈치를 물며 녀석들을 몰고 있다는 것을 알았다. 벅은 공중에 뛰어올라 로데오의 야생마처럼 네 다리를 모은 채 개를 덮쳤다. 당나귀들이 코요테를 죽일 때 쓰는 수법이었다. 그러자 미미가 택시처럼 달려와 녀석을 쳤다. 개는 먼지 속에서 일어나더니 녀석들이 비명을 지르며 달아나게 했다. 나는 그 모습을 그저 옆에서 지켜볼 뿐이었다. 걸어 다니는 사람이 우르르 몰려다니는 동물들에게 할 수 있는 일은 별로 없다.

"너 완전히 미쳤구나." 다시 마당으로 달려가는 녀석에게 내가 말했다. 그때는 몰랐지만 앞으로 백만 번은 하게 될 말이었다. "죽고 싶어서 환장했니?"

하지만 이 광란의 도가니에서 다친 유일한 존재는 바로 나였다. 나는 개에게 두 군데를 살짝 물렸고 발 위쪽도 뻣뻣했다. 그날 오후 나는 등을 구부린 채 과산화수소를 다리에 병째로 들이붓고 있었다.

"녀석이 기력을 되찾았나 보네." 형이 말했다.

나는 페니실린 주사를 맞아야 하는 것은 아닐까 하고 생각했다.

"올바른 결정을 내리기란 어려운 일이지." 형이 내게 말했다. "언제나."

◇ ◇ ◇

그날 저녁 나는 우리에 갇혀 있는 개에게 저녁을 갖다주었다.

"대체 무슨 생각이었던 거니?"

녀석은 그저 나를 쳐다볼 뿐이었다.

"**아무 생각도**." 내가 말했다. "그럴 줄 알았어."

녀석이 복싱하는 캥거루처럼 뒷다리를 들고 일어났다.

"원, 세상에나." 나는 이렇게 말하고는 녀석을 다시 풀어 주었다. 녀석은 10분쯤 착하게 굴더니 200킬로그램짜리 노새에게 살금살금 기어가 다시 싸움을 거는 것으로 풀어준 은혜에 보답했다.

멍청하게도 나는 녀석이 여기 있으면, 이곳의 일부가 되면 왠지 순하게 굴 것이라고 기대했나 보다. 녀석은 음식 때문에 싸울 필요가 없었다. 음식은 넘치도록 많았다. 나는 녀석이 더는 우위를 차지하기 위해 싸우지 않아도 된다는 것을 깨닫기를 바랐다. 유일한 암컷은 난소를 제거한 상태였다. 나는 그 문제를 그저 가볍게 생각하고 넘겼던 것 같다.

스키니는 이곳에서 확실한 우두머리였는데, 녀석은 그 사실을 견딜 수 없었던 것 같다. 매일 밤 아무것도 아닌 일로 재빠르고 시끄러운 싸움이 벌어졌다. 스키니는 녀석보다 가벼웠지만 스키니와 싸우는 것은 대마초 중독자와 싸우는 것과도 같았다. 둘은 아주 잠시 시끄럽고 사납게 싸우고는 서로를 전혀 다치게 하지 않은 채 떨어져서 으르렁거렸다. 나머지 개 한 마리는 머리가 좀 모자란 겁쟁이였다. 새로 온 개는 그 사실을 깨닫고는 녀석을 그저 재미 삼아 괴롭히기로 작정한 것 같았다.

개들은 낮에는 우리가 먹고 남긴 음식을 먹었지만 어두워진 후에는 우리가 잔뜩 퍼 준 건사료를 먹었다. 스펙은 규칙적으로 작은 개를 밥그릇에서 쫓아내고 사료를 한입 먹고는 그냥 거기 누워서 퍼피가 사료를 못 먹게 했다. 만일 퍼피가 다른 밥그릇 쪽으로 가면 스펙은 일어나서 그 밥그릇에 가 눕는 식으로 두 밥그릇 사이를 계속 오갔다. 결국 녀석이 사료를 다 먹어 치우거나 퍼피가 완전히 당황해서 포기할 때까지 말이다. 우리는 퍼피에게 손으로 먹이를 주거나 새로 온 개를 우리에 가두어 놓아야 했다. 녀석을 퍼피의 저녁 식사에서 떼어 놓거나 심지어 쫓아내는 것도 우리가 돌아서고 나면 다 소용없는 일이었다.

"밥그릇 두 개를 다 차지해선 안 돼." 내가 새로 온 개에게 말했다.

아니, 그래도 돼.

"퍼피를 굶기면 안 돼. 엄마는 퍼피를 좋아하셔. 우리 모두 퍼피를 좋아해."

스키니는 녀석의 어리석음을 참아 주지 않았다. 만일 녀석이 자신의 밥그릇에 가까이 다가오면 스키니는 녀석을 물었다.

녀석은 우리가 다른 개들에게 보이는 관심은 전부 시기하는 것 같았다. 녀석은 우리가 퍼프에게 공을 던지는 것을 지켜보더니 어느 날 밤 놀이에 끼어들었다. 하지만 녀석은 공의 궤도를 쉽게 따라가지 못했다. 그래서 녀석은 그저 장난으로 퍼프에게서 공을 빼앗아 가지고 있기 시작했다. 녀석은 공을 훔칠 때마다 땅에 파묻었다. 나는 퍼프가 잔뜩 긴장하는 일을 막기 위해 또 다른 공을 주어야 했는데, 녀석은 그 공도 훔쳐 가 버렸다. 그것은 한 번에 3.99달러가 드는 절망적인 쳇바퀴였다.

"부끄러운 줄 알아야지." 내가 말했다.

녀석은 개의치 않고 단단한 고무공을 물어뜯었다.

"나쁜 녀석!" 내가 말했다.

녀석은 자신이 빼앗은 고무공들 한가운데에 드러누워서 나를 올려다보며 히죽거렸다. 그러자 내가 녀석을 구해서 위험한 곳, 즉 행실이 바른 개에게는 낙원이었겠지만 행실이 나쁜 외눈박이 개에게는 지뢰밭이나 다름없는 곳에 풀어 놓았다는 생각이 들었다. 나는 녀석이 블랙베리 덤불과 들장미 덤불, 수 킬로미터나 이어진 철조망 사이를 뛰어다니다가 죽는 것보다는 눈이 멀게 될까 봐 더 걱정했다. 매일 밤 녀석이 산등성이를 뛰어 내려와 내게 올 때마다 녀석의 눈을 확인하는 일은 거의 나의 일과가 되었다.

녀석은 자신을 끊임없이 골칫거리로 만들어서 매일 밤 감옥으로 끌려갔다. 이상하게도 녀석은 매일 하루가 끝날 때 갇히는 것에 만족하거나 적어도 그것을 감수하는 듯했다. 시간이 지나면 개는 우리를 감옥이 아니라 그저 저녁을 먹는 또 다른 장소로 여기게 되는 것이 분명했다.

"녀석은 감옥에 갇히는 데 익숙해진 것 같아." 형도 인정했다.

그럼에도 나는 녀석을 없애 버려야겠다는 생각을 단 한 번도 한 적이 없다.

나는 양심에 거리끼는 수많은 일을 감수하고 살 수 있지만 그것만은 결코 용납할 수 없다.

몇 달 후 사진사 한 명이 이곳에 업무차 방문했는데, 스펙은 그와의 교미를 시도했다. 하지만 사진사는 상냥한 사람이어서 그저 몸을 부드럽게 빼내려고만 했다.

"개가 정말 멋져요." 그가 말했다.

나는 중얼거리며 스펙을 우리로 데려갔다.

녀석을 우리로 밀어 넣고 있을 때 형이 나를 보았다.

"이번에는 또 무슨 일이냐?" 형이 물었다. 그 말은 우리 사이에 "안녕" 대신 나누는 인사가 되어 있었다.

"사진사와 관계를 맺으려 했어." 내가 말했다.

"흐음." 형이 말했다.

스펙이 감옥에서 내보내 줄 시간이 되었음을 알리려고 딱 한 번 짖었다. 나는 녀석을 꺼내 주고는 지쳐서 집으로 터덜터덜 걸어갔다.

"사진사가 녀석더러 '멋진 개'라고 했어." 내가 형에게 말했다. 함께 픽업트럭에 몸을 기대고서 앞을 쳐다보는 동안 형이 얼룩무늬 수고양이를 괴롭혔다. 왜 그랬는지는 나도 모르겠다.

"'멋진 개'라고 했다니까." 내가 말했다.

"아, 그래." 형이 말했다.

녀석은 아직 이름이 없었다. 몇 가지를 생각해 봤지만 울림이 좋지 않았다. 나는 '립', '부거', '페스투스' 같은 이름을 생각해 봤다. 나는 '머디 워터스'[16]에서 딴 '머디', 그리고 '행크'나 '멀' 같은 이름을 떠올려봤다. 나는 '넥본', 그리고 제임스 리 버크의 소설에 나오는 '스트리크', 존 그리샴의 『레인메이커』에 나오는 '브루저' 같은 이름을 생각해 봤다. 나는 녀석이 우르르 몰려가는 동물들 사이로 재빨리 들어갔다가 빠져나온다는 점에 착안해 찰스 디킨스 소설에 나오

16 미국의 블루스 뮤지션.

는 '다저Dodger'[17] 같은 이름을 생각해 봤다. 나는 '오피'나 그것의 줄임말인 '오프', 그리고 '파인 낫'을 떠올려 봤다가 그냥 포기해 버렸다. 나이 든 사람들은 말하기를 개에게 시간을 좀 주면 이름은 저절로 생겨날 것이라고 했다.

◇ ◇ ◇

우리는 함께 연휴를 보냈다. 녀석은 착하게 굴지 **않았지만** 그래도 크리스마스에 햄본, 크고 값싼 그리니즈[18] 한 상자, 콘브레드 드레싱 한 냄비를 받았다. 작은 개 간식 한 봉지도 받았는데, 고마워하는 것 같지는 않았다. 녀석처럼 버릇없는 개에게 그것은 틱 택[19]을 주는 것이나 마찬가지였다.

녀석은 건강해 보였지만, 새해가 찾아오고 겨울이 끝나기 시작하자 나는 녀석을 수의사에게 데려가는 일을 더는 미룰 수 없었다. 나는 다음 날 아침을 위해 차고의 못에 개줄을 걸면서 녀석이 개줄을 목에 걸 때 날뛰지 않기를 바랐다. 나는 녀석이 그것에 익숙해지도록 전날 저녁에 목줄을 거는 것도 고려해 봤지만, 일이 잘못 풀리면 녀석이 그것을

17 문자 그대로 '재빨리 움직이는 것'을 뜻한다.

18 개의 구강 위생을 위한 개껌 브랜드.

19 일종의 캔디.

다시 보자마자 달아나 버릴까 걱정이 되었다. 그것을 연습해 봤자 큰 의미가 있을 것 같지 않았고, 한 번 물리는 것이 두 번 물리는 것보다는 낫다는 생각이었다.

녀석은 야생에서 벗어난 지 아직 몇 달밖에 되지 않았다. 녀석은 목초지에서 도로 쪽으로 조금씩 가까이 다가가며 멀리서 들려오는 떠돌이 개들의 소리에 귀를 기울였다.

거칠고 가난한 백인의 정서이기는 하지만, 그것은 어떤 면에서 잭 런던의 『야성의 부름』에 등장하는 위대한 개 '벅'을 떠올리게 해 주었다.

벅은 잠을 자다가 흠칫 놀라 벌떡 일어났다……. 숲속에서 벅을 부르는 소리가 들려왔다……. 그 소리는 전에 들어 본 것처럼 친숙하게 느껴졌다……. 예전의 기억이 벅의 뇌리에서 떠나지를 않았다…….

하지만 녀석은 늘 뒤돌아서서 언덕으로 다시 급히 돌아왔고, 현관 계단을 쿵쿵 걸어 올라와 간식을 기다리거나 내 발 위에서 낮잠을 잤다. 나는 녀석이 멀리까지 갈 경우에 대비해 내 이름과 전화번호를 적어 넣은 야광 목걸이를 걸어 주었다. 이제는 녀석이 이곳을 집으로 여기겠지 생각하면서.

다음 날 아침, 녀석은 사라지고 없었다.

5장

제럴딘

나는 수 킬로미터를 걸으며 그 바보 같은 개를 불렀다. 휘파람을 불어 보려고도 했지만 늘 그렇듯 소리는 나지 않았다. 다 큰 남자가 이름도 없는 개를 부르려고 소리도 안 나는 휘파람을 불려 용쓰는 것은 꽤나 안타까운 모습이었을 것이 분명하다. 나는 녀석을 처음 발견했던 산등성이를 확인하고는 길게 이어진 울타리와 드넓은 숲을 따라 수 킬로미터를 걸었다. 마침내 녀석이 그냥 떠났다는 것이 확실해지자 나는 차를 몰고 코브 로드에서 카펜터스 레인으로, 올드 트레데가 교회에서 플레전트 밸리로, 그린스 스토어에서 니스벳 레이크 로드에 있는 규질암 채취장으로 정처 없이 쏘다니기 시작했다. 나는 헐시 로드를 돌아다니며 북쪽의 블루홀, 즉 오래된 매트리스와 냉장고가 버려지던 불법 쓰레기 폐기장으로 갔다. 나는 펄프용재가 쌓인 길과 송전선이 이어진 길을 따라 덜컹거리는 차를 몰고 25킬로미터에 걸쳐 이어진 이동 주택 주차장과 판자를 댄 집들과 그 모든 황량한 붉은 진흙 구덩이를 지나갔다.

새벽 1시가 넘을 때까지 녀석을 찾았고, 결국 배수로 쪽으로 들어가고서야 화들짝 놀라며 정신이 번쩍 들었다. 마당에 돌아온 나는 현관 등 아래 의자에 앉아서 퍼피를 위해 공을 던져 주었고, 퍼피는 달빛 아래서 공을 쫓았다. 스키니가 종종걸음으로 다가와 내 옆에 앉았다. 그날 밤은 녀석들이 정말 오랜만에 즐긴 아주 평화로운 밤이었을 것이다. 마침내 나는 어린아이처럼 집으로 들어가 잠을 청해 보려 했다. 깨어나면 그 나쁜 녀석이 이곳에 있을 것이라고, 잔뜩 헝클어진 녀석이 죄책감을 느끼면서도 뻔뻔하게 돌아와 마당을 평소처럼 난장판으로 만들고 있을 것이라고 생각하며 말이다.

나는 누군가가 떠도는 녀석을 발견했다고 알려 주는 전화가 걸려 올 것이라고 기대하며 이틀 동안 차를 몰았다. 나는 개를 잃어버린 소년이 하는 모든 일을 해 보기로 결심했다. 전봇대에 전단지를 붙이고 인터넷에 광고를 올렸다. 그러고는 트럭에 올라 다시 한번 녀석을 찾는 헛수고를 했다. 나는 길 끝에서 차를 세우고 어디로 갈지 결정하려 했다. 어디로 가든 상관없을 것 같았다. 녀석은 그냥 떠나 버린 것이었다. 결국 그냥 떠돌이 개였을 뿐이니까.

녀석은 진입로까지 와서 뻗어 있었다. 그날 오후 나는 큰길에서 차를 돌려 들어오다가 우편함에서 얼마 떨어져 있지 않은 곳에서 녀석을 보았다. 녀석은 옆으로 누워 있었고, 옆에는 피가 조금 고여 있었다. 나는 순간적으로 녀석이 죽은 것일지도 모른다는 생각했다. "이봐, 친구." 내가 이렇게 말하자 녀석이 고개를 들고는 꼬리로 아스팔트를 약하게 한 번 쳤다.

처음에 나는 녀석이 차에 치여서 내상을 입었을까 봐 녀석을 만지기가 두려웠지만, 곧 녀석이 개싸움에 져서 그렇다는 것을 알 수 있었다. 마치 무언가가 그것을 뜯어내려 하기라도 한 듯, 양쪽 귀가 머리와 이어진 부분이 찢어져 피가 흐르고 있었다. 양쪽 귀 안쪽은 감염된 채 피딱지가 앉아 있었다. 목구멍에는 상처가 나 있었고, 숨소리에서는 이상하고 거슬리는 휘파람 소리가 났다. 등 뒤는 물려서 작은 구멍이 잔뜩 나 있었고, 두꺼운 털은 피로 흥건했다. 녀석의 상처는 전부 감염되어 있었다. 녀석에게서 부패의 냄새를 맡을 수 있을 정도였다.

녀석은 이번에는 다른 오른쪽 다리를 절었고, 다리에서는 여전히 피가 흐르고 있었다. 그리고 녀석은 여전히 낑낑거리지도 않고 그 어떤 소리도 내지 않았다. 이 개는 무슨 큰 재난을 겪었기에 이렇게 된 것일까? 나는 안에서 가져온 낡은 누비이불에 녀석을 싸서 재빨리 들어 올려 차고로 데려간 다음 집 안으로 들어가 수의사에게 전화를 걸었다.

다시 밖으로 나오니 어머니가 녀석 위로 몸을 구부린 채 마치 녀석이 아기라도 되는 양 나지막하고도 진심 어린 목소리로 뭔가를 말해 주고 있었다. 녀석은 고개를 어머니 쪽으로 향한 채 모든 말에 귀를 기울이고 있는 듯했다.

"그러니까…… 우리 조지아 사촌들 중 한 명의 이름을 따서 너를 제럴딘이라고 불러 줄 생각이야. 제럴딘은 루바디 고모의 양손녀였어. 루바디 고모는 제럴딘의 어머니인 벨을 입양했고, 벨은 제럴딘과 제리 밥을 낳았지. 다들 51년쯤에 앨라배마로 오기 전까지 조지아에 살았단다. 제럴딘은 검은 머리에 커다란 주근깨가 잔뜩 난 아이였는데, 그렇게 많은 주근깨는 너도 살면서 본 적이 없을 거야. 꼭 너의 반점 같은 주근깨였지. 제럴딘은 늘 할리우드로 가고 싶어 했는데, 영화에 출연하고 싶은 게 아니라 그냥 할리우드에서 살고 싶어 했어. 걔는 영화배우를 사랑했지. 특별히 좋아한 배우는 없었어. 그냥 **촬영장** 전체를 좋아했으니까. 걔는 거울에 영화배우 사진을 온통 테이프로 붙여 놓았지. 그리고 실제로 할리우드에 가기도 했어……. 제럴딘은 할리우드에 가서 우리에게 엽서를 보내왔지. 거기에는 그냥 이렇게만 적혀 있었어. '드디어 왔어. 하하.' 그러고는 한 번도 돌아오지 않았어……. 어쨌든 너랑은 전혀 상관이 없는 이야기지만.

제럴딘이 아직 어린아이였을 때 루바디 고모와 함께 우리 집에 온 적이 있어……. 아빠가 걔 얼굴에 수도 없이 많이 난 주근깨를 보더니 바로 그 자리에서 걔한테 이런 별명을 지어 주었지. 아빠는 말했어. '아니, 주근깨 미인speckled beauty이로구나.' 아빠는 걔가 못생겼다는 사실을 잊고 기분이 나아지게 해 주려고 그랬던 것 같아. 우리도 너를 그렇게 불러 줄 거란다. 하지만 네가 못생겨서 그런 게 아니라 네 몸에 난 반점 때문에 그런 거야. 우리는 너를 '주근깨 스펙'이라고 불러 줄 거야."

나는 밖으로 나와서 녀석을 들어 올렸다.

"녀석의 이름을 지었어." 어머니가 말했다.

"들었어요." 내가 말했다.

"녀석은 괜찮을 거야." 어머니가 말했다. 우리 가족은 좋은 이야기가 무슨 문제든 해결해 줄 것이라고 생각한다. 나는 어머니에게 우리가 돌아오면 그 이야기를 전부 다시 들려달라고 말했다. 내가 녀석을 들어서 픽업트럭 뒷자리에 태우다가 녀석을 조금 아프게 한 것이 분명했다. 녀석이 내 손을 살짝 물었기 때문이다. 녀석은 남은 음식을 잡아채다가 내게 더 큰 상처를 입힌 적도 있었다.

내가 녀석을 데리고 들어가서 프런트에서 서류 작업을 하는 동안 병원 사람들이 녀석을 바로 진찰실로 데려갔다.

"이름이 뭐죠?" 접수 담당자가 물었다.

제럴딘 토머슨 번드럼의 긴 여정을 모두 설명할 시간은 당연히 없었다.

"스펙Speck이요." 내가 말했다.

◇ ◇ ◇

병원에서 녀석을 다시 이전 상태로 되돌려 놓았다. 상처 난 다리나 목이나 목구멍이나 귀에 장기적인 손상은 없었다. 녀석의 치료된 왼쪽 귀는 왼쪽으로 돌겠다는 신호라도 보내듯 이상한 각도로 튀어나와 있었는데, 전에도 그런 모양이었는지는 솔직히 기억나지 않았다. 나는 수의사에게 배은망덕한 인간으로 보이고 싶지 않았다. 나라면 귀를 똑바로 제자리에 붙여 주는 일은 정말 질색했을 테니까. 더 중요한 것은 녀석의 혈액검사 결과를 보니 녀석에게 병이나 기생충이 없었다는 사실이다. 그렇게 오랫동안 야생에서 지낸 개에게 그것은 작은 기적이었다.

하지만 수의사는 내게 말하기를 녀석에게 중성화 수술을 해 주지 않으면 똑같은 일이 계속 일어날 수 있다고 했다. 나는 수술을 해 줄까 했지만 약간 꺼려졌는데, 내심 그 일을 영원히 미룰 수 있을 것이라고 소심하게 바랐던 것 같다. 하지만 나는 수의사의 말이 옳다는 것을 알았다. 특히 이 개의 경우에는 더더욱. 녀석이 왜 도망갔는지, 발정이 난 암컷을 따라갔던 것인지, 아니면 그저 무리에 다시 합류하려 했던 것인지는 알 수 없었다. 하지만 녀석은 오랫동안 야생에서 살았던 개였다. 녀석은 싸우기를 좋아하고 떠돌기를 좋아했으며, 만일 천성을 보존하기를 바란다면 당장 수술을 해 주어야 했다. 그러면, 그리고 운이 조금이라도 따라준다면 녀석은 길고 안락한 삶을 살 수 있을 것이었다.

하지만 그게 옳거나 책임 있는 일이든 아니든 단지 개를 데리고 있기 위해서 그런 일을 하고 싶지는 않았다. 그것은 정말이지 삶과 고통 및 잔인한 죽음 사이에서의 선택처럼 여겨졌다. 녀석은 가망이 없을 수도, 본질적으로 떠돌이 개일 수도 있었고, 일단 건강해지면 도망가 버릴 수도 있었다.

나는 여러 해 전에 스키니의 난소를 제거해 준 적이 있었다. 결국에는 그게 스키니의 건강에 최선이라고 믿었기 때문이다. 퍼피도 중성화 수술을 해 줄 계획이었지만, 녀석은 정신적으로 미성숙했고 암컷이나 여행에 관심을 보이지도 않았으며 스펙보다 나이도 더 많았다. 게다가 녀석은 차에 실으려고 하자 나를 물었는데, 정말로 진심을 다해 물었다. 우리가 만지려 하면 녀석은 숨도 쉬지 못할 만큼 침을 흘리고 잔뜩 겁에 질려서 우리는 결국 그 일을 무한정 미루어 버렸다.

스펙은 자신이 견디지 못한다는 사실을 증명했다. 녀석은 이곳을 집으로 여기기는 하겠지만 그래도 늘 떠날 것이었다. 수의사는 다음에 일어날 참사나 다음에 벌어질 이기지 못할 싸움을 기다리느니 차라리 다른 상처로 잠잠해진 지금 수술을 하는 것이 좋을 것이라고 했다.

나는 하는 수 없이 수의사에게 얼른 해 달라고 말했다. 나는 녀석을 그곳에 두고 왔는데, 차를 몰고 집으로 돌아가는 동안 어쩔 수 없는 선택이었다는 생각이 들었다. 녀석은 길고 안락한 삶을 원하지 않았으나, 어쨌거나 나는 녀석에게 그런 삶을 주기로 결정했다.

◇ ◇ ◇

녀석은 사흘 동안 병원에 머물며 수술과 이런저런 부상에서 회복했다. 녀석은 그곳에서 착한 사람들을 꼬드기기도 했다. 그들은 녀석을 쓰다듬어 주고 간식을 주면서 녀석에게 잘생겼다고 말했다. 하지만 로비에서 내 목소리를 들었을 때 녀석은 떠날 준비가 되어 있었고, 주인이 가까이 오는 소리가 들리면 개들이 으레 그러듯 정신없이 달려 나왔다. 집으로 돌아가는 길에 나는 '소닉'에 들러서 녀석에게 칠리 도그 두 개를 사 주었는데, 물론 하나는 내 것이었다. 하지만 녀석이 식탐을 드러내며 다른 것도 쳐다보기에 그것도 녀석에게 주고 말았다. 똑똑한 사람들은 개에게 칠리도그 같은 끔찍한 것을 주면 안 된다고 말하겠지만, 지난 1, 2년 동안 쓰고 버린 종이 타월과 달걀 껍질, 가끔 고퍼 뱀을 먹기도 한 개라면 사정이 다를지도 모르겠다.

"이름은 마음에 드니?" 가죽 시트에 묻은 칠리소스를 닦아 내며 내가 물었다.

아무 대답도 없었다.

"네가 어떻게 생각하는지 알아. 넌 '주근깨 스펙'이라는 이름이 여자애 이름 같다고 생각하겠지만 그건 그렇지 않아. 생각해 보면 그건 꽤 멋진 이름이야."

아무 대답도 없었다.

"흐음, 그렇게 무뚝뚝하게 굴 건 없잖니. 어머니라면 너에게 제럴딘이라는 이름을 붙여 줄 수도 있었어."

◇ ◇ ◇

수의사는 녀석이 온순해지기까지, 덜 공격적이고 덜 파괴적이고 덜 돌아다니게 되기까지 시간이 좀 걸릴 것이라고 했다. 개에 따라 다르겠지만 보통 두 달이면 충분하다고도 덧붙였다. 나는 내 끔찍한 개가 예전과 얼마나 달라졌을지 궁금해하지 않을 수 없었다.

물론 녀석은 자신에게 무슨 일이 벌어졌는지 몰랐다. 녀석은 처음부터 늘 내게 딱 달라붙어 있었다. 그것이 그 종의 특성이었다. 이번에도 녀석은 나와 함께 현관에 몇 시간 동안 앉아 내가 하는 이야기를 잠자코 듣고 있었다. 그러다가 녀석은 어둠 속 침입자의 소리나 냄새를 감지하고는 그것을 향해 달려들었다……. 혹은 그러려고 했다. 녀석은 여전히 몸이 성하지 않은 상태였고, 그래서 언덕을 반쯤 뛰어올라가다가 절뚝거리며 돌아왔다. 마음은 이미 언덕 위였지만 몸은 그것을 반도 따라가지 못했던 것이다.

"미안해, 친구." 내가 녀석에게 말했다.

녀석은 당연히 대답할 수 없었다. 하지만 녀석은 대신 머리를 내 겨드랑이에 밀어 넣더니 몸을 기댔다. 마치 이렇게 말해 주려는 듯이.

괜찮아.

6장

수탕나귀들

약 두 달 후 개가 철조망 사이로 노새를 자세히 바라보았다. 으르렁거리거나 물려고 하지는 않고 그저 바라보기만 했다. 처음에는 조금 슬픈 광경으로 보였다. 녀석은 부상과 수술에서 회복되었음에도 여전히 조금 아픈 상태였다. 나는 녀석이 온순해졌다고, 변했다고 생각했다. 그 개는 전에는 그 무엇도 두려워하지 않았다.

그것은 나의 착각이었다. 녀석은 못된 짓을 하지는 않았지만, 그래도 **생각하고** 있기는 했다.

시작은 낮고 부드러운 으르렁거림이었다. 너무 희미해서 거의 들리지도 않았지만, 그래도 녀석은 그 불길한 소리를 오랫동안 유지했다.

그르르르르르르르르르르르.

그러더니 녀석은 무슨 악마처럼 울부짖으며 철조망을 향해 맹렬히 덤벼들었다. 녀석이 마지막 순간에 몸을 수그리면서 등의 털이 한 줌이나 뜯겨 나갔고, 철조망은 기타 줄처럼 윙 하고 울렸다.

녀석은 곧장 커다란 노새의 코 쪽으로 달려들어 노새를 뒷걸음질하게 하더니 한 바퀴 돌아서 노새의 발뒤꿈치를 물었다.

노새가 스프링을 누르거나 총을 장전하는 듯한 특유의 동작으로 몸을 앞으로 확 당겼다가 양 뒷다리로 개의 가슴을 정통으로 차는 것을 나는 무력하게 지켜보았다.

노새는 마지막 순간에 힘을 거두어들인 것이 분명한데, 그렇지 않았다면 녀석은 으스러져 버렸을 것이 분명했기 때문이다. 그래도 그 힘은 녀석을 뒤로 날아가게 할 만큼 강력했다. 그리 멀리 날아가지는 않았고, 그저 몇 미터 날아갔을 뿐이다. 놀라운 것은 거리가 아니라 둘 사이의 대치였다.

녀석이 꼬리를 앞으로 한 채 날아갔다.

휙.

녀석이 괜찮은지 보기 위해 최대한 빨리 달리며 '아니, 저건 매일 볼 수 있는 광경이 아니잖아' 하고 생각했던 것이 기억난다.

녀석은 네 발로 착지해서 으르렁거리고 미끄러지면서도 발톱을 자갈 사이에 박아 넣더니 다시 철조망 사이로 뛰어들었다. 뒷다리에 걷어차여서 3미터 정도 날아간 것이 그리 무서운 일은 아니었나 보다.

이윽고 녀석은 수탕나귀 세 마리를 떼로 모아서 무거운 목초지 문과 철조망 쪽으로 으르렁거리며 돌진하게 만드는 데 성공했고, 노새와 당나귀들은 모두 발을 구르며 녀석을 걷어차려고 했다. 공기는 먼지로 가득했고, 문은 노새와 당나귀들이 계속 들이받아서 경첩이 흔들렸으며, 개는 그곳에서 곤죽이 되지 않도록 제때 춤을 추듯 빠져나왔다. 이 작은 난장판을 본 사람은 내 개가 분명 눈이 튀어나올 만큼 미쳤다고 생각했겠지만, 사실 녀석은 그 순수하고 완벽한 혼란의 순간에 행복을 느끼고 있었다.

오래 생각할 틈이 없었다. 나는 수탕나귀들과 그 전에 있었던 모든 수탕나귀를 욕하고는 순수한 두려움을 느끼며 문의 잠금장치를 끄르고 반대편의 아수라장으로 겨우 나아갔다. 보아하니 의술이나 수술, 심지어 기도에도 아무런 영향을 받지 않는 듯한 내 나쁜 개가 이번에도 나를 죽게 할 수 있는지 확인하려고 말이다. 나는 녀석의 목걸이를 붙잡고 녀석을 문 쪽으로 끌고 갔다. 녀석은 발톱을 갈고리처럼 자갈 사이에 찔러 넣었다.

어머니가 두 손을 비벼 대며 현관으로 나왔다.

"대체 이게 무슨……"

"망할 수탕나귀들 때문이에요!" 내가 하늘에 대고 소리쳤고, 어머니는 내게 말조심하라고 말했다.[20]

"수탕나귀들, 수탕나귀들, 수탕나귀들." 내가 거의 노래하듯 말했다. "망할 !$%**%!!!*)~)& 수탕나귀들 천지예요! **그러니까…… 그게…… 정말…… 문제라고요!**" 어쩌면 나는 약간 춤을 추었는지도 모르겠다.

이것이 일종의 권유라고 생각한 개는 나에게서 벗어나 다시 목초지로 돌진했고, 나도 녀석만큼이나 피해를 입었기에 녀석과 함께 덤벼들었다. 나는 수탕나귀에게 발을 밟히는 것에 대한 공포증이 있고, 그래서 녀석들을 피하느라 우스꽝스러운 노인처럼 시미 춤[21]을 추어 가면서 개의 목숨을 구하려 했다. 노새는 나를 피해 달아났다. 하지만 나는 정신이 너무 산만해진 나머지 남아 있는 위협을 경계하기를 잊었고, 그래서 벅에게 내 왼쪽 엉덩이를 아주 세게 걷어차이는 바람에 다리의 감각을 잃고 말았다.

나는 보통 영화에서나 나올 법한 그런 욕을 퍼부어 댔다.

---

20 '수탕나귀'로 옮긴 'jackass'는 '멍청이'를 뜻하는 욕이기도 하다.

21 상반신을 흔들며 추는 미국의 재즈 춤.

절뚝이며 집으로 돌아가는 동안 개는 내 옆에서 종종걸음을 걸으며 크게 기뻐했다.

우리가 한 수 제대로 가르쳐 줬지, 안 그래?

"그래." 내가 말했다. "우리가 한 수 제대로 가르쳐 줬어."

노새는—그리고 그보다 약하기는 하지만 당나귀들 또한—녀석의 주된 강적으로 남을 것이었고, 어떤 면에서는 녀석에게 필요한 싸움 상대가 되어 줄 것이었다. 몇 달 동안 나는 녀석이 여전히 전에 살던 대단한 삶을 살 수 있을지 걱정했다. 나는 발을 질질 끌며 주위를 돌아다니는 차분하고 게으른 느림보를 상상했다. 그런 착한 개를 머릿속에 그렸던 것 같다. 하지만 녀석이 온순해지고 있다는 두려움이 내게 조금이나마 남아 있었다고 한들 그 두려움은 녀석이 발을 쿵쿵거리며 먼지를 일으키고 진흙을 튀기는 동안 말끔히 사라져 버렸을 것이다. 녀석이 치는 난리는 정도가 너무 심해져서 밤마다 하는 개싸움이나 고양이 괴롭히기나 배달부 겁먹게 하기 등의 나쁜 짓은 중간 휴식 정도에 지나지 않는 것이 되고 말았다. 나는 녀석이 밟혀 죽지나 않을지 다시 한번 심각하게 걱정이 됐다. 그리고 어쨌거나 나는 그 망할 노새를 좋아했던 적이 한 번도 없었다.

◇ ◇ ◇

내가 수탕나귀 자체를 싫어하는 것은 아니다.

나는 네 발을 모두 땅에 붙이고 있는 당나귀들은 좋아했다. 녀석들을 보고 미소 짓지 않기란 불가능하다. 시칠리아 당나귀라고 불리는 녀석들은 가볍게 발길질을 했고 내 발가락을 밟았지만 키가 겨우 내 허리 높이까지 왔고 머리는 컸으며 배불뚝이에 부드러운 코를 가지고 있었다. 어머니는 녀석들을 자식처럼 사랑했다.

녀석들이 오기 전에 이 땅은 아름다운 소들로 가득했다. 하지만 어머니는 황소를 무서워했고, 낚시하러 연못까지 걸어가는 동안 녀석들이 따라오는 것도 무서워했다. 그래서 우리는 소들을 다른 곳으로 보냈고, 나는 지금의 수탕나귀 지킴이가 되었다. 수탕나귀를 돌보는 일에 고결함은 별로 없지만, 나는 실제 **소득**을 만들어 내던 암소들에 대한 그리움을 느끼던 것만큼이나 어머니가 두려움 없이 이곳을 걸어 다닐 수 있게 되었다는 사실이 기뻤다. 우리 같은 가족에게 해결책은 별로 없다. 끝없는 갈등이 겹겹이 쌓여가고, 불만이 오래된 먼지처럼 쌓여 갈 뿐. 하지만 나는 한 번, 딱 한 번 이겼던 적이 있다.

10년 전 그때, 집에 오니 철조망 건너편에서 커다랗고 시커멓고 사악한 노새가 나를 쳐다보고 있었다.

그 암컷 노새는 귀까지 포함하면 나보다 키가 컸고, 발굽 크기는 '퀘이커 오트밀' 박스 크기만 했다. 내가 쓰다듬어 주려 하자 녀석은 나의 턱을 향해 50킬로그램짜리 머리를 모루처럼 휘둘렀으나 아깝게 빗맞히고는 발길질과 함께 도망치면서 신경에 거슬리는 고음으로 비명을 질러 댔다. 녀석의 몸에서 온화한 부분은 깊은 갈색 눈이 유일했다. 하지만 노새의 눈빛은 가짜다. 목발에 몸을 기대고 있는 아무 노인에게나 물어보면 그렇다는 것을 알 수 있으리라. 어머니는 노새를 거래하는 외가 쪽 사촌에게서 녀석을 100달러에 구입했다.

"원래 300달러를 달라고 했는데." 어머니가 말했다. "내가 값을 **깎았지**."

"아, 그래요." 내가 말했다. "하지만 저 노새로 정확히 뭘 하려는 생각이셨던 거죠? 어머니는 밭을 갈기에는 나이가 좀……."

"네 동생을 위해 산 거야." 어머니가 말했다. "걔한테는 노새가 필요해."

"노새가 필요한 사람은 아무도 없어요." 내가 말했다. "걔가 노새로 뭘 하겠어요?"

동생도 밭을 갈기에는 나이가 좀 많았다. 게다가 우리는 쿠보타 트랙터로 끄는 쟁기 외에 다른 쟁기를 가지고 있지도 않았다.

"그냥 개한테는 노새가 필요해." 어머니가 말했다.

10년이 지났지만 동생은 아직도 노새를 자기 것으로 여기지 않는다. 노새 관리는 남은 인생 동안 나의 몫이다. 노새는 아주, 아주 오래 살고, 나는 기분이 그리 좋지 못하다.

나는 죽으면 목초지에 묻힐까 잠시 생각했지만, 지금은 벨라가 내 무덤에 발굽 자국—그리고 그보다 훨씬 더 나쁜 것—을 남겨 놓을 것 같다는 생각에 그럴 마음을 접었다.

녀석은 심지어 착한 노새도 아니다. 녀석은 안장 훈련이 되어 있지도 않고, 그러니 녀석을 타려는 모든 시도는 확실히 죽음으로 이어질 수 있다. 더 최악인 것은 녀석이 어디를 향하고 있는지 늘 신경 써야 한다는 사실이다. 만일 녀석의 뒤를 따라간다면 그것은 이번 생에서 하는 마지막 일이 될지도 모른다.

게다가 녀석은 기만적이기까지 하다. 오후에 먹이를 먹을 준비가 되었다고 생각하면 녀석은 아연을 도금한 문을 계속해서 백 번은 발로 차댄다. 만일 항복하고 녀석에게 먹이를 일찍 주면 녀석은 내가 정신이 나가서 다시 먹이를 줄 것이라는 기대감을 품은 채 문을 다시 발로 찰 것이다. 어떤 날에 녀석은 내 형이나 형수나 사촌 지넷이 걸음을 멈추어도 문을 차 댈 것이다. 어떤 날에 녀석은 먹이를 네 번은 먹을 것이다.

하지만 나는 녀석도 이곳에 자리를 잡게 해 주었는데, 왜냐하면 어머니가 녀석을 원했던 진짜 이유를 알았기 때문이다. 녀석은 어머니의 과거를 떠올려 주는 존재, 어머니를 더 힘들고 험하고 좋았던 시절로 이어 주는 가교였다.

할아버지는 노새들에게 욕을 퍼붓고 비틀거리면서 녀석들로 척박한 임대지를 일구었다. 녀석들은 모두 이름을 가지고 있었고, 가족의 일부가 되었다. 녀석들의 이름은 '루시퍼', '스크래치', '바알세불', '데이지', '버터컵'이었고, 녀석들은 가족이 먹을 음식과 입을 옷을 마련해 주는 수단이었다. 누구든 좋은 노새 한 마리만 있으면 붉은 흙을 일구어 삶을 꾸려 나갈 수 있었다.

이상한 점은 부자들도 노새를 사랑하는 것 같았다는 사실이다. 노새는 남부 지식인들의 마음을 기이한 방식으로 오랫동안 사로잡았고, 심지어 그들에 의해 **연구**되기도 했다. 그들은 적어도 한 마리의 노새가 등장하지 않으면 진정한 남부 문학이 아니라고 단정지었는데, 그것이 죽은 노새면 더 좋았다. 포크너[22]는 노새가 한 번이라도 당신을 차는 일은 평생 기다려도 오지 않을 것이라고 말했는데, 이 말로

22 미국의 소설가 윌리엄 포크너.

보아 포크너는 노새에 대해 아는 바가 전혀 없었던 것 같다. 노새는 아무 때고 마음 내킬 때마다 당신을 힘차게 걷어찬다. 만일 노새가 당신을 딱 한 번 걷어찼다면, 그것은 당신이 그 첫 한 방에 죽었기 때문일 것이다.

내가 우려했듯이 어머니는 자신의 목초지에 절대 다시는 발을 들이지 않았다. 나는 어머니에게 진짜 농장을 사 주기 위해 평생을 일했는데, 결국 그것을 흉악한 노새에게 넘겨 주고 만 것이다. 하지만 어머니는 내가 녀석을 없애도록 허락하지 않았다. 그 노새는 어디서도 찾을 수 없을 만큼 엄청난 바보였는데도 말이다.

실은 그 노새도 나를 그렇게 생각하는 듯했다. 녀석이 도착한 지 얼마 되지 않은 어느 늦은 밤, 형과 나는 목초지에서 송수관이 새는 곳을 찾고 있었다. 우리가 풀밭에서 진흙탕 위로 몸을 구부리고 있었을 때, 내 등 뒤로 조용한 발걸음 소리가 들려왔고 내 목에 뜨거운 입김이 느껴졌다. 나는 손전등을 든 채 한 바퀴 돌았다가 뻐드렁니가 난 거대한 돌연변이 식인 토끼 같은 것과 코를 맞대고 말았다.

"으악!" 내가 외쳤다.

녀석은 내 면전에서 비명을 질렀고, 잠시 겁에 질린 나는 이제 곧 거대한 누런 이빨 두 줄에 씹혀 죽게 될 줄로만 알았다.

"젠장, 그냥 노새잖아." 형이 말했다.

녀석은 발길질하고 고함을 질러 대며 어둠 속으로 달아났다.

"네가 녀석을 겁에 질리게 만들었어." 형이 말했다.

나는 그 노새 괴물이 다시 내게 몰래 다가오지 않는지 확인하기 위해 손전등으로 목초지를 훑었다. 어떤 식으로든 세상을 떠날 수 있겠지만, 어둠 속에서 거대한 노새에게 짓밟힌 후 작은 당나귀 두 마리에게 끝장났다는 부고만은 사양하고 싶다. 하지만 그때 나는 녀석에게 기회를 주지 않기로 결심했다. 나는 우리 중 하나가 땅 밑에 묻힐 때까지 거리를 지킬 것이었다. 그러고서 그 나쁜 개가 이곳에 왔다.

◇ ◇ ◇

"만일 노새가 그 개를 제대로 걷어차서 녀석이 죽고 만다면 그건 오로지 녀석 잘못이야." 노새가 개를 철조망 쪽으로 날려 버리는 것을 보고는 형이 말했다.

"녀석은 지금도 거의 죽은 거나 마찬가지야." 내가 말했다.

그 정신 나간 개는 심지어 노새의 음식을 두고도 노새와 싸우고 싶어 했다. 녀석은 노새의 여물통에서 떨어진 철조망 맞은편에 웅크리고 있다가 그 사이로 들어와 노새의 눈앞에서 여물을 몇 입 훔쳐 먹었다.

나는 유식한 사람들, 농부와 수의사나 노인들에게 개가 여물을 먹어도 괜찮은지 물어보았는데, 그들은 모른다고 대답했다. 평생 그렇게 이상한 개는 상상도 해 본 적이 없다면서.

"너는 여물을 좋아하지도 않잖아." 나는 녀석에게 이렇게 말하며 부츠 끄트머리로 녀석을 밀었다.

녀석은 한 차례 날카롭게 짖었다. 내 말에 동의하지 않는다는 뜻이었다.

아니야, 좋아해.

"아니, 좋아하지 않아."

다시 짖었다.

아니야, 좋아해.

◇ ◇ ◇

형이 내게 해결책이 있을지도 모르겠다고 말했다. 형은 골칫거리 사냥개들, 다른 방식으로는 말을 듣지 않는 개들에게 전기 충격 목걸이를 사용해 본 적이 있었다.

우리는 녀석이 차를 쫓아가거나 노새와 싸우거나 사진사와 사랑을 나누려 할 때까지 기다렸다가 리모컨으로 한두 번 제압하면 되었다.

"그럴 수는 없어." 내가 말했다.

"강도를 아주 약하게 낮추면 돼." 형이 말했다.

형은 그것을 '쿵'이라고 불렀다.

"말을 잘 듣게 하려고 내 개에게 전기 충격을 주진 **않을** 거야." 내가 말했다.

"뭐 어때서?" 형이 물었다. "다른 식으로는 녀석을 가르칠 수 없을 것 같은데."

"내 개를 내 손으로 감전시킬 수는 없어." 내가 말했다.

사실을 말하자면 나는 일단 녀석을 그런 식으로 제압하기 시작하면 멈출 수 없게 될까 봐 두려웠다.

"그냥 아주 살짝만." 형이 말했다. "녀석이 못된 짓을 할 때만."

"싫어." 내가 말했다.

"그냥 아주……."

"싫어."

7장

유명인

자랑하려는 것은 아는데, 나는 '허들 하우스'에서 꽤나 유명인이다.

나는 거의 매일 이곳에 와서 혼자 구석 칸막이 자리에 앉는다. 나는 사람들이 들어오는 것을 보며 고개를 끄덕이거나 손을 흔든다. 나는 그들 대부분을 안다. 노동자들. 그들 입에는 멘솔 담배가 물려 있다.

웨이트리스들은 내가 무엇을 주문할지 말 안 해도 안다. 계란. 그리츠.[23] 토스트는 빼고. 좋은 의도로 그런 것이겠지만 의사들은 내 삶의 기쁨을 대부분 빼앗아 가 버렸다. 그들은 처음에는 소시지를 빼앗아 가더니, 그다음에는 베이

23 거칠게 간 옥수수.

컨과 해시 브라운을, 마지막으로 토스트를 빼앗아 가 버렸다. 대체 어떤 사디스트가 사람한테서 토스트를 빼앗아 가나?

웨이트리스들은 내 삶의 기쁨이 줄어드는 것을 지켜보았지만 너무 친절하기에 그에 대해 아무 말도 하지 않는다. 그들은 내가 먹지 못하는 줄 알면서도 애플 버터가 든 작은 플라스틱 통을 내려놓는다. 내가 삶에 대한 열정이나 의지를 되찾았을 경우에 대비해 계속 그렇게 해 주는 것이다.

나는 천천히 아침 식사를 하며 남들의 말을 엿듣는다. 나는 마을의 온갖 추문을 듣고, 거기서 내 이름이 튀어나오지 않는다는 사실에 늘 조금 실망한다. 한번은 1983년에 내 트럭이 게임콕 모텔 앞에서 고장 난 적이 있는데, 사람들은 그 일을 두고 3년 동안 내 욕을 했다. 하지만 이제 내게 남은 것은 지난날의 죄악뿐인 모양이다. 그래서 나는 자리에 앉아 여름의 열기 속에 차들이 지나가는 것을 바라보며 사는 게 어쩌다 이 지경에 이르렀는지를 생각한다.

나는 부자였던 적은 한 번도 없지만 남들의 예상보다 세상을 훨씬 더 많이 구경했다. 나는 구두 가죽이 떨어질 만큼 어퍼웨스트사이드를 돌아다녔고, 괜찮은 포드 트럭이 주저앉을 만큼 405번 국도를 달렸다. 나는 뉴올리언스에서 2연발식 산탄총을 구입했고, 마이애미에서는 69년형 파이어버드를 구입했으며, 포르토프랭스[24]의 뜨거운 호텔 방에서 넉 달을 보내기도 했다. 나는 사막의 지평선에서 낙타 행렬이 신기루처럼 나타나는 것을 보았고, 코끼리 떼와 함께 걸었으며, 페르시아만에서 낚시를 했고, 벨글레이드[25]에서는 비 오는 밤에 악어에게 거의 잡아먹힐 뻔하기도 했다. 나는 살면서 해 보고 싶었던 것은 거의 다 해 본 것 같다. 하지만 내가 원래의 시작점으로 돌아와서 살짝 더 나은 픽업트럭 안에 있는 것을 보니 이놈의 지구가 분명 둥글기는 둥근가 보다.

2015년에 어머니의 오두막집에 나타났을 때 나는 항암 치료의 여파로 여전히 살짝 불안정한 상태였다. 나는 차도를 보이고 있었지만 내 안에 남아 있는 것은 실험실에서의 작업이나 MRI 검사로도 보이지 않았다. 치료는 나의 사고를 헝클어뜨렸고, 색채를 흐릿하게 만들었으며, 심지어 나의 기억 여기저기에 구멍마저 뚫어 놓았다. 다른 환자들은 그것을 흔한 인지 장애라고 했지만, 그것은 정말이지 이상한 방식으로 나의 자신감과 오만함과 배짱을 꺾어 놓았다. 나는 전에는 그런 일이 가능하리라고 생각해 본 적도 없었다. 마치 누군가가 한밤중에 우리 집에 몰래 들어와 내 사

24 아이티의 수도.

25 미국 플로리다주 중남부에 있는 도시.

진을 몽땅 훔쳐 가 버린 것만 같았다. 나는 그 모든 일을 항암 치료 탓으로 돌릴 수만도 없다. 나이가 들면서 멍청함이 나의 자연스러운 상태가 되었으니 말이다.

나는 어디로 갈지 모를 때면 늘 집으로 왔다. 집에서는 나를 받아 주어야만 했다. 수도 요금을 내 이름으로 내고 있었으니까. 하지만 어머니와 함께 몇 달을 지내면서 나는 어쩌면 이곳에 영영 머물게 될지도 모른다는 것을 깨달았다.

어머니의 시력은 거의 사라져 있었고, 어머니의 발걸음은 느리고 조심스러웠다. 나는 매일 밤 어머니에게 괜찮냐고 묻거나 필요한 것이 없는지 묻고 어머니가 오븐을 껐는지 확인하기 위해서라도 이곳에 있어야 했다. 어머니는 아들이 집에 있는 것에 기뻐했지만 자신이 노쇠해졌다는 생각에는 모욕감을 느꼈다. 내가 머물 필요는 없다고 어머니는 말했다. 어머니는 생의 대부분을 혼자 살았고, 그렇지 않을 때는 안타까운 남자들을 도와주며 살았다.

어느 날 어머니는 모자를 벗더니 내게 새로 자른 머리를 보여 주었다. 약간 들쑥날쑥했다.

"누가 자른 거죠?" 내가 물었다.

"나랑 예수님이." 어머니가 말했다.

가끔 누가 누구를 보살피고 있는 것인지 헷갈릴 때가 있었다. 어머니는 여전히 나를 달로켓이 발사되고 자동차에

후미 장식판이 달려 있던 시절의 어린아이처럼 대했다.

"내 생각은 그래." 내가 머리를 왜 그렇게 잘랐느냐고 묻자 어머니가 말했다. 이 지구상에서 내가 있을 곳은 이곳뿐인 것 같다.

나는 거의 매일 오후 낮잠을 잔다. 어제 나는 사료통을 치우고 형의 돼지들에게 먹일 옥수수를 사 오고 주머니칼을 갈고 내 양말 서랍을 살펴봤다. 거기서 나는 1달러와 장갑 한 짝, 그리고 아마 1978에 발매되었을 '찰리 대니얼스 밴드'의 카세트테이프를 발견했다. 그 1달러를 어디다 쓰려고 보관해 두었던 것인지 모르겠다. 나는 진입로의 트럭에 앉아서 붉은꼬리말똥가리가 쥐똥나무 미로에서 사냥하는 모습을 지켜보았다. 나는 날씨 채널을 확인한 뒤 트럭을 세차했고, 심지어 몇 글자 끄적이기도 했다.

나는 이곳에서 500킬로미터 떨어진 곳, 모빌만에서 2킬로미터쯤 떨어진 곳에 오래된 집을 한 채 가지고 있다. 나는 바다를 사랑하지만 지난 2년 동안 모빌만이나 멕시코만의 청록색 바다를 보지 못했다. 나는 내가 이곳을 아주 잠깐이라도 떠나면 어떤 거대한 시곗바늘이 이곳을 때려서 마지막 남은 우리 가족을 쓸어 버리지는 않을까 두렵다. 잘나신 분들은 내가 이미 이곳에 반쯤 묻혔다고 말하겠지만, 세월이 흐를수록 나는 그런 말에 점점 더 신경이 쓰이지 않는다. 나는 내가 이 붉은 흙의 땅에서 살아서는 빠져나갈 수 없다는 사실을 늘 알았던 것 같다.

"혹시 그분 아니세요?" 가끔 사람들이 묻는다.

"예전의 저를 말씀하시나 보군요." 나는 대답한다.

"학교 다닐 때 선생님의 책을 읽어야 했어요." 그들은 말한다.

"그렇군요." 나는 말한다.

"저희 엄마도 그랬대요." 그들은 말한다.

"그렇군요."

"저희 할머니는 선생님을 **사랑하세요**."

"할머니께 제 안부 전해 주세요."

나이 60에 어머니 집 지하층에 사는 것은 쓸쓸한 일 같고, 그래서 나는 가끔 그곳의 구석 칸막이 자리에 앉아 우울함이 나를 엄습하도록 내버려둔다.

하지만 허들 하우스는 평화로운 곳이다. 가끔 담배 연기가 좀 괴롭기는 하지만 이곳은 나의 공간, 나의 안식처다. 이곳은 흡연은 가능하지만 개는 출입 금지다.

최근에 녀석은 방울뱀이나 미국살모사나 늪살모사에게 물리지 못해 안달이라도 난 것처럼 눈에 보이는 모든 구멍과 썩은 통나무 안에 코를 처박았다. 녀석은 머리가 아주 심하게 부어올라서 '엘리펀트 맨'처럼 보일 때까지 땅속의 말벌집을 파헤쳤다. 나는 녀석이 무고한 거북이를 물어뜯는 것을 목격했다. 그 거북이는 내가 1킬로미터쯤 떨어진 곳에서 구조해 숲으로 데려와 풀어 준 것이었다. 개는 나를 졸졸 따라왔고, 나는 녀석에게 욕하고 소리치며 집으로 가라고 말했다. 하지만 개는 거북이가 자기 것이라고 주장하며 그것을 돌려받기를 원했다. 나는 결국 포기하고 녀석을 우리에 가두고는 혼란스러워하는 작은 육지거북을 풀밭에 풀어 주었다. 그러고는 내 트럭의 뒷문에 앉아 다리를 흔들며 방금 지나간 내 인생의 두 시간은 절대 돌려받지 못할 것이라고 생각했다.

하지만 하루에 한 시간쯤 나는 은신한다. 매주 화요일에는 심지어 공짜 팬케이크도 얻을 수 있다. 나는 그것을 못 먹지만 어디서 얻어야 할지는 안다.

물방울이 맺힌 아이스티 유리잔 옆에 둔 휴대폰이 울렸다.

"여보세요." 내가 말한다.

"누구세요?" 어머니가 묻는다.

"저예요, 엄마." 내가 말한다. "엄마가 전화했잖아요."

"음, 다른 사람 목소리 같았어." 어머니가 말한다.

"무슨 일이에요?" 내가 묻는다.

"네 개가……."

◇ ◇ ◇

녀석은 어머니가 고양이들에게 먹이를 줄 때까지 숲속에서 기다리고 있다가 뛰어들었다.

하지만 녀석은 스퓨를 잊고 있었다. 스퓨는 이곳의 고양이 대부분을 탄생시킨 으스스한 노란 눈의 커다란 회색 수고양이였다. 개가 뒤쪽 현관으로 껑충껑충 뛰어와 고양이 먹이를 먹기 시작하자 스퓨가 저항 운동을 이끌었다. 그 결과 가녀린 울음소리, 쉭쉭거리는 새된 소리가 뒤섞인 불협화음이 일어났다. 고양이들이 슬픔에 잠겨 부루퉁해졌기 때문이다. 스퓨는 잠시나마 물러서지 않으며 버텼고, 심지어 녀석을 한두 차례 후려쳐서 녀석의 코에 깊은 상처를 남기기도 했다.

하지만 시끄럽고 극적이었던 저항 운동은 결국 실패로 끝났고, 내가 집에 도착했을 때 녀석은 1킬로그램쯤 되는 '미유믹스'[26] 위에 죽은 듯이 큰대자로 누워 잠들어 있었다.

"녀석을 감옥에 처넣어야 해." 빗자루로 모종의 질서를 바로잡느라 여전히 숨이 가쁜 어머니가 말했다.

"곧 그렇게 할게요." 내가 말했다.

나는 계단에 있는 녀석 옆에 앉아서 살짝 지친 채로 녀

26 미국의 고양이 간식 브랜드.

석의 코를 살펴보았다. 나는 그 일에 능숙해지고 있었다. 이제 녀석은 이곳에 온 지 여섯 달째였고, 그동안 베이고 쏘이고 물리고 긁히고 벌레가 꼬이고 감염되고 숨통이 막혔다. 최근에는 부엌 조리대에서 닭의 넓적다리를 훔친 녀석에게 헤드록을 걸고 목구멍에서 그것을 끄집어내다가 닭 뼈가 부서지기도 했다.

나는 오늘의 소동은 끝났다고 생각했지만 그것은 고양이의 원한을 과소평가한 것이었다.

나는 개가 스퓨를 보기 1, 2초 전에 스퓨를 봤다. 스퓨는 목초지의 키 큰 풀 사이로 살금살금 움직이며 들쥐를 사냥하고 있었다. 녀석은 무언가로 인해 멈추고 돌아서더니 언덕 위의 우리 쪽을 쳐다보며 비통하게 울부짖기 시작했다. 나는 고양이의 언어를 이해하지 못하지만 언덕 위로 울려 퍼지는 울음소리를 들으니 녀석은 아직도 화가 안 풀린 것 같았다. 개는 그 소리에 정신을 차리더니 내가 달군 옷걸이로 찌르기라도 한 듯이 울부짖었다. 녀석은 무례한 고양이를 경멸했다. 녀석은 현관에서 너무 힘차게 달려 나가는 바람에 계단의 마지막 두 칸을 놓치고 턱을 쿵 찧었다. 녀석은 가끔 경로를 잘못 계산해서 엉뚱한 데 착지했다.

녀석은 울타리에 부딪혔을 때쯤 흐릿한 형체로만 보일 뿐이었는데, 이번에도 녀석은 거리를 잘못 계산했다. 녀석은 철조망 아래로 몸을 숙일 때 속도를 늦추지 않았고, 그래서 이번에는 몸을—너무 빨리—일으키며 철조망 아래에 아주 세게 부딪히는 바람에 기둥 하나에서 꺾쇠가 튀어나오고 말았다. 녀석은 **철조망 울타리를** 찢어 버렸다. 이런 개가 또 있을까.

스퓨는 키 큰 풀 사이에서 증발하더니 150년 동안 비어 있던 낡고 무너진 통나무집 바깥의 녹슨 철조망과 울타리 기둥 근처에서 마법처럼 다시 나타났다. 스펙은 스퓨를 쫓아 뛰어들 때 보인 꼬리를 끝으로 더는 모습을 보이지 않았다. 개나 못된 고양이나 크게 걱정되지 않았다. 녀석은 재미로 고양이를 쫓기를 좋아했고, 고양이 먹이가 개입되지 않는 한 고양이를 궁지에 몰아넣고 싸우지 않았다. 이는 아마도 좋은 일이었을 텐데, 왜냐하면 스퓨는 걸어 다니는 면도칼이나 마찬가지였기 때문이다.

하지만 녀석이 금방 다시 나타나지 않자 조금 걱정이 되었다. 소용없는 짓임을 알면서도 나는 녀석을 불러 보려 했다.

"스펙! 여기야!"

아무 반응도 없었다.

형의 작업 트럭이 진입로를 따라 느릿느릿 올라오는 모습이 보였다.

"무슨 일이야?" 형이 열린 창문으로 말했다.

"수고양이 한 놈이 내 개를 죽인 것 같아." 내가 말했다.

"흐음." 형이 말했다.

개는 몇 분 후 다시 나타났다. 녀석은 절뚝이고 있었고, 나는 녀석이 물리거나 긁혔을지도 모른다고 생각했다. 하지만 녀석을 가만히 있게 하고 보니 60센티미터짜리 녹슨 가시철사 하나가 녀석의 꼬리에서 오른쪽 뒷다리까지 박혀 있었다. 그것은 녀석의 긴 털 안으로 파고 들어가 녀석이 움직이고 꼬리를 흔들 때마다 더 큰 상처를 입히고 있었다. 생각할 것도 없이 양손으로 철사를 붙잡아 녀석의 몸에서 빼내려다 녀석이 피하는 바람에 나는 왼쪽 팔목의 굵은 핏줄을 베이고 말았다(한 시간 동안 피가 흘렀고, 한동안 나는 마침내 녀석에게 죽임을 당하고 말았다고 생각했다).

"녀석의 목걸이를 붙잡아. 녀석이 움직이지 못하게. 철사는 신경 쓰지 말고." 클리퍼를 가지러 공구 상자 쪽으로 가면서 형이 말했다. 우리는 조심스럽게 철사를 잘라 냈다. 우리는 녀석이 버려진 오두막집 바깥의 오래된 울타리에 걸려 몸에 철사가 박혔다고 상상할 수밖에 없었다.

"아니, 녀석은 어떻게 이런 일까지 **저지르는** 거지?" 60센티미터짜리 녹슨 가시철사를 손에 들고서 형이 말했다.

개는 꼬리를 흔들었는데, 꼬리가 여전히 제대로 움직이는 것을 알자 기뻐하는 듯했다. 녀석은 두려워하거나 침울해하지 않았다. 녀석은 멍청한 고양이를 두 번이나 괴롭혀 주었고, 울타리를 한 개가 아니라 두 개나 찢어 놓았다. 그 날은 아마 녀석의 인생에서 최고의 날 중 하루였을 텐데, 그 주는 심지어 순조롭게 시작되지도 않았다.

◇ ◇ ◇

그다음 주 금요일에 다들 앉아서 저녁을 먹는데 형이 들어오더니 말했다. 자기가 붉은색 시보레를 몰고 천천히 진입로를 올라오고 있는데 스펙이 전속력으로 달려와 운전석 쪽 문을 들이받았다고 했다. 녀석은 붉은색을 아주 싫어했고, 광택 있는 붉은색은 더 싫어했다. 이유는 우리도 모른다.

"콘크리트 블록처럼 박았어." 내가 당황하며 급히 문 쪽으로 달려갈 때 형이 말했다.

"괜찮아." 형이 어머니와 함께 나를 뒤따라 나오며 말했다. "내가 내려서 봤어. 차에는 흠집 하나 안 났어."

개는 내 트럭 아래에 있었다. 그곳은 녀석의 동굴, 녀석이 형이나 멀리서 터지는 폭죽이나 천둥을 피해 숨는 곳이었다. 그 세 가지가 녀석이 두려워하는 전부다.

"나는 녀석을 피하려고 했어." 샘이 말했는데, 물론 나는 형이 그랬다는 것을 알고 있었다. 형은 내 개를 일부러 해칠 사람이 아니었다. 물론 때때로 현관에서 녀석을 발로 차서 쫓아내기는 했지만. 형은 죄를 사면받고 다시 집 안으로 들어왔다. 나는 개가 내 얼굴을 볼 수 있게 무릎을 꿇고 트럭 아래를 응시했다.

"나야, 친구. 이제 나와도 돼." 나는 이렇게 말하고서 녀석이 전에 다쳤던 머리와 등과 오른쪽 옆구리를 확인했다. 녀석은 괜찮아 보였다. 하지만 녀석이 며칠 후 조금 둔해진 것 같아 녀석을 좀 더 자세히 살펴보기 위해 집 안으로 들였다.

나는 녀석을 위해 거실 바닥에 침대를 만들어 주었지만 녀석은 낡은 가죽 소파 위로 뛰어올랐다. "알았어." 이곳이 녀석에게 가장 안전한 장소라고 생각하며 내가 말했다. 몇 분 후 무언가를 찢는 소리가 작게 들려왔다. 가죽 소파는 내 생각만큼 튼튼하지 않았다.

"다시 밖으로 나가자." 개가 자신의 말대로 행동할 것이라고 생각하는 사람처럼 내가 말했다. 녀석은 이 말을 '잡을 수 있을 테면 잡아 봐'라는 뜻으로 받아들이고는 거실과 부엌을 자동차 파괴 경기장처럼 만들어 놓았다. 녀석은 단단한 목재 바닥을 발로 잘 잡을 수 없었고, 그래서 옆으로 미끄러지며 테이블과 의자와 쓰레기통에 충돌했다. 녀석은 코로 문을 열고 비틀거리며 계단을 내려오더니 내 사무실로 쏜살같이 달려와 아이스티를 엎지르고는 고인 아이스티 위를 걸었고, 침실로 이어지는 숨길 수 없는 발자국을 남겼다. 물론 나는 그저 파괴의 소리만 듣고도 따라갈 수 있었을 테지만.

내가 거기 도착했을 때쯤 녀석은 침대를 먹고 있었다. 녀석은 내가 나중에 망령이 나면 차가운 다리를 덮으려고 했던 낡은 경기장용 담요에 순식간에 손바닥만 한 구멍을 뚫어 놓았다. 그것은 내가 25년째 간직해 온 담요였다. 그러고서 녀석은 침대 시트를 긁어 60센티미터 길이의 상처를 냈고, 매트리스도 찢어 놓았다. 나는 다시 녀석의 목걸이를 붙잡고 녀석을 침대 밖으로 끌어내면서 멍청하게도 찢어진 침대를 가리키며 "**안 돼!**" 하고 외쳤다. 이제는 녀석의 머릿속에 '안 돼'라는 말이 '자, 어서 네가 하고 싶은 대로 하렴'이라는 뜻으로 입력된 것이 아닌가 싶은 생각이 들기 시작한다. 녀석이 곧장 물러서서 몸을 당기자 목걸이가 머리에서 빠졌다. 나는 녀석의 목덜미를 붙잡으려 했지만, 녀석은 나를 피해 다시 침대 위로 뛰어오르더니 담요 아래로 파고 들어가서 보이지 않는 커다란 덩어리가 된 채 으르렁거렸다. 녀석은 바깥에서 기르는 개다. 녀석은 노새의 천연비료 위에서 뒹군다. 침대를 바꿔서 될 일이 아니었다. 침대를 태워 버려야 하는지도 몰랐다.

녀석은 머리를 자유로이 움직이며 고소하다는 듯 광적이고 음흉한 시선을 보냈다.

나는 의자에 털썩 주저앉아서 큰 소리로 웃었다. 새 담요, 새 시트, 새 침대는 살 수 있었지만 지나간 세월은, 하느님 맙소사, 지나간 세월은 내 힘으로 어쩔 수 없었다.

그날 나는 개가 세상에서 가장 좋아하는 것이 사람의 웃음소리라는 것을 처음으로 깨달았다. 녀석은 꿈틀대며 몸을 굴리더니, 뭐랄까, **싱긋** 웃었다. 그렇게밖에는 달리 표현하지 못하겠다. 좋은 쪽 눈이 네온 불빛처럼 반짝였다.

"너 정신이 나갔구나." 내가 말했다. 나는 녀석을 시트로 말아서 안간힘을 쓰며 문 쪽으로 데려가 땅 위에 아무렇게나 내려놓았다. 녀석은 시트를 찢고 밖으로 나오더니 그것을 물고 달렸고, 시트는 펄럭이는 끈과 함께 녀석의 뒤를 유령처럼 따라다녔다.

◇ ◇ ◇

한 주쯤 지난 후 녀석은 나를 애틀랜타 공항으로 데려다주기 위해 진입로를 올라오던 차를 공격했다. 그러고는 범퍼에 코를 대고 눈동자를 운전사에게 고정한 채 차를 노려

봤다.

“사람을 무나요?” 운전사가 물었다.

“저도 무는 걸요.” 내가 말했다.

녀석은 눈앞에 튀어나오는 모든 것에 싸움을 걸었는데, 그날의 대상은 우연히도 링컨 차였다. 나는 녀석이 운전사를 해쳤을 것이라고는 생각하지 않지만, 멋진 옷을 망쳐 놓을 수는 있었을 것이다.

녀석은 그다음 주에도 또 그랬고, 그다음 주에도 마찬가지였다.

어머니와 내가 부엌 창가에 서서 본 가장 최근의 차는 녀석을 피하느라 마지막 남은 100미터를 올라오며 5분 동안이나 이리저리 움직여야 했다. 우리는 녀석에 대한 부끄러움을 차가 스무 대나 더 오기 전에 이미 극복했다.

“녀석이 왜 저러는지 너도 알지?” 내가 가방을 챙겨 들 때 어머니가 말했다.

“멍청이라서요?” 내가 말했다.

“아니야.” 어머니는 말했는데, 그 말에는 ‘잘나신 양반이 그것도 모르니’라는 속뜻이 담겨 있었다. “녀석은 네가 손에 여행 가방을 들고 문밖으로 걸어 나가 검은 차에 타면 한동안 돌아오지 않는다는 사실을 알아차린 거야. 녀석은 네가 네 트럭에 타면 곧장 돌아온다는 사실을 알지. 네가 검은 차에 타면 녀석은 네가 언제 돌아올지 알 수가 없어."

"제 생각에 어머니는 이 개의 지능을 너무 과대평가하는 것 같아요." 나는 어머니에게 이렇게 말하고는 작별을 고하고 문 쪽으로 향했다. 하지만 이번에는 어머니가 맞을 수도 있겠다는 생각이 들었다. 나는 개가 불완전한 시간 감각을 지녔다는 말을 들은 적이 있는데, 내가 긴 여행에서 돌아올 때 녀석이 얼마나 높이 뛰어오르는지를 보면 이 개는 경우가 좀 다른 것 같다.

"녀석을 최대한 잘 보살펴 주세요." 내가 이렇게 말했을 때 마침 녀석이 운전석 쪽 문의 빛나는 검은 페인트를 긁어 댔다. 나는 움찔했다. "기적까지는 바라지도 않아."

나는 차의 문을 열고 안으로 미끄러지듯 들어갔다.

"밖에 못 나가서 죄송합니다." 운전사가 말했다.

"원래 아무도 안 나와요." 내가 말했다.

그다음 주, 그다음 여행을 떠날 때는 녀석이 나와 문 사이로 비집고 들어와서 문을 닫을 수가 없었고, 그래서 나는 안으로 기어들려 했다. 마침내 문을 닫을 수 있을 만큼 녀석을 뒤로 밀어내자 녀석은 거기 앉아서 쓸쓸히 차창을 올려다봤다.

"제 개를 치지 않고 와 주셔서 감사해요." 내가 운전사에게 말했다.

"잘생긴 녀석이네요." 운전사가 말했다.

"생긴 거야 멀쩡하죠." 내가 말했다.

개는 우리를 다시 오두막집으로 몰려고 했지만, 운전사는 끈기 있고 조심스러웠다.

나는 녀석에게 외치려고 차창을 내렸지만 차마 그럴 용기가 나지 않았다.

"곧 돌아올게." 차가 떠나기 시작할 때 내가 녀석에게 말했다.

갑자기 녀석이 여기 온 지 적어도 1년은 된 것 같다는 생각이 들었다. 녀석의 존재감은 그만큼 엄청났다. 사실 녀석이 이 모든 재난을 일으킨 기간은 그저 몇 달에 지나지 않았다.

"우리 집에도 개가 있어요." 동쪽의 애틀랜타로 향하는 동안 운전사가 말했다. "녀석은 착해요. 집에서 기르는 개죠. 녀석은…… 저렇지는 않아요."

"제 개는 저렇답니다." 내가 말했다.

8장

불의 호수에서

아버지는 투견을 키우셨다. 녀석들은 구덩이 안에서 싸웠고, 가끔은 싸우다 죽기도 했다. 사람들은 불법 위스키를 마시며 전기세를 판돈으로 걸었다.

샘은 1965년 가을에 크고 아름다운 복서를 반려견으로 맞이했다. 어느 날 아버지는 녀석에게 사슬을 매달아서 차로 끌고 갔다. 녀석으로 술 마실 돈을 딸 수 있겠다고 생각했던 것이다.

그때 형은 여덟 살이었다. 그 후로 형은 또 다른 반려견, 그저 애정의 대상인 개는 들이지 않았다. 이제 와서 그 일을 곱씹어 봤자 아무런 소용은 없다. 나는 그저 거의 모든 일에는 숨은 사연이 있다는 사실을 말하려는 것뿐이다.

◇ ◇ ◇

형은 아홉 살 때 저탄장에서 일했고, 열한 살 때 곡괭이와 삽으로 하는 힘든 일을 했으며, 열네 살 때 점토 공장에서 유개화차에 화물을 실었다. 형은 어린 시절의 대부분을 고장 난 트랙터나 트럭 같은 고물 아래 누워서 욕을 내뱉고 녹슨 부품을 이리저리 돌리며 보냈다. 그리고 매일 밤 날씨가 바뀌어서 뱀들이 구멍으로 들어가고 나면 형은 개를 쫓아가며 가시덤불과 쓰러진 나무 사이를 누볐다. 마치 가장 행복한 시간에도 인생은 사악할 만큼 힘들어야 한다는 듯이 말이다. 형은 가만히 앉아 있으면 우울해지는 사람이었다. 그러니 개를 쫓아서 산을 가로지르고 넘어가는 것보다 더 나은 일이 뭐가 있었겠나? 하지만 형은 종종 서슴없이 말했는데, 녀석들은 반려견이 **아니었다**. 녀석들은 목적이 있었고 먹고살기 위해 일했다.

10대 때 형은 개에게 먹이를 줄 돈만 있었지 녀석들을 귀여워해 줄 돈은 없었다. 녀석들은 땅에 1미터 정도 박힌 철제 말뚝에 고정된 무거운 쇠사슬에 묶여 살거나, 개 우리용 철사와 타르 종이와 소나무 널을 엮어 짠 우리에 갇혀 살았다. 합판 조각과 타르 종이를 구부러진 망치로 두드려 만들었고, 추운 날씨에는 건초와 마른 솔잎과 낡은 누비이불로 절연 처리를 한 개집이 녀석들의 피난처였다. 어렸을 때 나는 개집에 날카로운 모퉁이가 하나도 없는 것을 이상하게 여겼는데, 그러다가 형의 주머니쥐와 미국너구리 사냥개들이 지루할 때면 자기 집을 갉아 먹는 모습을 보게 되었다.

"내게는 녀석들에게 더 나은 대접을 해 줄 돈이 없었어." 형은 내게 말했다. 하지만 녀석들은 형이 소유한 가장 소중한 것, 심지어 형이 지프로 개조한 빛바랜 파란색의 전쟁 전 모델인 윌리스 소형 트럭보다 훨씬 더 소중한 것이었다. 형은 운전하기에는 너무 어려서 자동차 번호판이나 면허증이 필요 없는 곳, 즉 바퀴 자국이 깊이 난 진흙투성이 산길 외에는 운전할 수가 없었다. 형과 형의 친구들은 그 차를 운전할 때보다 뒤에서 밀 때가 더 많았는데, 형이 나무를 박아 다리 하나를 부러뜨릴 만큼 차를 빨리 몰 수 있게 된 이후로는 아마 그렇게 미는 것이 가장 안전한 운전법이었을 것이다.

"식료품을 사고 집세와 전기세를 내고 휘발유를 구입해야 했어. 그래야 그다음 주에 다시 나가서 그 모든 돈을 낼 수 있을 만큼 일할 수 있을 테니까. 그러면 남는 게 없었지. 개는 고사하고 사람한테 쓸 돈도 없었어." 나이가 들면서 마을 방적 공장의 조마조마한 소음 속에서 일하며 생계를 꾸린 형이 말했다. "나는 내 개들을 보살피는 데 최선을 다 했어."

녀석들은 건설 현장에서 슬쩍해 온 20리터들이 양동이로 물을 마셨고, 거꾸로 뒤집은 베이비문 휠 캡과 오래되고 다 탄 비스킷 팬으로 밥을 먹었다. 하지만 개집은 방풍과 방수가 완벽했다. 무더운 날이면 녀석들은 하루에 두 번 깨끗한 물을 마셨고, 매우 추운 날이면 형은 밖으로 나가서 양동이에 얼음을 넣고 오래된 대형 해머의 히코리 손잡이로 그것을 깼다. 여름이면 형은 녀석들의 몸에 붙은 진드기를 떼어 주었고, 원래 암소를 위해 사용하는 벼룩과 진드기용 약을 녀석들의 몸에 한 움큼씩 뿌려 주었다. 형은 옴을 치료하기 위해 녀석들을 연소된 엔진오일에 담가 주었다.

아이였을 때 나는 그 개들에게, 아마도 모든 개들에게 매혹되었던 것 같다. 전신이 근육질에 머리가 단단한 녀석들은 검은 바탕에 갈색 얼룩이 있는 레드본과 블루틱의 잡종이었는데, 등록되지 않은 개들이었지만 분명 사냥을 할 줄 알았다. 녀석들도 어떤 의미에서는 버려진 개였다. 몹시 지치고 쉽게 화를 내는 개, 소년에게 15달러에 팔거나 하루 동안 펄프용재를 자르는 일을 시키고 그 대가로 주는 그런 종류의 개 말이다. 형은 내게 그러지 말라고 했지만, 나는 어렸을 때 녀석들을 쓰다듬어 주고는 했다. 나는 녀석들이 안쓰러웠다. 십자형의 하얀 상처가 난 사냥개들은 내가 상상했던 늙은 검투사의 모습이었다. 어떤 개들은 한쪽 귀가 없거나 두쪽 귀가 모두 없었고, 귀가 전혀 들리지 않았으며, 다른 개들은 코가 찢어져 있었다. 이빨이 온전한 개는 한 마리도 없었다. 어떤 개들은 다리를 살짝 절었고, 한때 아름다웠을 목소리는 약하고 가늘어져 있었다.

형은 낡은 지프를 다룰 때 그랬던 것처럼 녀석들을 마지막까지 좀 더 사냥하게 했고, 마지막까지 좀 더 달리게 했다. 형은 녀석들을 부드럽게 대하지도 잔인하게 대하지도 않았다. 형은 녀석들이 무엇을 위해 사는지 알았고, 그러니 어쩌면 녀석들에게 다정한 마음을 품었는지도 모르겠다. 형은 평생 나쁜 버릇을 갖고 살아온 개들, 물어뜯고 떠도는 개들을 데려다가 얌전히 굴게 훈련했고, 요란하게 짖어 대는 아마추어도 참을 줄 아는 나이 든 개들과 쓸모없는 개들을 짝지어서 사냥 훈련을 시켰다. 나중에 형은 피와 살로 이루어진 동물보다는 기계에 가까운 순종 개들을 기를 것이었지만, 초창기에는 녀석들을 발로 차서 엉뚱한 나무에서 떼어 놓거나, 녀석들이 싸울 때 발로 차서 떼어 놓거나, 사냥을 나갔을 때 녀석들이 서로 죽이지 않게 떼어 놓아야 했다.

"나는 개에게 나쁘게 군 적이 한 번도 없어." 형은 내게 말했다. 그리고 형이 자라난 시대와 장소를 생각했을 때, 나는 형이 정말로 그렇게 믿었다고 생각한다. "내 개들은 대부분의 아이들보다 말을 더 잘 들었어."

녀석들은 여름이면 고통을 겪었다. 뱀이 출몰하는 시기, 산을 걷는 것이 단지 불법이 아니라 자살 행위에 가까운 시기에 쇠사슬에 묶인 녀석들은 쇠약하고 반쯤 죽은 것 같았다. 그러다가 날씨가 시원해지면 녀석들은 트럭 뒷문의 금속음을 듣고는 흙바닥에서 일어나 으르렁거리며 몸을 비틀고 쇠줄을 잡아당기다가 형이 와서 풀어 주면 트럭으로 돌진했다. 개들은 지프에 우르르 올라타서 춤추고 몸을 떨고 이빨을 딱딱거렸다. 개들만큼이나 남루한 시끌벅적한 소년들은 개들 사이에 모여 앉아서 자동차 배터리가 다 되거나 밋밋하게 닳은 타이어가 진흙에 빠질 때까지 소방도로 위를 거칠게 달리며 으스스하고 어두운 임의의 장소로 이동했다.

개들은 우르르 튀어나와 어둠 속으로 사라졌는데, 그러다 한 녀석이 냄새를 맡으면 음악이 시작되었다. 그것은 지금까지 내가 들어본 소리 중 가장 아름다운 소리로 남아 있는데, 상처 입고 물어뜯긴 고독한 생명체가 아니라 나무 사이에서 들려오는 것 같은 소리였다. 그것이 전하는 유일한 메시지는 바로 이것이었다.

서둘러.

나는 형이 명령할 때 말고는 개를 쓰다듬어 주거나 개에게 말을 거는 모습을 본 기억이 없지만, 그것이 특이한 일은 아니었던 것 같다. "나는 내 개가 나무에서 제대로 실력을 발휘했을 때 말고는 절대 쓰다듬어 준 적이 없어." 형은 말했다. 하지만 형은 잃어버린 개가 생기면 녀석이 알아서 집으로 돌아올 것이라고 믿기를 거부하며 밤새 개를 찾아 걸었다. 어느 날 밤 형은 돌출된 뿌리 아래의 깊은 개울에 갇힌 개를 구하려다 익사할 뻔하기도 했다. 그 개는 끊임없이 짖어 대며 물속을 걷고 있었다. 그날 밤은 영하의 날씨였지만 샘은 매서우리만치 차가운 물속으로 뛰어들어 개를 머리 위로 들어 올리고 빠져나갈 길을 찾은 다음 등에 얼어붙을 듯이 차가운 옷이 들러붙은 가운데 녀석을 들고 몇 킬로미터를 걸었다. 형의 개들은 누가 소중히 보살펴 준 적이 한 번도 없고 심지어 쓰다듬어 준 적도 거의 없지만 그래도 노년에 그늘에서 죽었다.

◇ ◇ ◇

내 개는 먹고살기 위해 일하지 않았다. 지금까지 녀석은 대체로 동물들을 소란스럽고 과격하게 아무 데로나 몰고 갔다. 지금까지 녀석은 우리에게 확실한 목적을 보여 주지 않았다. 형의 말에 따르면 "싸우거나 악취를 풍기는 것 말고는" 말이다. 나는 이것이 대체로 부당한 견해라고 생각했다. 스펙은 갓 배설된 물질에 뒤덮이지만 않으면 악취가 심하지 않은 떠돌이 개였는데, 그래도 솔직히 말하자면 첫해에 녀석의 위생 상태는 당혹스러울 정도였다. 샘에게는 개가 집 안에서 배설물을 지릴지도 모른다는 두려움이나 공포증이 있었는데, 형에게는 말하지 않았지만 녀석은 이미 그런 적이 있었다. 게다가 녀석은 보통 샘의 의자에 웅크리고 있었다.

"다리가 두 개보다 더 달린 동물은 바깥에 있어야 해." 형은 말했다.

"당연하지." 내가 말했다.

나는 거의 매달 녀석을 목욕시키려 애썼고, 녀석을 손질해 주려는 애처로운 시도를 했다. 녀석은 내가 자기를 죽이기라도 할 것처럼 굴면서 나를 세 번 물었고, 내가 녀석의 네 다리를 다 집어넣기도 전에 빨래통에서 튀어나왔다. 혹자는 녀석을 부분적으로 조금씩 씻겨 주면 안 되냐고 말할지도 모르겠지만, 개의 몸에서 16분의 3을 씻겨 준다고 해도 상당 부분은 여전히 더러운 상태로 남는다. 나는 심지어 올가미식 개 목걸이도 사용해 보았는데, 녀석은 그 목걸이로 거의 자살할 뻔했다. 녀석은 깨끗해지느니 차라리 죽는 편이 낫다고 여기는 것 같았다. 나는 가위나 때로는 주머니칼을 들고 녀석을 쫓아다니며 뒤엉킨 털을 잘라 주려 했다. 이따금 한 움큼씩 자르는 데 성공하면 그것을 승리의 징표처럼 쥔 채 주먹을 높이 쳐들었다.

녀석은 간단한 일을 아주 어렵게 만드는 데 선수였다. 나는 씹는 장난감과 뼈를 줘서 녀석의 이빨을 좋은 상태로 유지했고 녀석의 주사와 약과 전반적인 건강에 거의 종교적인 수준의 관심을 기울였지만, 미학적인 부분은 거의 포기해 버렸다. 하지만 끝내 녀석은 사슴의 사체 안에서 즐겁게 뒹굴면서 내가 강제로 손을 쓰게 만들었다. 녀석은 그 안에서 그냥 뒹군 것이 아니라 말 그대로 그 안에 몸을 파묻었다. 가을이 되었을 무렵 녀석에게서는 이루 말할 수 없는 냄새가 났다. 나는 인생에서 일어나는 대부분의 일을 견딜 수 있었지만, 녀석을 내 손으로 손질하고 씻길 정도의 용기는 없었다. 그리고 내가 도움을 요청할 수 있는 유일한 사람은 내가 절대 부탁하고 싶지 않은 사람이었다.

녀석은 보통 털을 잘라 주는 그런 종이 아니었지만 우리

는 그때 그 사실을 몰랐고, 녀석의 뒤엉킨 털은 정말이지 끔찍해서 나는 녀석을 씻기기 전에 뭐라도 해야만 했다. 녀석을 애견 미용사에게 데려갈 수도 있었는데, 전문가에게 전화하자 그녀는 녀석의 순서가 올 때까지 녀석을 몇 시간 동안 우리에 가두어 두어야 할지도 모른다고 말했다. 나는 녀석이 질색할 것임을 알았고, 다른 사람이 녀석을 다룰 때 어떻게 반응할지 종잡을 수 없었다. 어떤 사람은 물리는 것을 웃어넘기지 못한다.

나는 한 번 더 시도해 봤다. 한 손으로 녀석의 목걸이를 붙잡고서 녀석의 눈 근처를 조심해 가며 가위로 작업해 보기 시작했다. 녀석이 끊임없이 반항하는 동안 나는 녀석의 몸에 붙어 있던 들지치, 독미나리, 블랙베리 가지, 그리고 놀라운 숫자의 철 지난 벌레들을 잔뜩 제거했는데, 그러고도 녀석의 털은 여전히 말도 안 될 만큼 심하게 뒤엉켜 있었다.

나는 장비를 구하러 반려동물 용품점에 갔다. 장비들은 모두 백금으로 도금된 듯했고, 내가 쓰기에는 너무 조잡해 보였다. 나랑 같이 간 샘은 못마땅해하는 말만 내뱉었다.

“네 머리를 자르는 걸로 한번 해보지그래.” 형이 말했고, 나는 형에게 안 된다고 말했다.

나는 40년 동안 대체로 내 머리를 직접 잘라 왔다. 훌륭한 이발사에게 돈을 쓰는 것이 아까워서가 아니라, 대기실에 앉아서 보내는 한 시간을 절약하기 위해서였다. 게다가 나는 낯선 사람에게 머리를 만지게 했는데도 내가 여전히 똑같은 사람인 것이 마음에 들지 않았다. 영화배우처럼 보이기를 바란 것은 아니지만 귀만 더 커진 똑같은 나를 바란 것도 아니었으니까.

나는 형에게 아직 내게는 약간의 자존심이 남아 있으며, 내 머리용 도구로 개 털을 자르지는 않을 것이라고 말했다. 그래서 우리는 월마트로 갔다. 나는 할부로 계산하지 않아도 되는 훌륭한 빗과 튼튼한 클리퍼를 발견했다. 집에 돌아온 나는 개를 사슬에 묶었다.

녀석은 나를 믿으며 지켜봤다. '온' 버튼을 누르자 20리터들이 양동이에 집어넣은 벌집처럼 윙윙 소리를 내는 클리퍼를 들고 작업을 시작하기 전까지는. 녀석은 물러서서 나를 마치 체인톱을 든 사람처럼 쳐다보더니 이번에도 목을 매려고 했다.

나는 패배한 채 집 안으로 걸어 들어갔다.

"도움이 필요해." 내가 형에게 말했다.

형은 그날 제로턴 잔디깎이[27]로 공 놀이터와 공원의 잔디를 깎고 또 깎느라 열 시간 동안 일했다. 방적 공장이 문

27 회전반경이 0도인 잔디깎이.

을 닫은 후 시작한 시의 공원과 유락 시설 관리부 일이었다. 세상 모든 곳이 가을이었는데, 이곳은 여전히 여름이고 여전히 비참했다. 형은 녹초가 된 몸으로 의자를 밀어내며 일어나 나를 따라 밖으로 나갔다.

두 시간 동안 형은 내가 겁에 질린 개를 손질하는 것을 도와주었다. 샘은 일반적으로 겁에 질린 개와 동물을 잘 다루었는데, 일종의 차분하고 단호한 결단력 덕분이었다. 내가 사슬을 붙잡고 녀석을 가만히 있게 하는 동안 샘이 클리퍼를 들고 녀석의 뒤엉킨 털을 잘랐다. 나는 녀석이 이러다 질식하는 것은 아닐까 하고 한두 번쯤 생각했다.

"어떻게 하는 건지 알아?" 내가 형에게 물었다.

"어, 물론이지." 형이 말했다.

"그럼 전에 해 본 거야?"

"아니." 형이 말했다.

하운드는 털이 짧은 개다. 보통 하운드는 손질이 딱히 필요 없다. 녀석들은 개울과 강을 건너며 목욕한다. 하지만 나와 마찬가지로 형도 그것을 잔디 깎는 일처럼 단순한 일로 여겼다.

우리는 적어도 70리터는 됨직한 털을 잘라 냈다. 우리는 우리가 잘하고 있다고 믿었다. 정말 그랬다.

우리가 작업을 끝냈을 때, 녀석은 공장에서 선풍기 바람을 맞은 닭처럼 보였다. 녀석의 털에는 구멍과 홈이 생겼고, 한때 잘생긴 얼굴이 있던 자리에는 넓게 기른 구레나룻이 나 있었다. 우리는 녀석의 어떤 부분은 완전히 누락해 버렸고, 어떤 부분은 거의 뼈가 보일 만큼 밀어 버렸다. 잘리지 않은 30센티미터 길이의 털이 마치 짧은 풀이 자란 들판의 긴 잡초처럼 산들바람에 가볍게 나부꼈다. 녀석은 덩어리지고 울퉁불퉁하고 삐죽삐죽하고 주름졌으며 애처로운 일부 부위는 거의 반짝이기까지 했다.

"보기 좋은데." 내가 말했다.

"그래." 형이 말했다. "보기 좋네."

우리가 털을 자르는 동안 태양은 우리를 지켜 주느라 반쯤 졌고, 바깥은 꽤나 어둑했다. 그러니 우리는 어느 정도 감에 의지해 그 일을 한 것이었다. 개는 곧장 기분이 좋아졌다. 녀석은 그 모든 난리를 겪느라 시달렸다. 녀석은 시련을 겪는 동안 눈을 부릅뜨고 헐떡였지만, 우리가 클리퍼를 끄자마자 우리를 용서하고는 진입로에 있던 우리 사이에 앉았다. 녀석은 갑자기 형을 두려워하지 않기 시작했다. 샘이 녀석을 한 번, 그러고는 또 한 번 쓰다듬어 주었다. 스펙은 앉아서 더 쓰다듬어 주기를 끈기 있게 기다렸지만 두 번 이상 쓰다듬어 줄 마음이 없던 샘은 다시 집 안으로 들어갔다. 목욕시키는 것은 나 혼자만의 몫인 듯했다.

똑같은 일을 계속 겪으면서도 다음번에는 다른 결과를 기대하는 것은 정신이상의 징조라는 말을 들은 적이 있다. 왜 이번에는 좀 나을 것이라고 믿었는지 모르겠다.

나는 커다란 욕조를 물로 가득 채워 햇빛에 데워지게 놔두고는 경제적인 사이즈의 메인 앤 테일[28] 한 통을 들고 나왔다. 사촌 여동생들도 잘 사용하는 것이니 녀석에게도 괜찮을 것 같았다. 이 일이 얼마나 나쁜 결과를 초래했는지는 그 어떤 말로도 표현이 불가능할 것 같다. 늘 그렇듯 녀석은 내가 자신을 익사시키려 한다고 믿고는 반쯤 씻고 반의 반쯤 헹군 상태로 도망쳤고, 나는 내 트럭 아래로 세 번이나 기어 들어가서 녀석을 끌어내 욕조로 데려가야 했다. 나는 등을 다쳤고, 녀석은 정신적 외상을 입었다. 형이 밖으로 나오더니 다음번에는 더 쉬울 것이라고 말했다.

"이 일을 또 하고 싶은 마음이 들 때까지 내가 오래 살 것 같진 않아." 마침내 일을 끝낸 내가 말했다.

나는 목욕을 끝내고 나면 녀석이 진구렁에 들어가서 뒹굴 것이라고 확신했는데, 녀석은 대신 트랙터나 트럭 아래

28 사람과 말이 모두 사용할 수 있는 샴푸 혹은 스킨케어 제품 브랜드.

에서 기름을 묻히고는 인근 산의 어딘가에서 동물의 배설물을 작은 점 하나만큼 묻혀 왔다. 고양이 배설물 같았다. 작은 반점 크기의 고양이 배설물에서는 소 한 마리가 통째로 부패할 때보다 더 지독한 냄새가 난다. 너석은 목욕하기 전보다 더 지독한 냄새를 풍겼고, 모양새도 더 볼품없었다.

형은 어머니에게 안녕히 주무시라고 말하고는 녹초가 되어 자신의 트럭으로 기어 들어갔다. 형의 어깨가 살짝 구부정해 보일 때마다 나는 늘 놀란다. 나는 가끔 형에게 늙었다며 농담을 던지지만 진심인 적은 한 번도 없었다. 형은 불변하고 불멸하는 존재이며, 10대 때만큼이나 튼튼하다. 하지만 형은 이제 거의 예순네 살이고, 평생 해 온 힘든 육체노동은 이제 형에게 흠집을 내기 시작해 형을 땅속 가까이로 더 끌어당기고 있다.

그래도 그날은 좋은 하루였다. 그토록 오랜 세월이 흐르고서야 우리는 마침내 공통점을 발견하게 되었다. 스펙이 그 살아 있는 증거였다. 우리는, 그러니까 형과 나는 세상에서 가장 남부끄러운 애견 미용사였다.

"고마워." 문을 쾅 닫는 형에게 내가 말했다.

형은 그저 고개만 끄덕였다.

"형이 너석을 높이 평가하지 않는다는 건 나도 알아." 내가 말했다.

형은 어깨를 으쓱하더니 차 키를 돌렸고, 그러고는 브레이크에 발을 대고 진입로를 조금씩 내려가며 차창을 내렸다. 마지막 말은 늘 형의 몫이었다.

"녀석한테 너무 가까이 다가가지만 마." 형이 말했다. "절대 가까이 가지만 않으면 녀석은 평생 곁에 머물 테니까."

9장

굴러떨어지다

이 개는 소년이 길렀어야 했다. 지칠 줄 모르는 지독한 불멸의 소년이. 그러면 칸막이 문이 쾅 하고 열릴 때마다 엄청난 경주가 시작되었을 것이다. 진흙 웅덩이만을 생각하며. 모험을 생각하며. 하루하루는 쏜살같이 지나갔을 것이고, 시간은 전광석화처럼 흘러갔을 것이다.

◇ ◇ ◇

나는 배불뚝이의 속도와 우아함을 다해 달렸다. 지난 몇 년 동안 나의 양다리는 두 번이나 부서지고 한쪽 무릎도 망가졌다. 그랬던 내가 느린 동작으로 달리며 때로는 땅에서 발을 완전히 뗀 채 뛰어오르고 있었다.

개는 나를 신경 쓰지 않았다. 개는 열광했다. 마침내 자기 머리를 걷어차려 하지 않는 무언가를 몰 수 있게 되었으니 말이다. 매일 밤 식사가 끝나면 우리는 마당에서 놀았다.

"저 개가 너를 쓰러뜨리고 말 거야." 샘은 경고했다.

"아니야." 내가 말했다.

멀리서 봤으면 내 모습이 가련했을 것이 분명하다. 하지만 나는 아주 잠깐이나마 비참하고 괴팍하고 시무룩한 노인네에서 조금은 벗어난 기분이었다. 나는 보통 사람들이 그러듯 그저 손뼉을 치거나 바보같이 열정적으로 말을 걸어 주기만 하면 되었고, 그러면 녀석은 보통 개들처럼 깡충깡충 뛰었다. 나는 그 일이 이 지구상에서 한 번도 일어나지 않은 일이었다고 말하려는 것이 아니다. 나는 그저 그 일이 나를 다시 한번 큰 소리로 웃게 만들었고, 녀석은 컹컹거리고 으르렁거리고 쭈그려 앉았다가 마치 아스팔트 진입로가 트램펄린이라도 되는 양 뛰어올랐다고 말하는 것뿐이다.

"우리 착한 개가 어디이이이이이 있지? 착한 스펙이 어디 있지?"

그러면 녀석은 계속해서 빙글빙글 돌며 최선을 다해 대답했다.

여기!

여기!

여기!

그것은 개에 관한 책 중 내가 가장 좋아하는, 위대한 미시시피 작가 윌리 모리스의 『나의 개, 스킵』을 떠올리게 했다. 그것은 그저 소년과 그의 개에 관한 얇고 짧은 책일 뿐이지만, 그 책이 그토록 좋았던 것은 윌리가 평생을 산 후에도 그 경험의 놀라움을 잊지 않았기 때문이다. 그 책에는 소년의 기쁨뿐만 아니라 개의 기쁨도 담겨 있었다. 그것은 녀석이 야구공 주위에 있을 때 보인 눈빛과 관련되어 있었다.

녀석이 이곳에 와서 보낸 첫 여름에서 첫 가을로 접어드는 동안 그렇게 행복해하는 모습을 보니 녀석이 일으킨 모든 문제도 그럴 만한 가치가 있었다는 생각이 들었다. 나는 한 방향으로 달리기 시작하고는 했고, 그러면 녀석은 순식간에 나를 가로막고는 다른 방향으로 몰고 가려고 했다. 나는 녀석의 털과 양쪽 귀를 당기며 녀석을 괴롭혔고, 녀석을 한쪽으로 밀면서 비틀거리며 다른 쪽으로 나아가고는 했다. 녀석이 더 빠르고 민첩했지만, 나는 양쪽 눈이 다 잘 보였다.

나는 녀석의 주위를 한 바퀴 돌고는 녀석이 보지 못하는 쪽으로 다가가고는 했다.

"나 여기 있다." 그러면 녀석은 몸을 휙 돌렸다.

하지만 나는 녀석이 보지 못하는 쪽으로 다시 넘어가고는 했다.

"아니야, 잠깐. 나 여기 있다."

그것은 어쩌면 약간 짓궂은 짓이었는지도 모르지만, 내가 녀석보다 우위에 설 수 있는 방법은 그것뿐이었다. 하지만 녀석은 자신이 바라는 나의 위치를 이미 머릿속으로 생각해두고 있었고, 나를 그곳으로 몰아넣은 후 내가 벗어나려 하면 나를 가로막고, 내가 녀석과 어울릴 수 있을 만큼 빨리 움직이지 못하면 노새의 발뒤꿈치를 물던 것처럼 나의 발뒤꿈치를 물려 하기까지 했다. 꽤나 아름다운 광경이었다.

우리는 내가 휘청이며 헐떡일 때까지, 멈추어야 할 시간이 한참 지날 때까지 그렇게 놀았다. 나는 발레를 하듯 전광석화처럼 녀석이 못 보는 쪽에서 다른 쪽으로 몸을 움직였는데, 진입로가 목초지 쪽으로 가파르게 기울어지기 시작하는 곳에서 녀석이 내 바로 아래로 들어왔다.

나는 넘어졌다.

녀석의 잘못은 아니었다. 그저 중력과 서서히 쌓인 세월의 탓이었다.

내 개를 발로 짓뭉개거나 언덕 아래로 굴러떨어질 수밖에 없는 상황에서 나는 바보처럼 팔을 마구 흔들어 댔다.

다시 균형을 잡고 똑바로 서는 데 거의 성공했지만, 개가 돕겠답시고 돌진해 와 나를 다시 넘어뜨렸다. 나는 왼쪽 무릎을 아스팔트에 심하게 찧고 말았다. 실제로 살이 찢어지는 소리가 들리는 듯했다. 하지만 나는 무슨 만화에 등장하는 인물처럼 그저 계속 굴러떨어지고 있었다. 내 왼쪽 손바닥에는 깊은 구멍이 세 개나 파였다. 나는 통제력을 상실한 성인이 보일 수 있는 모든 우스운 꼴을 보이며 계속 굴렀고, 결국 꼬리뼈를 다치고 멍청한 내 머리의 뒷부분에도 깊은 상처를 입었다.

나는 얼간이처럼 거기 앉아 있었다. 다리에서는 피가 흘러내리고 무릎은 탱탱하게 부어올랐다. 운이 나쁘면 골절상을 입었겠지, 아니면…….

개가 낑낑거렸다.

그 사실을 깨닫기까지는, 그 소리를 정말로 듣기까지는 기나긴 몇 초가 걸렸다. 녀석을 아프게 해 봤자 고작 으르렁거리는 소리나 내는 것이 고작이었는데, 그때 녀석은 아스팔트에 쓰러진 내 곁에 앉아서 낑낑 소리 내고 있었다. 내가 피를 흘리며 쓰러져 있었기 때문에 녀석으로서는 대단한 신통력이나 직관력을 발휘한 것이 아니었을지도 모르겠다. 그럼에도 그것은 놀라운 일이었다. 무성영화에서 창밖으로 내던져진 피아노처럼 연약하게 쓰러진 것은 나였는데, 정작 울고 있는 것은 내 개였다.

나는 녀석의 머리를 쓰다듬어 주고는 괜찮다고 말했다.

"너나 나나 진입로에서 자꾸 피를 흘리는 일은 이제 멈춰야 하는데." 내가 녀석에게 말했다.

어딘가 부러진 것 같지는 않았지만, 만일 그랬다면 서두를 필요는 없었다.

"나는 잠시 누워 있어야 할 것 같아." 내가 개에게 말했다.

나는 '쓰러지면 곧장 다시 일어나라'라고 말하는 용감무쌍한 사람들이 늘 불쾌했다. 나는 그것이 젊은 사람이 만들어 낸 말이라고 생각한다. 때로는—이것은 나의 큰 경험에서 우러나온 말인데—넘어진 김에 잠시 쉬면서 자신의 삶을 돌이켜 보는 편이 낫다. 세상은 내가 넘어져 있는 동안에도 잘 돌아갈 것이고, 만일 그럴 수 있다면 나중에 따라잡으려 애써도 괜찮을 것이다. 아스팔트가 얼마나 부드러울 수 있는지 알면 다들 놀라리라.

나는 한때 뉴올리언스의 조지프가와 어넌시에이션가 모퉁이에 있는 내 집 입구 계단에서 넘어진 적이 있다. 자세한 과정이 중요한 것은 아닌데, 어쨌든 나는 그곳에 오랫동안 누워 있었다. 새삼 내가 뉴올리언스에 있다는 사실을 자각하고, 누군가가 와서 아직 써먹을 수 있을지 모를 장기를 빼내 가려 할지도 모른다는 생각이 들었을 때까지.

지금도 그때와 몹시 비슷한 상황이었다. 나는 이렇게 생각했다. **적어도 본 사람은 아무도 없어**.

"대체 무슨 일이야?"

형이 내 옆에 서 있었다. 나는 형이 다가오는 소리를 듣지 못했다. 어쩌면 고막을 다쳤는지도 몰랐다.

"넘어졌어." 내가 말했다.

"개가 너를 넘어뜨린 거야?" 형이 물었다.

"아니." 내가 말했다.

"내가 일으켜 세워 줄까?" 형이 물었다.

"아니." 내가 말했다.

"일어나긴 할 거야?"

"아니."

"일어나야 할 것 같은데." 형이 말했다.

"그냥 잠깐 여기서 앉아 있을게." 내가 말했다.

"알았어." 형은 이렇게 말했지만 떠나지는 않았다.

"어디가 부러지기라도 한 거야?"

"모르겠어. 그런 것 같진 않아."

어머니와 형수가 현관에서 우리를 쳐다봤다.

"개 때문에 넘어졌대요." 형이 그들에게 말했다.

"심하게 다친 건 아니지, 그렇지?" 어머니가 묻는 소리가 들렸다.

"네." 형이 말했다.

"개는 안 다쳤니? 네 동생이 개 위로 넘어진 건 아니고?" 어머니가 물었다.

"저랑 개는 괜찮아요." 내가 어머니에게 외쳤다. 나 자신을 식물이나 우편함처럼 토론의 대상으로 만들다니 스스로에게 살짝 화가 났다.

"그럼 개는 뭐 하고 있니?" 계속 내 말을 무시하며 어머니가 물었다.

"그냥 그 바보 같은 개랑 진입로에 앉아서 피를 흘리고 있어요." 형이 이렇게 말하자 다들 현관 쪽으로 몰려와서 잠시 나를 쳐다봤다. 내가 일어났다가 다시 넘어졌거나, 언덕을 따라 목초지나 도로까지 굴러떨어진 것은 아닌지 확인하려고 그러는 것 같았다.

"금방 못 일어나면 제가 끌고 들어갈게요." 샘이 그들에게 말했고, 어느 정도 안심한 그들은 가족 중 누군가에게 예수님이 필요하다는 사실을 논하러 다시 집 안으로 들어갔다. 나는 이윽고 힘겹게 일어나 다리를 절뚝이며 천천히 집으로 향했다. 형이 나를 안고 들어가는 것은 용납할 수 없었다. 만일 그랬다면 형은 나의 여생 동안 한 달에 두 번씩 그 이야기를 끄집어낼 테니까.

개는 문 앞까지 나를 따라왔고, 내가 절뚝이며 문밖으로 나가 내 목숨이 아직 붙어 있다는 확신을 줄 때까지 문 앞에 누워 있었다. 녀석은 문 앞에서 오랫동안 기다렸다. 아마도 간식 때문이었을 테지만, 개를 절대적으로 믿어서 나쁠 것은 없다.

나는 기운을 차리려고 애썼다. 이 작은 공간을 더 넓은 세상과 연결해 주는 2차선 도로를 따라 늘어서 있는 목장주의 벽돌집과 목조 가옥과 이동 주택에 올해 첫 크리스마스 등불이 켜지기 시작했으니 말이다. 다리를 절뚝이고 휘청거리며 녀석을 따라가는 동안 나는 때로 욕을 내뱉고 공허한 악담을 퍼부었는데, 그러다 결국 포기하고 계단에 앉아 기다렸다. 조만간 녀석이 다시 성큼성큼 달려와 내 옆에 앉아서 내가 머리를 쓰다듬어 주고 귀를 잡아당겨 주고 늘 하는 거짓말을 들려주기를 기다릴 것이었다. 하루하루는 쏜살같이 지나가지 않았고, 시간은 전광석화처럼 흘러가지 않았다. 하지만 하루하루가 더디게 흘러가거나 꾸물거렸다고 말하는 것도 거짓이리라.

◇ ◇ ◇

어느 날 밤, 망나니 개랑 놀다가 찬 공기를 들이마셨는데 가슴에 이상한 느낌이 들었다. 잠자리에 들려고 눈을 감앉을 때 다시 그 느낌이 들었다. **괜찮아질 거야**, 나는 혼자 중얼거렸다. 늘 그랬으니까. 내 정신과 몸은 문제가 많았지만, 나는 내가 어려움을 헤쳐 나가며 해야 할 일을 할 만큼 강인하고, 어느 날 나 자신을 돌보는 일에 관심을 돌릴 수 있을 것이라고 여전히 믿고 있었다. 내게는 그럴 시간이 있었다. 내게는 늘 잘못을 바로잡을 시간이 있을 것이다.

"만일 나한테 무슨 일이 생기면 내 개를 좀 돌봐 줘." 내가 아주 진지한 목소리로 형에게 말했다.

"저 녀석을 나한테 떠넘기지 마." 형이 말했다.

자정이 얼마 지나지 않아 나는 잠에서 깼고 숨을 쉴 수가 없었다. 숨을 쉬기 어려웠다는 말이 아니다. 내 몸 안에 공기가 하나도 없는 것만 같았다. 웬일인지 내 뇌는 계속 작동했다. 불과 몇 분 거리에 있는 동네 작은 병원은 문을 닫은 후였다. **나는 그곳에 갈 수 있었을지도 몰라**, 나는 나 자신을 몹시 불쌍히 여기며 이렇게 생각했다. 가장 가까운 종합병원은 거리가 왕복 65킬로미터나 되기 때문에 앰뷸런스를 부를 시간도 없었다. 그것은 똑똑한 사람이 아니어도 할 수 있는 계산이었다. 나는 나 자신을 내몰기 위해, 사실상 나 자신을 집 밖으로 내몰아서 어머니가 그 꼴을 보지 않아도 되게 하기 위해 헐떡이며 문을 쾅 하고 열었다.

하마터면 문을 활짝 열다가 녀석에게 발이 걸려 넘어질

뻔했다. 내게 무슨 일이 일어났다는 것을 녀석이 어떻게 알았나 모르겠다. 안 좋은 일을 감지하는 녀석의 육감 같은 것이 작동했던 것 같은데, 어쨌든 녀석은 낑낑거리며 나를 마당 너머로 몰려고 했지만 늘 그렇듯이 나를 정확히 어디로 몰고 가야 할지는 알지 못했다. 나는 녀석을 밀쳐 내고 운전석으로 기어 들어갔고, 녀석은 좌석의 모서리에 앞발을 올렸다. 나는 문을 닫기 위해 녀석을 다시 밀쳐 내야만 했다.

"너는 못 가, 친구야." 내가 목쉰 소리로 말했다.

나는 진입로에서 좌우로 왔다 갔다 하며 위태롭게 달렸고, 녀석은 운전석의 옆 유리창 옆을 따라 달려왔다. 나는 30분은커녕 3분도 숨을 참을 수 없었는데, 응급실에 도착하려면 30분은 지나야 했다. 달리 어쩌면 좋을지 알 수 없었다. 시골 도로를 요란하게 달리는 동안 911에 전화해서 앰뷸런스를 내 쪽으로 오게 할 수도 있다는 생각이 떠올랐는데, 망할 휴대폰을 놓고 왔다는 사실을 깨닫자 가슴이 철렁 내려앉았다. 나는 늘 휴대폰이 딱 질색이었는데, 얄궂게도 그것이 정말로 필요한 순간에 놓고 와 버린 것이었다.

추운 밤이었지만 얼굴에 와 닿는 히터의 따뜻한 바람 때문에 숨쉬기가 더 힘들었다. 머리가 어질어질해서 창문을 내리고 얼굴에 찬 공기를 맞으며 아주 적은 양의 숨을 들이마셨다.

◇ ◇ ◇

수간호사는 내가 적절히 행동했고 스스로를 살린 것일지도 모른다고 말했지만, 그것은 직업인의 친절일 뿐이었다. 나는 내가 심부전과 신부전을 앓고 있으며 폐에 물이 차 있다는 사실을 알게 되었다. 그것은 일부 나의 어리석음과 오랫동안 규제 없이 복용하고 의존해 온 파괴적인 약물 탓이었다. 나의 한쪽 폐는 재발성 폐렴으로 인해 반흔 조직 주위가 무너져 내릴 것이라고 했다. 이 모든 것이 버밍엄 시내의 종양 전문의 진료소에서 자유롭고 편안히 걸어 나오면서 결국 나는 튼튼한 존재라며 우쭐함을 느낀 지 불과 몇 년 후에 벌어진 일이었다.

한동안 나는 쓸모없는 존재였다.

언덕은 지긋지긋한 시련이었다.

계단은 나를 아주 피곤하게 만들었다.

나는 폐렴에 걸렸고, 앉을 때 다리 위에 담요를 덮어야 했다.

나는 내가 때 이른 노인성 질환을 앓고 있다는 사실을 깨달았다. 나의 모든 문제는 내 잘못이었고, 나는 **여전히** 나 자신을 불쌍히 여겼다.

집에 돌아오니 개가 거의 발작을 일으켰다. 녀석은 몸을 구르고 공중에 뜰 만큼 뛰어올랐다.

"녀석한테 네가 집에 온다고 말해 주었거든." 어머니가 말했다.

어머니는 그런 일들을 믿는다. 왠지 자연이 허락하는 것보다 더 대단한 일이 일어날 수 있다는 것을.

"녀석은 정확히 알고 있었어." 어머니가 말했다.

나는 개가 우리의 마음을 치유해 주는 존재라는 말을 평생토록 들어 왔다. 개들은 병원과 양로원의 복도를 천천히 달려와 사람들을 미소 짓게 만든다. 물론 나는 나의 개가 퍼뜨릴 세균을 위한 항생물질이 아직도 개발되지 않았는지 때로 궁금해하지만 말이다. 그러나 내가 할 수 있는 일이 계단에 앉아 있는 것이 전부였던 세 달 동안 녀석은 나의 곁을 지켜 주었고 나를 즐겁게 해 주었다. 과장이 아니라 녀석은 정말로 몇 시간이고 나와 함께 앉아 있었다. 고양이 한 마리가 지나가기 전까지는. 그러면 녀석은 아주 잠시 온 세상을 갈가리 찢어 놓고는 자랑스러워하며 다시 천천히 달려왔다. 그러고는 다시 현관에 자리를 잡고 기다렸다.

누구든 때로 인생에서 개가 최고의 동반자가 되는 시기를 맞이하게 되는 법이다.

이른 저녁이면 형은 때로 우리 옆에 앉아 있었다. 우리는 갈색 풀 사이로 낙엽이 날리는 것을 보았고 까마귀가 우는 소리를 들었다. 그때 우리는 말이 별로 없었고, 때로는 말을 한마디도 하지 않았다. 내가 할 말 중에 좋은 말은 하나도 없었다.

나는 낙담해 있었고, 무슨 일인가 일어나서 나를 거기서 빠져나오게 해 주기를 기다리고 있었던 것 같다. 늘 그런 일이 일어났다. 그런 식으로밖에는 말 못 하겠다.

"만일 너한테 무슨 일이 생기면 저 개는 슬퍼하다 죽고 말 거야." 어느 날 밤 형이 우울하게 말했다.

형은 일어나서 안으로 들어갔다.

개가 안 좋은 쪽 눈으로 나를 쳐다봤다.

이런, 망할. 나는 속으로 생각했다.

◇ ◇ ◇

우리는 그곳 주변을 걸었는데, 그중 일부는 전에 한 번도 보지 못한 곳이었다. 우리는 벌목 도로를 걸었고, 과수원으로 접어들며 속도를 줄였다. 녀석이 휴면기에 든 나무들의 미로 속에 사는 토끼들을 쫓게 해 주기 위해서였다. 나는 토끼가 있는 땅은 풍요로운 땅이라는 말을 늘 들어 왔고, 토끼가 이곳보다 더 많은 곳은 본 적이 없었다. 녀석은 혀가 축 늘어질 때까지 토끼를 쫓았지만 단 한 마리도 잡지 못했고, 밤새 그 허무함을 다 잊어버리기라도 한 듯 이튿날이면 다시 그 일을 똑같이 반복했다.

어느 날 우리는 이리저리 거닐다가 130미터 떨어진 목초지 위쪽 울타리 근처에 커다란 수사슴이 있는 것을 보았다. 수사슴은 짙은 모래색에 샹들리에 같은 뿔을 달고 있었다. 스펙은 일종의 광기에 휩싸였고, 수사슴은 천천히 호를 그리며 땅을 박차고 올라 공중에 붕 떴다. 그 모습은 너무나도 우아했고 너무나도 수월하게 그 일을 해냈기에 정말이지 말도 안 되게 느껴질 정도였다. 수사슴은 성인 남자의 가슴 높이에 이르는 네 가닥 철조망을 붕 뛰어오르더니 숲속으로 사라졌다. 스펙은 기절할 정도로 흥분해서 녀석이 정신을 차리고 수사슴을 쫓으려 했을 때는 그저 흔들리는 풀밖에는 보이지 않았다. 하지만 녀석은 수사슴에 대한 **생각만으로도** 울부짖고 으르렁거리며 한 시간 동안이나 허공에 코를 대고 킁킁거렸다.

그렇게 내가 뒤에서 비틀거리는 동안 녀석은 우리의 작은 산에서 두 번째 해를 맞이했다. 물론 실감하기로는 녀석이 여기 온 지 그것보다 훨씬 더 오래된 것 같았지만 말이다. 그것은 일종의 구조였다고도 말할 수 있을 텐데, 왜냐하면 녀석은 산등성이에서 죽었을 수도 있었기 때문이다. 하지만 나는 앞으로도 녀석을 구조할 일이 많을 것만 같았다.

10장

마법의 개들

슬픈 사실은, 내가 오래전에 이런 개를 바랐다는 것이다.

2학년이 되기 전 여름이었다. 짧은 머리에 햇볕에 그을린 나는 맨발에 웃통을 벗은 채로 포드 트럭의 차창 안을 들여다보고 있었다. 뒷좌석에 나란히 앉아 있던 개들이 나를 쳐다봤다. 녀석들은 털이 긴 목양견으로, 내가 본 것 중 가장 예쁜 개들이었다.

가까이에 있던 샘은 바짝 마른 진흙 웅덩이의 가장자리에서 어른들이 날씨 이야기를 하는 것을 듣고 있었다. 노인들은 비에 대해 세 시간도 넘게 떠들어 댈 수 있었다.

"저 개들은 무슨 종이야?" 내가 형에게 물었다.

형은 고개를 내저었다. 형은 모르는 것이 있으면 그렇다고 말하는 대신 꼭 그런 동작을 취했다. 그 개들은 우리의 이웃인 존경받은 농부이자 목장주 폴 윌리엄스의 것이었다.

"이곳 개들은 아니야." 샘이 내게 말했다.

"흐음, 그럼 어디 개들이지?" 내가 물었다.

형이 다시 고개를 내저었다.

"폴 아저씨가 보내 달라고 해서 받은 거야." 형이 비밀스러운 분위기를 풍기며 말했다.

"내가 개를 쓰다듬어 주면 아저씨가 싫어할까?" 내가 물었다.

형은 그것이 무슨 멍청한 질문이냐는 듯이 이번에는 퉁명스레 고개를 내저었다.

"쓰다듬는 개들이 아니야." 형은 말했다.

녀석들은 사람처럼 푸른 눈을 가지고 있었다. 보고 있으면 녀석들도 생각을 하고 있다는 것을 알 수 있는 눈이었다.

"아저씨가 암소를 지키게 하려고 데려온 것들이야." 형이 말했다.

"흐음." 내가 말했다.

형이 근엄하게 고개를 끄덕였다.

마법.

마법의 개들.

저런 개를 가질 수만 있다면 무슨 짓이든 할 테야, 하고 다짐했던 것이 떠오른다.

◇ ◇ ◇

폴 아저씨는 우리가 살던 곳의 붉은 흙길 바로 맞은편에 넓은 농지와 아름다운 목초지를 소유하고 있었다. 아저씨는 오번에 있는 대학교에서 흙과 풀과 곡식과 암소를 전문적으로 공부한 사람이었지만, 고용한 일꾼과 함께 진흙 속에서 일했고 고등학교도 가지 못한 사람들의 의견마저 존중했다. 우리는 아저씨의 조상들이 죽을 때까지 사용한 후 방치되어 녹과 블랙베리 덤불에 덮여 버린 쇠바퀴 트랙터와 건초 갈퀴의 유적에서 놀고는 했다. 아저씨는 언제나 헬멧 모자와 작업복 차림이었고, 자신의 픽업트럭을 달리다 거의 부서질 때까지 몰았다. 이제 막 새 트럭이 출시되고 있었기 때문이다. 형은 아저씨를 위해 일하며 건초를 뭉치거나 헛간과 옥수수 창고를 청소했고, 가끔 그냥 함께 트랙터를 타며 아저씨의 지혜를 흡수했다.

"한번은 내게 1달러 은화를 주시기도 했지." 샘이 말했다. "값어치가 꽤 많이 나갔어."

내가 주로 기억하는 것은 아저씨의 개들이다. 우리가 키웠던 사냥개나 잡종견이 아닌, 몇 대 위로 거슬러 올라가는 족보와 혈통이 있는 개들. 아저씨에게는 언젠가 존 삼촌을 잡아먹으려 했던 커다란 콜리와, 어머니가 "턱수염이 난 그 개"라고 불렀던 뻣뻣한 털의 에어데일이 있었다. 하지만 내가 사랑한 것은 아저씨의 목양견들이었다. 녀석들은 아저씨가 트럭 운전석에 태울 만큼 몹시 소중한 존재였다. 녀석들이 지나가면 사람들은 심지어 어른들까지도 하던 일을 멈추고 쳐다봤다.

폴 아저씨는 삼촌들과 이야기를 나누기 위해 늘 차 밖으로 나왔지만, 개들은 아저씨가 휘파람을 불거나 부르기 전까지는 차에서 절대 나오지 않았다. 아저씨가 부르면 녀석들은 재빨리 밖으로 나와서 아저씨의 양다리에 한 마리씩 딱 달라붙었다.

형의 말에도 불구하고 나는 마침내 용기를 내어 녀석들과 놀아도 되냐고 물었고, 아저씨는 그저 미소를 지으며 "물론이지, 얘야" 하고 말했다. 하지만 녀석들은 아저씨가 괜찮다고 말하기 전까지는 아저씨의 곁에서 떨어지지 않았다. 아저씨가 괜찮다고 하면 녀석들은 달리고 뛰어오르며 다른 평범한 개들처럼 놀았다. 내가 길을 따라 달려가면 녀석들은 내 주위를 빙빙 돌며 나를 몰았는데, 물론 나는 너무 어려서 그런 사실을 알지 못했다.

나는 트럭과 나란히 달리며 아저씨의 목초지로 가서 녀

석들이 암소들을 모는 것을 구경했다. 윌리엄스 씨는 녀석들을 이용해서 병든 동물을 가려냈다. 그리하여 암소의 홍안병을 치료하거나 상처나 찰과상에 약을 뿌려 주거나 1회분의 약을 투여했다. 개들은 협력하여 암소들을 내몰았고, 암소가 뿔로 공격하려고 하면 안전하게 이리저리 몸을 피했다. 아저씨가 무슨 말을 하거나 개들에게 소몰이를 시켰던 기억은 전혀 나지 않는다. 녀석들은 그냥 알아서 움직였다. 때로 녀석들은 마치 자신들이 일종의 막강한 힘을 지니기라도 한 듯 암소 떼 전체를 몰기도 했다. 이따금 번개에 맞은 삼나무와 블랙베리 덤불로 이루어진 산림지에서 한 마리 이상의 커다란 황소가 섞여 들었고, 그러면 녀석들은 황소를 쫓아냈다. 개들은 용감하게 뛰어들어 황소를 찾아냈고, 황소가 고함을 지르는 동안 그 사악한 뿔 주위를 돌며 춤을 추었다. 나는 숨을 죽였다. 그것은 내가 본 것 중 가장 용감한 모습이었다.

그리고 50년이 지난 지금, 나는 나무 사이에서 굶주리고 있는 그런 개 한 마리를 찾아낸 것이다.

"그러니까 녀석은 그때 그 개들이랑 거의 똑같은 개인 거지?" 내가 형에게 물었다.

"뭐, 대충." 형이 말했다.

◇ ◇ ◇

그때 그 개들이 보더 콜리였는지 오스트레일리언 셰퍼드였는지는 누구도 확신하지 못하지만, 내가 기억하기로 그 개들은 나의 나쁜 개와 거의 똑같았다.

나는 오스트레일리언 셰퍼드와 보더 콜리를 포함해 모든 목양견에 대한 자료를 죄다 찾아서 읽어 보았다. 나는 책에서 녀석의 사진을 발견했고, 수의사 진료실 벽에 걸린 도표에서도 그것을 봤다.

"그러니까 녀석은 오스트레일리언 셰퍼드로군요." 내가 말했다.

"글쎄요." 클랜턴 선생님이 친절을 베풀려 애쓰며 말했다. "사실 녀석은 뭐라고 불러도 상관없는 개이긴 하죠."

나는 녀석이 '미국애견협회'에 등록된 개가 아니어도 상관없었다. 녀석의 엄마가 특별하지 않았거나 녀석의 아빠가 떠돌이 개였어도 녀석으로서는 어쩔 수 없는 일 아니겠는가. 그래도 녀석의 몸 안에는 분명 오스트레일리언 셰퍼드의 피가 흐르고 있었다.

가장 똑똑한 종 중 하나…… 재빠르고 사려 깊으며……

녀석의 역사는 온몸에 새겨져 있었다. 청회색 털과 녀석의 흰 얼굴을 가로지르는 구릿빛 반점이 녀석의 특징이었다. 녀석의 조상들은 강인하고 총명하며 충성스럽게 길러졌다. 녀석은 붉은색과 푸른색의 목양견 혈통이었지만, 녀석의 종에 속하는 수컷의 평균보다 무게가 5킬로그램은 더 나갔다. 그래서 녀석의 몸에 그레이트 피레네의 피가 흐를지도 모른다는 생각이 들었지만, 사실 그것은 단지 버터 비스킷을 너무 많이 먹었기 때문인지도 몰랐다. '피레네'라는 이름 자체부터가 이미 부적절하다. 녀석의 종은 미국 서부의 바스크인에 의해 개량되었다. 목장주들이 받아들인 녀석들은 코요테, 늑대, 아메리카표범, 심지어 곰과도 싸웠다. 보다 근대화된 시대에 이르러서는 구조견으로 활약하며 무너진 건물 잔해 사이에서 폭탄이나 지진 생존자들을 수색했다. 부자들은 녀석들에게 아이를 보살피게 했으며, 개 전문가들은 녀석들이 매우 똑똑해서 자기 주인도 속일 수 있다고 믿었다.

"내 개는 왜 이렇게 된 거라고 생각해?" 나는 그것이 궁금했다.

"머리를 너무 많이 얻어맞아서 그래." 형이 말했다.

스스로를 즐겁게 하기 위해 게임을 만들어 내기도 한다.

녀석이 우리가 처음 생각했던 것보다 더 많은 사연을 품고 있지 않을까. 나는 이러한 의문을 이미 오래전부터 품고 있었다. 어느 날 송수관이 터져서 아마겟돈을 방불케 하는 상황이 펼쳐졌을 때, 나는 어머니가 깨끗한 플라스틱 파이렉스[29] 물병에 물을 채우는 모습을 녀석이 지켜보고 있는 것을 목격했다. 어머니는 물병을 부엌 바닥의 한쪽 구석에 내려놓고는 스토브 위에 올려 둔 따뜻한 그릇의 뚜껑을 열고서 녀석에게 비스킷을 하나 건네주었다. 비스킷이 없는 날, **그날은** 세상이 끝나는 날이나 마찬가지였다. 녀석은 비스킷을 두 번 만에 다 먹고는 물병을 주시했다.

녀석은 으르렁거렸다.

물병은 그 자리에 가만히 있었다.

그날 오후 늦게 나는 녀석이 마당에서 물병을 끌고 다니는 모습을 목격했다. 녀석의 그 모든 이상한 행동 가운데 가장 이상한 행동이었다. 녀석은 그것을 부엌 바닥에서 밀어서 칸막이 문을 통과시켜 현관 아래로 떨어뜨려야만 했을 것이다. 하지만 도대체 왜?

"녀석더러 가지라고 해." 어머니가 말했다. "난 녀석이 씹은 물병으로 물을 마시고 싶지는 않으니까. 너도 그렇지 않니?"

"그걸 말이라고 하세요." 내가 말했다.

29 내열 유리 제품.

너석은 몇 시간이고 마당에 누워서 물병을 물어뜯었고, 마침내 물이 새기 시작했다. 나는 녀석이 삼키기 전에 뚜껑을 빼앗았다.

"신나게 놀렴." 내가 말했다.

동물을 몰고자 하는 억누를 수 없는 충동…….

녀석은 이제 텅 비어 버린 물병을 머리로 들이받았다. 혹은 물병이 언덕 아래로 경쾌하게 굴러떨어지도록 앞발로 치며 쫓아갔고, 물병이 구르는 속도가 느려지면 이빨로 물어뜯거나 코로 쿡쿡 찔렀다. 그것이 무엇을 의미하는지 알기까지는 시간이 좀 걸렸다. 녀석은 단지 지루해서 그랬던 것이다. 녀석은 연습 중이었고, 뭉개진 물병을 수 킬로미터나 경쾌하게 데구루루 굴리며 동물처럼 몰고 있었던 것이다.

나는 그것이 어떤 면에서는 좀 멋지다고 생각했다.

"저 개가 마당에 쓰레기를 잔뜩 늘어놓고 있어." 형이 말했다.

한 주가 지나자 물병은 녀석이 너무 열심히 몰고 물어뜯은 탓에 구멍이 뚫린 채 납작해졌고, 녀석은 마침내 그것을 이빨로 제대로 물 수 있게 되었다. 더 이상 물병을 굴리고 쫓을 수 없게 되자 녀석은 그것을 이빨로 물고서 허공에 내던졌다. 녀석은 그것을 붙잡으려 애썼지만—정말로 애썼지만—물병은 그냥 떨어져서 녀석의 머리를 툭 때렸다. 그래도 녀석은 그것을 그저 재미로 던지며 그 짓을 계속했다. 나는 가끔 녀석에게 표백제 통이나 우유병 같은 새것을 주었지만 예전 것을 치울 엄두는 내지 못했다. 마음이 내키면 녀석이 알아서 옮겨 갈 것이었다. 이따금 나는 물통을 물어뜯고 있는 녀석에게 가서 이렇게 말했다.

"그게 누구 물통이지? 혹시 네 물통이니?"

그러면 녀석은 행복에 겨워하며 짖어 댔다.

ㅇㅇㅇㅇㅇㅇㅇㅇ응……

그러면 나는 다시 이렇게 말했다.

"그거 내 물통 아니니?"

그르르르르르르르…….

"내가 가져가야겠네."

그르르르르르르르르르르르…….

그렇게 말하고 나는 물통을 붙들고 도망치려 했지만, 거기에 35킬로그램짜리 개가 달라붙었기에 도망치기란 불가능했다.

어느 날 저녁 형과 함께 '로켓 드라이브인'에서 저녁을 먹고 집으로 돌아오니 스펙이 닳아빠진 우유병을 문 채 산을 달리며 나무 사이로 회전 활강을 하고 있었는데……. 그러다 물병을 아슬아슬하게 놓치고 말았고, 미끄러진 물병이 녀석의 좋은 쪽 눈을 가려 버렸다. 녀석은 황급히 소나무 쪽으로 몸을 돌리다가 거의 실신할 뻔했다.

"이런." 샘이 말했다.

나는 반어적으로 녀석을 나의 마법의 개라고 부르고 있었다.

하지만 알고 보니 이런 빈정거림은 때 이른 것이었다.

어떤 동물이든 몰 것이다. 심지어 새도…….

시작은 찌르레기였다.

수천 마리의 찌르레기가 떼 지어 나무에 내려앉고, 크고 검은 누더기 조각처럼 목초지의 풀을 뒤덮었다. 개는 언덕 꼭대기에서 흥분한 채 쳐다보며 춤을 추다시피 했다.

나는 녀석이 음모를 꾸미며 생각에 잠겨 있었다고 생각하고 싶다. 하지만 그것은 그저 녀석의 본능인지도 몰랐다.

녀석은 달리기 시작했지만 여느 때와 달리 이상하리만큼 조용했다. 나는 녀석이 단순히 새들을 허공으로 쫓아 버릴 것이라고 생각했지만, 녀석은 마치 새들의 반경을 더 좁히기라도 하려는 듯 잘 보이는 눈 쪽으로 몸을 기울인 채 비스듬히 접근했다. 그리고 놀랍게도 단 몇 초 만에 그 일을 해냈다. 나는 현관에 앉아 있다가 기적을 목격하고는 자리에서 일어났다.

휴면기에 접어든 갈색 풀 위의 새들이 깡충깡충 뛰면서 한 떼로 모이며 반경을 좁히기 시작했는데, 거의 질서 있게 보일 지경이었다. 녀석이 부드러운 호를 그리며 달리는 동안 땅 위에서 검은 깃털들이 뚜렷한 곡선을 그리는 모습이 아주 잠깐 눈에 들어왔다. 그러고서 그 곡선은 필연적으로 녀석의 주변으로 온통 날아올랐다. 찌르레기들은 땅과 나무에서 폭발하듯 날아올라 하나의 소용돌이무늬를 그리면서 녀석을 감쌌는데, 녀석이 뛰며 물려고 하는 사이…… 새들은 낮은 잿빛 구름 너머로 물결 모양을 그리며 떼 지어 사라져 버렸다.

찌르레기들이 사라지는 동안 나는 어린 소년처럼 **환호하며** 급히 언덕을 내려갔다. 녀석은 허공의 새를 단 한 마리도 따라갈 수 없었지만, 새들이 우리가 생각하기에 아마 테네시 쪽으로 날아가며 마침내 시야에서 사라졌을 때까지 들판을 가로지르며 검은 구름 같은 새 떼를 따라갔다.

몇 초 동안 녀석은 내가 본 그 어떤 개보다도 고독하고 쓸쓸해 보였다. 하지만 그것은 어떤 면에서 좀 아름답기도 했다. 직접 보지 않고는 내 말이 무슨 말인지 알 수 없으리라.

◇ ◇ ◇

그해 말, 녀석은 우리에게 그보다 더 훌륭한 재주를 보여 주었다. 모든 마법이 그러하듯 그것은 고양이와 관련된 것이었다.

이곳 농장에 사는 고양이 무리는 내게 늘 『파리 대왕Lord of Flies』30에 등장하는 부족을 떠올리게 했다. 날이 갈수록 통제 불능이었고, 녀석들이 언제 들고일어나서 세상을 정복할지는 절대 알 길이 없었다.

한번은 어머니에게 녀석들의 이름을 물은 적이 있다. 나는 스퓨를 제외한 다른 고양이들의 이름은 알지 못했다.

"내 나이가 여든셋이다." 어머니가 말했다. "고양이 열세 마리의 이름을 다 지어 줄 수는 없지 않겠니."

고양이들은 무례하고 오만하고 냉담했다. 매일 녀석들이 그저 고양이답게 게으름을 피우고 있을 때마다 스펙은 녀석들을 깨우고 모아서 자기가 원하는 방향으로 끌고 가려고 했다. 녀석들은 성난 소리를 내뱉고 할퀴며 열세 방향으로 뿔뿔이 흩어졌고, 남겨진 스펙은 크게 좌절한 나머지 제자리에서 빙빙 돌며 고함을 질러 댔다. 녀석들은 서로를 가로지르고 나무 위로 올라가고 농기구 안으로 사라졌다.

30 영국의 소설가 윌리엄 골딩의 장편소설.

1년이 지나도록 스펙은 단 한 마리의 끔찍한 고양이도 자신이 원하는 한 방향으로 몰고 가지 못했다. 누구나 그렇게 생각하듯 인내심을 가지고 보낸 1년 동안 그런 일이 한두 번은 우연히 일어날 법도 했는데 말이다.

"내가 비법을 알려 줄 수는 없어, 친구." 현관에서 내가 말했다.

"나도 모르거든. 고양이는 원래 자기 마음 내키는 대로 하는 족속이야. 사람이나 개랑은 차원이 다르다고."

"적어도." 한 줄기 빛을 찾으며 내가 말했다. "너는 고양이 똥을 먹진 않지."

나는 녀석의 머리를 쓰다듬었다.

"그게 너의 빛나는 점이야." 내가 말했다.

녀석은 새끼 고양이에 매혹된 듯 보였다. 새끼 고양이는 아직 성미가 고약해지지 않은 고양이였으니까. 녀석은 코로 새끼 고양이들을 찔러 댔고, 어미 고양이가 개입할 때까지 녀석들을 힘으로 몰고 갔다. 이 거칠고 무모한 개가 아주 연약한 무언가와 놀려고 애쓰는 모습은 나를 놀라게 했다. 녀석은 우연히라도 새끼 고양이들을 다치게 한 적이 한 번도 없었다.

어느 날 오후, 녀석은 어미 고양이가 새끼들을 한 마리씩 옮기는 모습을 지켜보고 있었다. 뒤쪽 현관 아래의 은신처에서 어머니가 차고 모퉁이에 마련해 준 침대로 옮기는 중이었다.

너석은 이 모습에 매혹된 듯 보였다.

그래, 방법이 있긴 하군.

너석은 어미 고양이를 모방하려 하지 않았고, 새끼 고양이들을 입으로 물고 옮기려 하지도 않았다.

너석은 무언가 다른 방법을 생각해 냈다.

은신처에서 밖으로 놀러 나온 새끼 고양이들은 태어난 지 한 달쯤 되는 것이었다. 당시에 스펙은 차고 근처에서 종이로 만든 두꺼운 식료품 자루를 이리저리 물고 흔들어 대고 있었다. 새끼 고양이들은 개에게 익숙해져 있었다. 너석들은 겁 없이 비틀거리며 가까이—너무 가까이—다가왔다.

자신의 기회를 포착한 스펙은 차고 바닥에서 코로 너석들을 밀기 시작하더니 튼튼한 식료품 자루의 넓은 아가리 안으로 곧장 몰아넣었다. 너석이 일부러 그런 것인지는 나도 모르겠다. 만일 그랬다면 그것은 정말이지 천재적인 능력이었다.

그러고서 너석은 새끼 고양이들을 데리고 달리려 했다.

너석은 마당에서 자루를 코로 밀고 머리로 들이받기 시작했다. 형수와 어머니는 화단에서 일하다가 새끼 고양이들이 비명을 지르는 소리를 들었다.

야옹, 야옹, 야옹!

두 사람은 녀석에게 멈추라고 외치며 새끼 고양이들을 구하기 위해 급히 쫓아왔다. 이 시점에서 스펙은 자루를 이빨로 물고서 도망쳐 버렸다. 녀석이 자루의 목적을 이해하기나 했는지 모르겠지만, 어쨌든 녀석은 새끼 고양이들이 떨어지지 않게 자루의 뚫린 쪽을 이빨로 물고 달리며 녀석들을 데리고 마당을 신나게 질주했다.

야옹, 야옹, 야옹!

고양이를 사랑하는 형수 테레사는 마침내 녀석을 가로막고 자루를 빼앗았다.

"하지만 녀석은 그걸 돌려받으려 했어요." 형수는 이렇게 말했고, 녀석은 계속해서 뛰어오르며 그것을 형수의 손에서 빼앗으려 했다. 형수는 키가 큰 사람이 아니어서 새끼 고양이들이 든 자루를 머리 위로 높이 들어올린 채 집으로 도망갔다.

차고에서 형수와 어머니는 대혼란을 겪어 어지러워하는 새끼 고양이들을 조심스레 끄집어냈다. 녀석들은 콘크리트 바닥을 가로지르며 이리저리 비틀거렸다.

"못된 녀석!" 형수가 말했다.

"못된 녀석!" 어머니가 말했다.

녀석은 깡충깡충 뛰고 어슬렁거리다가 흙 속을 뒹굴었다.

그리고 나는 '웨스트민스터 도그쇼'의 멋진 참가자들과, 해설자들이 늘 우승자는 자신이 우승했다는 사실을 무조건 안다고 말하던 것을 떠올렸다.

녀석은 알고 있었다.

다정하고 사랑스러운…….

만일 그것이 녀석이 한 짓의 전부였다면 그런대로 괜찮았을지도 모르겠다. 녀석은 버려졌을 때 자신이 본능적으로 보호하기로 되어 있는 사람도 잃어버렸고, 그렇게 생각하면 녀석이 왜 길가에서 늘 무언가를 살피는 듯 보였는지도 대략 이해되었다. 그리고 녀석이 왜 어떤 다정한 존재를 발견하면 매달리는지도 이해되었다. 녀석은 물론 나의 개였지만, 어머니가 정원으로 걸어가거나 반려동물들에게 먹이를 주러 갈 때 녀석은 발걸음을 함께하며 어머니를 지켜봤다. 녀석은 어머니가 연약하다는 사실을 **알고 있었다**. "녀석은 때로 나의 개이기도 해." 어머니는 말했다.

이따금 공포스럽게도 녀석은 어머니가 낮잠을 자려 할 때 어머니의 침대 발치 위로 기어 올라갔다. 그것은 영양이나 회색곰이었을 수도 있었다.

개는 원래 다 그런 존재인지도 모르겠다. 하지만 다시 무언가의 일부가 된 녀석은 더없이 흥미로운 방식으로 이곳과 그곳의 경계를 학습하는 학생이 되었다. 심지어 형도 녀석이 이곳의 지도를 머릿속에 그리는 방식에 뭔가 특별함이 있다고 인정했다.

내가 알기로 녀석은 떠돌이 개 무리를 쫓아내기 위해 큰길에 딱 한 번 들어간 적이 있는데, 그렇지 않았다면 큰길 쪽으로 30미터나 들어가지는 않았을 것이다. 하지만 이해할 수 없는 것은 녀석이 160제곱미터에 이르는 우리 구역의 다른 경계를 인지하고 있다는 사실이었다. 늘어선 울타리와 흙길과 진입로는 알아차리기 쉬운 표지물이었지만, 녀석은 심지어 우리 구역의 나무들을 목재 회사의 나무들과 구분하는 경계선, 북쪽과 우리 동네와 서쪽을 구분하는 경계선까지 알고 있는 듯했다. 그곳은 대부분의 지역처럼 직사각형이 아닌 삼각형을 이루고 있었다. 녀석은 그곳을 섬뜩할 만큼 정확히 지점별로 파악하고 있었고, 그곳에 발자국을 남겨 놓기라도 한 듯 측량사처럼 그곳을 파악하고 있었다. 우리가 아는 한 녀석은 경계선을 절대로 넘어가지 않았다. 심지어 고집 센 형도 감명을 받았다. "녀석이 어떻게 아는 건지 도무지 모르겠는걸." 형이 말했다.

마치 갑자기 비밀이 저절로 밝혀지기라도 할 것처럼 우리는 녀석을 그저 바라보기만 했다. 우리가 앉아 있는 동안 스펙은 내 트럭 타이어, 차고 벽에 기대 놓았던 삽, 잔디깎이에 오줌을 쌌다.

"응, 맞아." 샘이 말했다. "녀석은 천재야."

개가 우리 땅에 들어온 지 2년째에 접어들었을 때, 우리는 한 가지 사실에 동의했다. 녀석은 이전에 농장에서 기르던 개, 밖에서 기르던 개가 분명하다고 말이다. 집에서 기르는 개였다면 노새와 싸우거나, 배수로에서 그토록 사납게 싸우거나, 주인이 편안히 잠들어 있는 늦은 밤에 어둠 속 친구들과 어울리지는 않았을 것이다. 녀석은 어둠과 소리를 사랑했다. 아니면 그저 그게 자신의 의무라고 생각했는지도 모르겠다.

하지만 어머니는 그런 생각에 동의하지 않았다.

"이 개는 아이가 기르던 개였을 거야." 어머니가 말했다.

어머니는 녀석이 한때 애지중지 키워졌을 것이라고 믿었다. 어느 날 오후에 거실로 들어가니 어머니는 의자에 앉아 있고 개는 어머니 앞의 바닥에 누워 있었다. 어머니는 녀석에게 사람들이 아기와 하는 게임을 가르치고 있는 듯 보였다. 대부분의 사람은 그것을 '아웅 놀이'라고 부른다. 우리는 그것 '까꿍 놀이'라고 부른다.

어머니는 손바닥으로 두 눈을 가렸다가 재빨리 거두며 "까아아아—꿍" 하고 말했다. 어머니 앞의 바닥에 누워 있던 개는 앞발로 두 눈을 가렸다가 거두었다. 나는 내가 색전증을 앓고 있는 것은 아닌지, 아니면 어머니가 그런 것은 아닌지 생각했다.

"옳지." 어머니가 말했다. "까아아아아—꾸우우우웅."

"어떻게 그런 걸 가르치셨어요." 내가 물었다.

"나는 가르친 적 없어." 어머니가 말했다.

개는 다시 눈을 가렸다가 어머니가 자신과 똑같이 하는 것을 쳐다보았다.

개는 어머니에게 짖어 댔다.

"미안." 어머니가 말했다. "**까아아아아아아아—꾸우우우우우우우웅**."

개는 다시 눈을 가렸고, 어머니는 웃음을 터뜨렸다. 녀석은 너무 즐거운 나머지 몸을 완전히 한 번 굴렸다.

아이가 녀석에게 가르쳐 주었거나, 녀석이 아기와 함께 있는 누군가의 곁에 있었던 것이라고 어머니는 말했다.

"누군가가 가르쳐 준 게 분명해." 어머니는 말했다. "내 말은, 그렇지 않으면 녀석이 무슨 수로 저런 걸 **할** 수 있겠냐는 거야. 안 그러니?"

"글쎄요, 엄마." 내가 말했다. "녀석은 꽤 똑똑한 종이니까요."

녀석이 온 지 2년째에 접어들자 어머니는 녀석을 '아가'

라고 부르기 시작했다.

나는 어머니에게 그러지 말라고 말했다.

"제발요." 내가 말해요. "녀석은 그런 개가 아니에요."

"알았다." 어머니가 말했다.

둘은 30분 동안 까꿍 놀이를 했고, 그러고서 어머니는 녀석에게 상을 주기로 결심했다.

"가자, 아가." 어머니가 이렇게 말했고, 둘은 간식을 찾으러 부엌으로 갔다.

녀석은 적어도 더 이상은 신사가 키우는 개가 아니다. 우리가 어렸을 때 본 그런 개들은 아닌 것이다. 그리고 녀석이 애지중지 키워진 개였다고 해도 그것은 아주 오래전의 일이었을 것이다. 하지만 과연 집에서 곱게 키운 개가 고양이를 몰거나, 새 떼를 하늘로 날려 보내거나, 나이 든 여자가 한바탕 크게 웃는 소리를 듣기 위해 그녀와 함께 까꿍 놀이를 할 수 있을까? 나는 개가, 심지어 그것이 끔찍한 개라도 똑똑하게 길러질 수 있다는 것을 알지만, 개가 다정하게 굴 줄 안다는 것은 참으로 기이한 일이 아닐 수 없다.

나는 형에게 그 사실에 대해, 까꿍 놀이에 대해, 그것이 괴팍한 노인네를 얼마나 행복하게 해 주었는지에 대해 말해주었다.

형은 코웃음을 쳤다. 비유가 아니라 정말로 콧김을 내뿜었다.

"마법의 개 치고 녀석은 털이 너무 많이 빠져. 차고와 집에 털이 너무 많이 빠져 있고, 마당에도 털이 잔뜩 날린다고. 마당에서 무릎을 구부리거나 고물 트랙터를 손보려고 콘크리트 바닥에 누울 때마다 녀석의 털이 내 몸에 너무 많이 달라붙어서 빅풋이나 고릴라처럼 변해 버릴 지경이야. 개털이 구석마다 잔뜩, 잔뜩, **잔뜩** 쌓여서 바람에 마구 날아다녀. 살면서 이런 건 본 적도 없어. 밖에서 일하다가 녀석의 털이 커다랗고 단단한 공처럼 뭉쳐서 **회전초**처럼 굴러다니는 걸 본 적도 있다고……. 그걸로 매트리스나 충전재를 만들어도 될 정도야……." 나는 놀란 채로 서 있었다. 그것은 개털에게 바치는 찬사 혹은 송가나 마찬가지였고, 그곳을 떠나 걸어가면서 나는 저런 소네트를 만들어 낼 만큼 영감을 주는 개라면 정말로 특별한 개가 아닐 수 없겠다고 생각했다.

11장

개들이 날아오를 때

대부분의 개는 깊은 신비 속에서 살아간다. 녀석들은 아직 찾아오지 않은 날씨에도 조바심치며 몸을 떤다. 기민한 것은 후각뿐이다. 스키니는 달랐다. 스키니는 환한 빛 속에서 살았다.

스키니는 여섯 개의 종이 섞인 개로, 그 각각의 종이 자연적으로 지닌 능력을 합한 것 이상의 능력을 지니고 있었다. 녀석은 쓰레기를 파헤치거나 숲속의 유령을 향해 울부짖지는 않았다. 녀석은 종처럼 맑고 선명한 목소리로 울부짖으며 사냥을 하거나 우리에게 노래를 불러 주었다.

수의사는 스키니가 앨라배마 브라운 도그의 좋은 표본이라고 말했고, 녀석은 내가 본 것 중에서 가장 똑똑한 개였다. 스키니는 자신을 받아 준 가족도 사랑했고, 심지어 가망 없는 퍼프까지 사랑해 주었다. 하지만 스키니의 마음속에 스펙을 위한 자리는 없었다. 그저 일종의 경멸만이 있었을 뿐. 하지만 사실 스펙은 **애쓰고** 있었다.

스펙은 거의 굽히지 않는 자세로 더 온화하고 순해졌고, 음식과 장난감을 훔치거나 싸움을 걸거나 불쾌한 얼간이처럼 구는 일을 거의 멈추었다. 음, 실은 여전히 싸움을 걸기는 했지만 그래도 나아지고 있었다. 녀석이 온 지 2년째로 접어든 후로 심각한 싸움은 한동안 일어나지 않았다. 하지만 다른 개들은 원한을 품고 있을 수도 있었겠다는 생각이 든다.

스펙은 다른 개들에게 놀아 달라며 거의 애원하다시피 했고, 구걸이라도 하듯 배를 땅에 붙였다. 하지만 퍼피는 이를 공격의 신호로 받아들였고, 스키니는 도도하게 코를 바짝 치켜든 채 빠른 걸음으로 물러났다.

그러고 나면 녀석은 늘 나를 찾았다. 녀석은 몸에서 공기가 빠져나가기라도 한 것처럼 천천히, 천천히 판자 위로 미끄러졌고, 턱을 앞발 위에 올린 채 거기 누웠다.

그러다가 스키니는 아마도 열 살이 되자 이전과는 다른 모습을 보였다. 녀석은 언덕 꼭대기로 내 트럭을 마중 나오기 시작했고, 내가 트럭에서 내리면 뒷다리로 일어나 내 가슴에 앞발을 대고는 내가 귀를 긁어 줄 때까지 길을 막고서 바보처럼 굴었다. 녀석은 마치 어딘가를 가리키듯 한쪽 앞발을 앞으로 쭉 뻗고 진입로를 깡충깡충 뛰어다니더니, 그러고는 뒤돌아서 다른 쪽 앞발을 든 채 반대편으로 깡충깡충 뛰었다. 처음에 나는 녀석이 어디를 다친 것은 아닐까 하고 생각했다. 하지만 그러다 녀석은 아주 재빠르게 똑똑한 모습으로 돌아왔다. "하지만 나는 봤는걸." 나는 녀석에게 말했다. "나는 네가 춤추는 걸 봤다고."

심지어 스키니는 내가 스펙을 쓰다듬어 주고 있으면 맞은편에 앉아 자기한테도 똑같이 해 달라고 요구하고는 했다. 스키니는 마치 하룻밤 사이에 스펙이 매일 그랬던 것처럼 삶을 즐기는 법을 기억해 낸 듯했다. 마침내 둘은 서로 부딪쳐 이빨을 딱딱거리며 으르릉거렸지만, 어떤 면에서 그것은 보기 좋은 광경이었다.

"그냥 개가 개답게 구는 것뿐이야." 형은 말했다.

2019년의 이른 겨울날, 창밖을 보니 우리 집 개들이 산등성이를 따라 나무 사이에서 놀고 있는 모습이 보였다. 주근깨 스펙, 춤꾼 스키니, 퍼피 맥그로 **모두가**. 스키니가 왜 마침내 마음을 누그러뜨렸는지 모르겠다. 나도 왜 그런지 말할 수 있었으면, 그럴듯한 사연을 들려줄 수 있었으면 좋겠다. 퍼피가 왜 마침내 침대에서 죽임을 당하지 않기로 결심했는지 모르겠지만, 어쨌거나 녀석은 죽어라 달리는 것까지는 아니더라도 그냥 달리며 '대장 따라 하기'처럼 보이는 바보 같은 놀이를 하고 있었다. 부엌 창밖을 내다보니 세상이 잠시나마 제대로 굴러가고 있는 모습이 보이던 그때가 그냥 떠오른다.

나는 녀석들이 다람쥐를 몰아내는 것을 보았는데, 이 다람쥐는 녀석들이 우연히 마주쳤던 수많은 다람쥐와는 어딘가 달랐다. 내가 느끼기에 이 다람쥐는 녀석들이 주목할 만한 그런 다람쥐였다. 다람쥐는 껍질이 벗겨진 기나나무 위를 뛰어다녔고, 스키니는 나무 몸통에 앞발을 올리고는 노래를 부르기 시작했다. 퍼피는 나무 몸통에 고무줄로 묶이기라도 한 것처럼 그쪽으로 계속 몸을 부딪쳤고, 스펙은 일종의 색전증을 앓는 것처럼 보였다. 이유는 잘 모르겠으나 스펙은 스키니가 부르는 세레나데에 동참했고, 녀석의 쉰 목소리는 스키니의 노래를 혼탁하게 만들었다. 훌륭한 교회 성가대에 속한 음치 단원 한 명이 신도 전체를 움찔하게 만드는 것처럼 말이다.

이튿날 밤, 나는 마당에서 끔찍한 소동이 벌어진 소리를 듣고는 녀석들이 단체로 싸우는 광경을 예상하며 밖으로 뛰어나갔다. 세 마리의 개는 싸우는 대신 어리둥절한 상태로 뒷마당에 죽은 듯이 뒤집혀 있던 주머니쥐를 쳐다보고 있었다. 그러더니 주머니쥐가 신비롭게 되살아나자 마치 모두 같은 전기 와이어에 연결되어 있기라도 하듯 허공으로 1미터나 펄쩍 뛰어올랐다. 스키니는 무슨 일이 벌어지고 있는지 정확히 알고 있었지만, 그러니까 주머니쥐가 개를 쫓아내고 혼자 있으려고 죽은 척했다가 되살아난 것뿐임을 알고 있었지만, 그저 즐기기 위해 다른 녀석들과 장단을 맞추는 것 같았다.

녀석들은 목초지에서 야생 칠면조들이 급히 짧게 날며 도망칠 때까지 그것들을 쫓았다. 녀석들은 쇠풀에서 메추라기를 쫓아냈고, 어치들과 피리새들을 자두나무로 쫓아냈다. 녀석들은 닭만큼이나 토실토실한 커다란 검은 까마귀들이 비명을 지르며 철조망 쪽으로 도망치게 했다. 그러고는 만족스러워하며 혀를 쭉 뺀 채 진입로를 달려 올라왔다. 마치 세상이 결국 저절로 정상으로 돌아와 개들이 하늘을 날게 되는 것은 시간문제임을 안다는 듯이 말이다.

그해 겨울에는 넉 달 동안 비가 내렸다. 삽자루에 몸을 기댄 나의 목과 등을 타고 차가운 빗물이 아래쪽 무덤으로 떨어져 내렸다. 부츠 아래로 붉은 흙이 아무렇게나 흘러 다

넜고, 슬레이트색 구름들이 우듬지를 삼켜 버렸다. 비는 우리를 짓눌러 세상을 납작한 상자처럼 만들어 버렸고, 매일매일이 2킬로미터 깊이의 땅속과도 같았다. 우리는 스키니를 잃었고, 여전히 맑은 날을 기다리고 있었다.

스키니는 감염증이 폐렴으로 악화하여 세상을 떠났다. 동물병원의 친절한 사람들은 최선을 다했다. 복잡한 우리 개들 사이의 휴전은 고작 몇 달뿐이었다.

스키니를 담요에 싸서 내 트럭으로 옮기면서 이 진창과 어둠 속에 묻어 주는 것이 얼마나 애석했는지 떠오른다. 심지어 나는 그 훌륭한 개를 위해 맑은 날 하루를 바라는 게 그렇게 과한 일일까 하고 냉소적인 생각이 들기도 했다.

샘과 나는 곡괭이 하나와 삽 두 개를 들고 휴면기의 과수원 구석으로 가서 뿌리와 쥐똥나무 덤불 사이에 무덤을 팠다. 우리가 '프리티 걸'이라고 불렀던 사랑스러운 저먼 셰퍼드와 이름을 지어 줄 시간도 없었던 작은 염소가 묻힌 자리 옆이었다. 이곳에는 더 멋진 묫자리도 많았지만, 샘은 관목과 가시와 덩굴이 뒤엉킨 이곳에 무덤을 만들어 주어야 방해받지 않을 것이라고 말했다. 이곳에는 스펙 말고도 다른 도굴범들이 있었다. 게다가 스키니는 옛 과수원을 사랑했고, 내 생각에 매일 뚱뚱한 토끼들이 뼈 위를 쿵쿵 밟고 다니는 곳보다는 쥐똥나무 덤불과 자두나무 가시의 미로 속에 묻어 주는 게 나을 것 같았다.

일을 마친 우리는 더 무엇을 해야 좋을지 몰라 한동안 거기 그냥 서 있었다. 형과 내가 조금이라도 가까이한 유일한 진짜 종교는 펜테코스트파[31]뿐이었는데, 그들은 개를 위해 기도하지 않았다. 정확히는 그러는 것이 용인되지 않았다. 하지만 나는 그 종파의 교리를 쓴 사람들은 스키니 같은 개를 한 번도 만나 보지 못했을 것이라고 생각한다. 우리는 비를 맞으며 그곳에 오랫동안, 어떤 사람들을 묻었을 때보다도 오랫동안 서 있었다.

"음." 형이 말했다. "스키니는 좋은 개였어."

우리는 도구를 형의 트럭 뒤에 밀어 넣었다. 그제야 나는 다른 개 두 마리가 언덕 꼭대기 위에서 나란히 지켜보고 있었다는 사실을 알아차렸다. 녀석들은 가까이 오려 하는 대신 불안하게 빙빙 돌았다. 나는 적어도 스펙은 언덕을 달려 내려와 우리를 방해할 줄 알았다. 하지만 그날 녀석은 절대 무덤 근처로 오지 않았고, 내가 알기로 한 번도 그랬던 적이 없었다.

우리가 트럭에서 내리자 스펙은 그저 쓰다듬어 주기를 바랐고, 퍼피는 누군가가 그저 자기를 언덕 아래로 달리게

31 20세기 초 미국에서 시작된 근본주의에 가까운 기독교 종파로, 성령의 힘을 강조했다.

해주기를, 입에서 고무공을 비틀어 빼내서 언덕 아래로 쉰 번이나 던져 주기를 바라고 있었다.

"지금 이런 일이 일어나다니 뭔가 잘못된 기분이야." 내가 말했다. "내 말은, 녀석들은 이제 막 잘 어울리기 시작하던 참이잖아."

형은 그저 고개만 끄덕였다. 살아 있는 개들에게도 퉁명스럽게 대하는 사람은 죽은 개에게도 할 말이 별로 없는 법이다.

스키니가 죽은 후 퍼피는 살짝 방황했다. 스키니는 퍼피의 나침반이었다. 내 생각에 지금 퍼피는 마당에 누운 채 스키니가 와서 자신을 어디론가 끌고 가 주길 기다리는 것 같다.

생각은 스키니의 몫이었다는 것을 우리는 늘 알고 있었지만 스키니가 지닌 존재 의미는 그것 이상이었다. 스키니의 경험과 지능과 흥분 상태가 스키니 자신에게 불을 붙이고 퍼피를 타오르게 한 것이나 마찬가지였다.

우리는 퍼피 때문에 난리를 떨었고, 나는 녀석의 심장이 터지는 것이 아닐까 싶을 때까지 공을 던져 주었다. 아니나

다를까 스펙이 공을 훔쳐 갔고, 나는 터덜터덜 걸어가서 녀석의 입에서 공을 비틀어 빼낸 다음 그것을 퍼피에게 돌려주었다.

흰 수염이 나도 영원히 새끼인 퍼피는 고무공을 기이하고 난해한 방식으로 수도 없이 되가져왔다. 녀석은 이곳에서 괜찮은 삶을 살았다. 비록 제 삶을 어깨너머로 힐끗 보며 늘 도망쳐 버리기는 했지만 말이다. 스키니가 죽어서 퍼피는 좋은 친구를 잃고 말았다. 하지만 퍼피만큼이나 망가지고 불안정한 스펙이 퍼피의 머리를 무는 일은 더는 없었다.

퍼피에게는 녀석의 결함에도 불구하고 돌보아 주는 사람들이 있었다. 우리가 쓰다듬으려 하면 손을 물거나 도망치지 않을 만큼 녀석의 충분한 신뢰를 얻는 데 7년이 걸렸었고, 7년이 더 지났으면 녀석은 심지어 우리가 자기를 들어 올리는 것도 허락했을지 모르겠다. 우리는 녀석이 이 커다랗고 무서운 세상에서 자신이 차지한 작은 구석에서 만족할 것이라고 생각했지만, 녀석은 우리가 생각했던 것보다 더 복잡한 존재였던 것 같다.

스펙이 어떤 마법을 부려서 모든 상황을 더 좋은 쪽으로 변화시켜 퍼피와 절친한 친구가 되었다고 말할 수 있다면 얼마나 좋을까. 하지만 스키니가 사라지자 그 작은 개는 스펙을 다시 두려워하기 시작했다. 가끔 우정의 흔적이 보일 때가 있기도 했고, 그럴 때 둘은 함께 숲을 달리기도 했다. 스키니가 죽기 전에 그랬던 것처럼, 퍼피가 잠시 그 사실을 잊기라도 한 것처럼 말이다.

하루는 이 비열한 늙은 세상이 살짝 동요하는 것처럼 보이기도 했다. 쉭쉭거리는 소리가 들려와서 보니 커다란 얼룩무늬 수고양이가 집의 구석을 돌며 쏜살같이 다가오고 있었는데, 녀석의 꼬리 쪽에는 작은 개가 험한 눈초리로 뒤따라오고 있었다. 기뻐서인지 두려워서인지는 모르겠지만, 어쨌든 고양이를 쫓고 있었다. 그리고 몇 걸음 뒤에서 스펙이 거의 퍼피를 부추기기라도 하듯 기뻐하며 전속력으로 달려오고 있었다.

퍼피가 용감한 행동을 보인 것은 그때가 처음이었다. 물론 그것은 고양이에 대한 호불호에 따라 나쁜 일일 수도 있지만, 어쨌든 그것은 용감한 행동이었는데…… 그러다 수고양이가 더는 참지 못하고 뒤돌아서자 퍼피는 반대편으로 달아나고 말았다.

어느 날 한 무리의 떠돌이 개들이 위쪽 목초지를 달리며 발정난 암캐 주위에 모여들었는데, 퍼피가 어쩌다 그 무리

에 휩쓸렸다. 녀석은 지금껏 암캐에게 어떤 관심도 보인 적이 없었다. 아마도 그저 달리는 무리에 관심이 가서 그랬던 것 같다. 녀석들은 목재 회사의 땅으로 사라져 버렸다. 그곳은 씨를 제거한 소나무, 숨 막히는 들장미, 기어오르는 덩굴로 이루어진 일종의 빽빽한 황무지로, 숲쥐와 뱀과 떠돌이 개 말고는 별로 사는 것이 없었다. 자연적으로 자란 나무들을 붉은 진흙이 보일 만큼 깨끗이 잘라 내면 그런 일이 생기고는 한다. 퍼피는 그런 삶에 어울리게 태어나지 않았고, 비열함이 없었으며, 싸우기에는 너무 작았다.

스펙은 나는 듯이 달려가 나무 사이에서 녀석들과 싸웠고, 마침내 녀석들이 돌아서서 달아나며 퍼피를 데려가는 것을 보았다고 어머니는 말했다. 스펙은 뒤따라가다가 녀석들이 스펙의 머릿속에 그려진 보이지 않는 경계선을 넘어가자 추격을 멈추고 녀석들을 보내 주었다. 어머니는 스펙이 퍼피를 다시 데려오기 위해 애썼다고 말했지만, 내 생각에 그것은 그저 어머니의 희망 사항일 뿐인 것 같다. 우리는 그 작은 개를 두 번 다시는 보지 못했다.

그리하여 갑자기 우리 집에는 스펙만 혼자 덩그러니 남게 되었다. 남겨진 유일한 개가 되자 스펙은 마당을 느릿느릿 돌아다니지 않았다. 스펙은 아주 많은 떠돌이 개들이 오고 가는 것을 보아 왔고, 그래서 나는 스펙이 다른 개들이 그러듯 녀석들에게 주의를 기울였을지, 녀석들과 잠시 시간을 보냈을지 궁금해했다. 나는 녀석이 그랬다고 생각하고 싶지만, 실제로 어땠는지는 나도 모르겠다.

비록 퍼피를 괴롭히는 일이 줄어드는 듯했음에도 녀석은 늘 적어도 한 개의 공이나 장난감을 훔쳐서 이빨로 물어뜯었다. 하지만 퍼피가 사라진 후로 녀석은 공에 관심을 잃은 듯했고, 다시는 공을 가지고 노는 모습을 보이지 않았다. 공들은 몇 달 동안 마당에 흩어져 있었다. 나는 어느 날 퍼피가 마당으로 돌아와서 그 특유의 이상한 표정으로 다시 공을 물지 않을까 하는 일말의 기대에 그 공들을 줍지 않았다. 하지만 이곳에는 나무가 수천 그루나 있었고, 시간이 지나자 잎사귀가 모든 것을 뒤덮어 버렸다.

12장

삼복더위

우리 집 사람들은 정신과 의사를 찾지 않는다. 비록 비를 내려 달라며 울타리에 죽은 뱀을 걸어 놓거나, '세이디'라는 이름의 여자가 커피 잔에 남은 찌꺼기를 들여다보고 운세를 말해 주는 일에 5달러를 지불하기는 하지만 말이다. 만일 누가 우울해하더라도 나머지는 계속 일하며 살아간다. 깁스를 해 주거나 특수 신발을 신겨 주거나 받침목을 받쳐 줄 수 있는 것이 아니라면 그것은 실재하는 문제가 아닌 것이다. 우리 가족 역사상 그 누구도 방적 공작이나 철강 공장에 전화해서 이렇게 말한 적은 없다. **이봐요, 얼, 저 오늘 출근을 못 할 것 같아요. 어머니랑 해결을 봐야 하는 문제로 골머리를 앓고 있거든요. 호머더러 저 대신 지게차를 맡**

아 달라고 말해 주세요.

그리고 만일 일을 빼먹으려면 신장 결석이나 맹장 파열이나 복합 골절 같은 아주 합당한 이유가 있어야 하며, 어떤 일로 '갈등하고' 있는 것은 이유가 되지 못한다. 만일 누가 내면의 아이와 전쟁을 벌이고 있다고 말한다면 그는 우리에게 그 아이를 얼른 출산하라는 말을 듣고 말 것이다. 우리는 심리 치료 따위 받으러 가지 않는다. 우리는 우리의 감정에 대해 이야기하지 않는다. 그것이 '와일드 터키'[32] 1리터나 '팹스트 블루 리본'[33] 한 박스에 관한 것이 아닌 한. 그러고는 대개 그저 아빠 문제로 징징거린다.

우리는…….

"브래그 씨." 접수 담당자가 말했다. "이제 들어가서 선생님을 보시면 됩니다."

◇ ◇ ◇

나는 급히 대기실을 통과했다. 여기 와서 가장 힘든 순간이었다. 모두가 나를 쳐다보는 것만 같았다. 심지어 나도 그들을 쳐다보며 그들이 어디가 미쳤는지 알아내려 하고

32 미국의 버번 브랜드.

33 미국의 맥주 브랜드.

있었으면서 말이다. 나는 평범해 보이려고, 아주 멀쩡해 보이려고 애썼다. 마치 타코를 사러 가다가 실수로 이곳에 오고 만 사람처럼.

이번이 처음은 아니었다. 나는 다른 의사들과 나에게 신경 써 주는 사람들의 충고가 있기 전에도 이곳에 두세 번 온 적이 있었다. 의학적 관점에서 봤을 때 나는 정상이 아닌 것 같았다.

가장 힘든 것은 잠 못 드는 밤들이었다. 불면증은 더 심해져 갔다. 때로 거의 한 주 동안 한 시간 정도밖에 자지 못할 때도 있었다. 교통신호가 바뀌기를 기다리는 도로에서, 식료품점 주차장에서, 글을 쓰려고 자판에 손가락을 올려놓은 채 책상에서 조는 시간을 빼면 말이다.

그리고 잠이 들더라도, 심지어 의자나 픽업트럭 뒷좌석에서 몇 분쯤 잠들더라도 그 시간은 끔찍한 꿈으로 가득 찼다. 잠시 내가 정말 미쳐 버리는 것은 아닐까 하는 생각이 들었다. 다들 **미쳐 버리겠다고** 말하지만 내 경우에 그 말은 클리셰가 아니다. 우리 집 안에는 그런 피가 흐른다. 하지만 우리는 그저 공짜 케이블 방송과 BC 파우더[34]로 자가 치료를 하며 계속 걷고 떠들고, 그러다 어느 날 무시하거나 법적으로 용서하기에는 너무 곤란한 일을 저질러 버리면

34 미국의 진통제 브랜드.

나라에서는 흰색 스테이션왜건에 우리를 싣고 먼 곳으로 보내 버리는 것이다. 나는 내가 크레용으로 글을 써도 예전과 같은 글을 쓸 수 있을지 의문이다.

하지만 친절한 의사 선생님은 거의 **흥** 하고 코웃음을 쳤다. 그는 내가 우울증을 앓고 있으나 그것은 전혀 부끄러운 일이 아니며, 나를 괴롭히는 것은 지속적인 불안이나 덜 극단적인 의학적 질환이지, '루니 툰' 같은 섬뜩하고 불쾌한 사례가 아니라고 말했다. 물론 이것은 의학적 용어로 설명한 것이 아니었다. 그리하여 우리는 그에 대한 대화를 이어 나갔다. 나의 훌륭한 보험과 본인 부담금 100달러가 허용하는 시간만큼 말이다.

나는 의사 선생님이 마음에 들었지만, 그와의 대화는 어쩐지 나를 불안하게 만들었다. 그가 금방이라도 마음을 바꿔서 전화기를 들고는 병원 문 앞에 흰색 스테이션왜건을 대기시키라고 말할까 봐 두려웠던 것 같다.

문을 열고 들어가자 친절한 의사가 이번에는 무슨 일이냐고 물었다.

그래서 나는 개에 대해 말해 주었다.

그 개가 미쳤다는 것은 나도 **아는** 사실이었다.

◇ ◇ ◇

자연의 모든 것이 조금은 미쳐 가는 듯한 계절이었다. 시내의 농부 조합에 다녀오는 길이었는데, 마크그린로路를 따라 차를 몰다가 아스팔트 위의 공기가 열기에 일그러지는 것이 보였다. 한여름에는 너무 푸르러서 거의 눈을 아프게 할 지경이던 나무들은 불탄 갈색과 탁한 황록색으로 칙칙해져 있었다. 진드기, 불개미, 말벌, 털진드기, 전갈과 더불어 파리가 급증했다. 만일 그것이 쏘거나 물면 이제 번성하는 때가 되었다는 뜻이다.

나는 집에 거의 다 왔을 때 아르마딜로 사체에서 커다란 까마귀 두 마리를 쫓아냈다. 참 이상한 일이다. 살아 있는 아르마딜로는 한 번도 본 적이 없는데. 마치 누군가가 텍사스 동부에서 아르마딜로를 트럭 한 대 분량으로 싣고 와서 30킬로미터마다 한 마리씩 버리기라도 하는 것 같았다. 나는 진입로 쪽으로 차를 돌렸다가 브레이크를 밟고는 빛나는 검은색에 길이가 족히 1.5미터는 되어 보이는 큰 뱀이 내 앞을 지나가게 해 주었다. 나는 녀석이 기어가며 사라지는 것을 지켜보았고, 그러고는 녀석이 있던 빈자리를 응시했다. 저 서서히 타오르는 열기 속으로 걸어 나가지 않는 일이라면 뭐라도 좋았다.

병원으로 급히 달려간 지, 언덕 위에 있는 진료실까지 비틀대며 올라가려면 중간에 멈추고 쉬어야 하게 된 지 몇 달이 지나 있었다. 나는 나아져 있었고, 그저 그 부패한 개의 기억 속에서 살아가고 있었다. 나를 둘러싼 하루하루는 누그러져 있었고, 공기는 내 얼굴에 솜사탕처럼 달라붙어 있었다. 더는 그 어떤 위험도 무릅쓰고 싶지 않은 마음에 나는 기억을 그저 조금씩 음미하기만 했다. 나약하고 쓸모없는 존재가 된 듯한 기분이 들었다.

나는 한 짐의 말먹이, 형의 돼지를 먹일 짓뭉갠 곡식, 벽돌공의 모래와 모르타르 몇 포대를 가지러 갔다. 먼지투성이의 35킬로그램짜리 모르타르 포대는 예전보다 무거웠다. 열기가 나의 힘과 의지를 조금씩 무너뜨렸고, 심지어 더 가벼운 20킬로그램짜리 말먹이 포대를 비우기 시작했을 때쯤에 나는 쓰러지기 일보 직전이었다.

나는 보통 이런 종류의 불필요한 작업을 즐겼다. 심지어 훌륭한 주머니칼의 칼날을 딸깍 여는 것처럼 간단한 일도 내게는 일종의 타임머신이나 마찬가지였다. 우리는 몇 시간씩 일하며 날이 부서진 낡은 칼을 날카롭게 갈았고, 한쪽 팔목의 털을 조금 밀며 칼의 성능을 시험해 보고는 했다.

하지만 이 일은 타르 속을 걷는 것만 같았고, 그것으로 인해 끓어오르는 기억은 현관의 그네나 수영을 할 수 있는 웅덩이나 집에서 만든 복숭아 아이스크림 따위가 아니었다. 나의 정신은 방황하며 오락가락했다.

그 개가 어디 있었더라? 녀석은 이곳 발밑에 있어야 했는데…….

나는 자루를 길게 찢어서 통을 메우기 시작했다. 하지만 달콤한 먹이 안에 든 수수가 뜨거운 공기 속에서 너무 강한 냄새를 풍기는 통에 숨을 쉴 수가 없었다. 나는 새하얀 햇빛 속에서 잠시 좀 해이해졌고, 머리는 어질어질해지기 시작했다. 비틀거리며 그늘 속으로 들어가 부서진 의자에 앉았을 때도 트럭의 뒷문에는 여전히 포대가 하나 더 남아 있었다. 나는 잠시 숨을 돌렸다가 그 마지막 포대를 가져와야 할 것이었다.

스펙은 그 모든 것에 면역이 된 듯 보였다. 털이 긴 녀석은 그 끔찍한 더위 속에서 고통받는 것이 당연했을 텐데, 하지만 녀석은 동작이 조금도 둔해진 것 같지 않았다. 녀석은 거의 매 시간 달려가서 신선한 물을 잔뜩 마셨고, 자신이 뒹굴었던 시원한 흙 위에 10분 동안 누워 있었다. 그러고는 다시 숲속이나 허리까지 자란 목초지의 풀 속으로 뛰어 들어갔다.

녀석은 송곳벌들에게 싸움을 걸었다. 송곳벌의 색깔은 마치 자연이 경고의 표시로 그렇게 칠해 놓기라도 한 듯 거의 형광성의 오렌지색이었고, 송곳벌에게 쏘이는 것은 달군 3인치 길이의 못에 찔리는 것과도 같았다. 하지만 스펙의 눈에는 송곳벌이 더 잘 보였고, 그래서 녀석은 허공에 있는 벌들을 물려고 애썼다. 잡히는 것보다 놓치는 것이 더 많았지만 어쨌든 그것에는 결과가 뒤따랐다. 벌들은 스펙의 코와 입술과 입속을 쏘았고, 나는 너무나도—완전히 터무니없을 만큼—화가 난 나머지 벌들을 박멸하는 것을 나의 과제로 삼기에 이르렀다. 나는 플루토늄이 들어 있을지도 모를 '벵골 말벌 킬러'를 벌들이 거의 멸종할 만큼 뿌려댔고, 그리하여 벌들은 한낱 누더기로 변해 버리고 말았다.

숨을 돌리려 애쓰며 파리들이 내 젖은 피부에 달라붙기 전에 그것들을 쫓아내려 애쓰며 앉아 있는 동안 단 한 마리의 적대적인 송곳벌이 열기 속에 날고 있는 모습이 보였다. 나는 몸을 움직일 수 있게 되자마자 그 녀석도 죽일 셈이었다.

나는 평생을 뜨거운 곳에서 살며 일해 왔다. 하지만 이 열기는 머리카락에서도 그 냄새를 맡을 수 있을 것 같은 종류의 것이었다. 마치 75와트짜리 전구 가까이에 서 있기라도 한 것처럼 말이다. 이제부터는 이런 보잘것없는 감정밖에는 남지 않은 것이 아닐까 하는 생각이 들었다.

저 바보 같은 개는 바위 사이에 있지 않는 게 좋을 텐데……. 바위 사이에는 뱀이 있고…… 웅덩이에도 뱀이 있고…… 도로에도 뱀이 있어.

이곳에서는 여름이 부드럽게 사그라지며 가을로 넘어가지 않았다. 그보다는 휘청거리며 심술궂게 종말로 향했다. 어렸을 때 나는 할머니 댁 부엌 벽에 걸린 얇은 수은 온도계로 여름을 추적하고는 했다.

34.5도

35도

35.5도

학교에 들어가기 전 여름이 특히 기억난다. 나는 정원에서 쏘는 애벌레들의 먹잇감이 된 채 열기에 타오르고 있었고, 맨발바닥으로 계절을 느낄 수 있었다. 공기는 후텁지근하고 축축한데 땅은 바삭거렸다. 엎어진 그릴에서 떨어진 숯 위를 걷는 것 같았다.

36도

36.5도

삼촌들은 내가 타오르는 땅 위를 한발씩 깡충깡충 뛰며 활짝 웃는 모습을 보고는 했다. 삼촌들은 여름이 오고 가는 것을 보아 왔고, 숨이 막히는 듯해도 그저 지구가 천천히 도는 일일 뿐 대수롭지 않아 했다. 삼촌들은 셔츠 주머니에서 축 늘어진 카멜 담배 한 개비를 꺼내 마른 입술 사이에 밀어 넣고는 얼굴 앞으로 지포 라이터를 갖다 대며 불꽃을 이리저리 흔들고는 했다.

37도

37.5도

삼촌들보다는 할머니가 더 현명했다. 여름은 자연이 자신에게 등을 돌리는 계절, 땅이 지하의 불꽃에 항복하는 계절이었다. 우리는 들판이나 개울둑에서 토마토 샌드위치의 포장을 벗기고는 파라핀 종이 안에 접힌 성경 구절을 찾아내며 놀았다. 할머니는 우리를 최선을 다해 보살펴 주셨다. 할머니는 우리에게 개들을 귀찮게 하지 말라고 매일 경고했다. 개들은 늘 열기 속에 있었기 때문에 무기력한 상태로 꼼짝도 하지 않았다. 하지만 삼복더위에는 심지어 착한 소년도 아무 이유 없이 누군가에게 달려들고는 하는 법이다.

어린 소년에게 꿈속의 한 장면과도 같았던 그날들. 광적으로 허공에 이빨을 박아넣고 비틀거리며 마당으로 들어오는 여우들, 그리고 현관에서 여우를 쏘는 사람들. 장의사처럼 울타리에 늘어선 까마귀들. 할머니는 우리에게 발밑을 잘 보고 다니라고 주의를 주었다. 뱀들이 더 비열하게 구는 계절이라고도 일러 주었다. 줄꼬리뱀은 사람을 채찍질하듯 공격해 죽이고, 블랙 레이서는 고리를 만들어 길 아래로 사람을 따라온다고. 물론 그것은 전혀 사실이 아니었지만, 어떤 나이대의 사람들에게 그것은 신조나 다름없었다.

하지만 나는 손과 발을 어디에 놓을지 조심하라는 가르

침이 우리가 위험으로부터 안전하리라는 보장이 될까 종종 의문이 들었다. 나쁜 뱀들은 삼복더위에 허물을 벗었고, 한동안 그 수의 같은 허물로 눈을 가리고 다녔다. 녀석들은 보지 않고 갑자기 덤벼들었다. 현관 계단 아래에는 작고 비열한 미국살모사가 숨어 있었고, 우물집 안과 세탁기 아래로는 물뱀이 기어들었다. 화분 안에는 연필만 한 굵기에 붉고 노랗고 검은 줄무늬를 예쁘게 두른 치명적인 산호뱀이 웅크리고 있었다. 신문에는 성인 남자의 몸보다 더 긴 다이아몬드방울뱀의 사진이 실렸다.

38도

38.5도

악마가 목전에 다다른 듯했다. 악마와 싸우기 위해 목사들은 휴한지와 버려진 주차장에 하얀 텐트를 세우고 밤늦게까지 부흥회를 이끌었다. 사람들은 접이식 철제 의자에 앉아서 한쪽에는 금발의 예수님이 그려져 있고 다른 한쪽에는 장례식장 광고가 있는 부채를 부쳐 댔다. 어머니와 이모들은 우리를 부흥회에 끌고 갔고, 그래서 우리는 사람들이 구원받는 모습을 보거나 5킬로미터 떨어진 곳에서 이어진 전선이 꽂힌 전자 기타를 튕기며 불러 대는 〈낡고 울퉁불퉁한 십자가Old Rugged Cross〉[35]를 들을 수 있었다. 접이식 철제

35 미국의 컨트리 가수 앨런 잭슨의 찬송가.

의자는 뜨거운 한낮 동안 평상형 트럭의 평상에 쌓여 있었던 탓에 앉기에는 여전히 뜨거웠다. 그곳의 제단 가까이에 있는 접이식 테이블 위에 아연 도금을 한 낡은 이글루 냉장박스가 있었던 기억이 난다. 그곳에는 얼음처럼 차가운 물이 가득 들어 있었지만, 컵은 하나도 없었다.

39.5도

40도

나는 산들바람의 희귀한 속삭임을 듣기 위해 매일 밤 머리를 창턱에 올린 채 잠자리에 들었다. 그 속삭임은 얼마 안 있으면 잦아들 것이라고 삼촌들은 말했다. 목화가 벌어지자마자, 금요일 밤에 뚱뚱한 아이가 허리에 튜바를 두른 채 처음으로 뒤뚱뒤뚱 걸어가자마자, 농업 박람회에서 빛나는 대관람차가 처음으로 밤을 밝히자마자.

40.5도……

마침내 그 일이 일어났을 때, 내 옅은 금발이 햇빛에 불타는 냄새를 맡고 정신을 잃었을 때 나는 제재소에 있었다. 나는 소리치고 몸부림치며 달렸고, 그러다 다리를 부들부들 떨고는 기절해 버렸다. 몇 분 후 누군가가 내 목뒤로 콜라병에 든 찬물을 부어 주자 나는 수치심을 느끼며 정신을 차렸다. 사람들은 그게 유행이 한참 지난 병인 일사병이라고 말했지만, 할머니의 생각은 달랐다. 개한테 손길이 닿은 거야, 하고 할머니는 말했다. 누구의 손길이 닿았단 말인가? 하지만 나는 무서워서 물어볼 수가 없었다.

며칠 후 정원의 진창 근처를 맨발로 돌아다니는데 발밑의 풀에서 귀에 거슬리는 소리가 들려왔다. 갈색빛이 도는 검정색 빛깔에 내 팔목만큼 굵은 물뱀이었다. 이제 막 옛 허물을 벗은 것이 분명했다. 나는 몸을 움직이려 했지만, 현실은 마치 팔다리와 가슴이 나무로 변해 버린 꿈속 세계와도 같았다. 내가 할 수 있는 것은 뱀이 지나가는 모습을 지켜보는 것이 전부였다. 녀석은 내가 허리를 구부리고 집어 들 수도 있을 만큼 내 더러운 발 아주 가까이에 있었다.

나는 요즘 그 일이 자주 생각난다. 적어도 그늘에 있는 동안 마구 두근거리던 가슴은 마침내 고요를 되찾았다.

이제 남자답게 마지막 말먹이 포대를 안으로 나르고 그 바보 같은 개를 찾으러 가야겠다고 생각했을 때, 누군가를 다급히 부르거나 애원하듯 짖는 소리가 들려왔다. 나에게는 형처럼 수 킬로미터 너머에서 들려오는 개 짖는 소리를 따라갈 줄 아는 재주가 없었다. 그 소리는 산등성이를 배경으로 여기저기서 튀어 오르는 것만 같았다. 그러다가 나는 삼림지를 형성한 블랙베리 덤불 근처의 연못 가까이에서 반짝이는 흰빛을 봤다. 녀석은 땅에 있는 무언가에게 덤벼들고 있었고, 나는 녀석이 무슨 짓을 저질렀는지 알고는 두려움에 휩싸였다. 나는 헛간으로 달려가서 삽을 움켜잡고는 목초지 쪽으로 난 옆문 너머로 던졌고, 삽을 따라서 옆문을 타 넘었다. 나는 최대한 빠른 속도로 언덕을 내려갔다.

길이는 1미터밖에 안 되지만 가장 살찐 부분의 굵기는 내 손목만 한 늪살모사 한 마리가 블랙베리 덤불 가장자리의 얕은 도랑에 똬리를 틀고 있었다. 물뱀은 위협을 받으면 보통 웅덩이나 빽빽한 들장미 속으로 도망쳐 버리는데, 하지만 그 바보 같은 개는 뱀과 물 사이, 그리고 뱀과 블랙베리 덤불 사이에 있었다. 뱀은 탁 트인 풀밭 말고는 갈 곳이 없었다.

"당장 **물러서!**" 내가 외쳤지만, 개는 좋아서 어쩔 줄을 몰랐다.

"당장…… 물러서!"

나는 뱀을 놓치지 않고 지켜보려 애쓰며 한 손으로 스펙의 목줄을 잡아채려 했으나 놓치고 말았다. '위자 보드'의 지시판처럼 커다랗고 뭉툭한 삼각형 머리, 그리고 작은 목과 굵은 몸통과 짧고 뭉툭한 꼬리를 보니 늪살모사가 분명했다. 더럽고 칙칙한 갈색 베일 아래의 몸은 거의 검은색이었다.

스펙은 이제 엎드려서 뱀과 눈을 맞춘 채 으르렁거리고 있었지만, 어떤 오래된 본능 때문에 더 가까이 덤벼드는 일은 피하고 있는 듯했다. 나는 개들이 그보다 더 작은 뱀에 물려 죽는 것을 본 적이 있다. 물뱀은 비열하며 거의 공격적인 뱀이고—'애니멀 플래닛' 방송에서 뭐라고 말하든 그것은 내 알 바 아니다—그 위험천만한 순간 동안 나는 무엇을 해야 좋을지 전혀 알 수 없었다. 나는 수많은 독사를 죽여 봤지만, 마지막으로 죽인 것은 한참 전의 일이었다.

개가 끼어들려고 최선을 다하는 가운데 나는 부츠를 뱀에게서 최대한 떨어뜨리려 애쓰며 조금 다가가 뱀을 거칠고 어설프게 찔렀고, 뱀의 몸 가운데 정도에 깊은 상처를 냈다. 운이 좋았다. 뱀은 미친 듯이 꿈틀거렸고, 나는 삽 끝으로 녀석의 머리를 겨냥하고 내리찍었지만 빗맞히고 말았다. 한 번 더 찔러서 거의 머리를 자르는 데 성공했다. 비록 뱀은 땅에서 여전히 꿈틀거렸지만 죽은 목숨이나 다름없었다. 그것은 자랑스러울 일도, 밤에 잠 못 들게 할 일도 아니었다. 그저 죽여야 할 뱀을 죽였을 뿐이었다.

뱀은 꽤 오랫동안 꿈틀거렸고, 나는 내 개를 끌어냈다. 몇몇 동물은 머리가 잘려 나가고 20분이 지난 후에도 상대를 공격할 수 있는 법이니까. 개를 발로 서너 번쯤 더 뒤로 밀어내면서 나는 뱀의 머리를 깨끗이 잘라서 삽자루에 올린 다음 개가 붙잡을 수 없는 깊은 연못 안으로 던져 버렸다.

그러고서 나는 땀이 흘러내리는 얼굴로 삽자루에 몸을 기댄 채 그저 잠시 서 있었다. 관례에 따라 사체를 철조망 울타리에 걸어 주러 갈까 했지만, 이미 반항하는 개와 함께 언덕을 반이나 올라온 터여서 되돌아가고 싶지는 않았다. 나중에 뱀을 죽였던 곳 주위를 보니 까마귀들이 깡충깡충 뛰고 있었고, 나는 내가 거기 도착할 때쯤이면 뱀은 이미 사라지고 없으리라는 것을 알았다.

내 심장은 여전히 가슴 속에서 쿵쾅거리고 있었는데 너무 세게 쿵쾅거려서 거의 귀에 들릴 지경이었고, 나는 머리에서 신발까지 땀에 흠뻑 젖어 있었다. 하지만 이번에는 달랐다. 그것은 세상의 끝이 아닌 그저 심장박동일 뿐이었다. 그저 땀, 그저 날씨, 삼촌들이 내게 장담했듯 지구가 천천히 돌고 있는 것일 뿐이었다.

나는 마지막 남은 말먹이 포대를 어깨 위로 들어 올린 다음 그것을 쏟아 버리기 위해 헛간으로 갔다. 안으로 들어가려고 몸을 돌리면서 나는 길이 3미터에 높이 1.5미터인 그 커다란 선회 철문을 쳐다보았다. 그것을 마지막으로 타 넘었던 때를 떠올려 보려 했는데, 기억해 보니 나는 지금까지 그것을 한 번도 타 넘어 본 적이 없었다. 내가 그것을 다람쥐원숭이처럼 타 넘었다고 말하려는 것은 아니지만 어쨌든 그 모든 것을 해냈다고 생각하니 만족스러운 기분이 들었다.

그것은 사소하고 하찮은 일일지도 모르겠지만, 어쨌든 내가 다음 순간을 두려워하지 않고 행동한 것은 모처럼 만의 일이었다. 개는 여전히 흥분한 채 마당을 빙글빙글 돌며 뛰어다녔다.

"원, 세상에, 뱀을 죽인 건 나라고." 내가 말했다. "네가 아니라."

녀석이 풀밭에서 뒹굴었다.

"바보야." 내가 말했다.

녀석은 마른 땅에서 수영이라도 하듯 등을 땅에 대고 꿈틀거렸다.

"넌 진짜 바보야." 내가 말했다.

오두막 문만 열고 들어가면 시원한 오아시스가 있다며 에어컨의 윙윙거림이 나를 안심시켜 주었지만, 열기와 괴물 같은 삼복더위를 이겨 내고 나자 안으로 들어가기가 어쩐지 꺼려졌다. 그래서 나는 후텁지근한 더위 속에 앉아 개와 이야기를 나누었고, 녀석은 한 시간 동안 긴장을 풀며 쉬었다. 세상에 있을 법한 모든 정신 나간 일 가운데 자기 개와 이야기를 나누는 것이 그래도 가장 이해받을 만한 종류의 일이리라.

"내 말 좀 들어봐." 녀석의 목둘레 털을 붙잡으며 내가 말했다. "앞으로는 그러면 안 돼. 이번에는 우리가 운이 좋았어. 만일 놈에게 물렸더라면 너는 아마 죽었을 거야. 그리고 만일 네가 아주 큰 놈에게 물리면 내가 너를 수의사에게 데려다줄 시간도 없을 거라고."

그날 밤 나는 형에게 그 일에 대해 말해 주었다. 형은 예의 그 거슬리는 방식으로 그저 고개만 끄덕였다.

"나는 지금쯤 녀석이 커다란 방울뱀한테 물려 죽었을 줄 알았어. 녀석이 바위 사이에서 노는 걸 그렇게나 좋아하니까 말이야." 형이 말했다. 방울뱀은 그냥 내버려두면 보통 물지 않는다고, 형이 말했다.

"그러니까 어쩔 도리가 없는 녀석이라는 거지." 형이 말했다.

한 주쯤 후에 개가 땅다람쥐 구멍에서 무해한 쥐잡이뱀 한 마리를 파냈다.

"그거…… 그냥…… 놔줘!" 내가 외쳤고, 녀석은 고개를 돌려 나를 보더니 멈추지 않고 계속 팠다. 녀석은 뱀을 구멍에서 끄집어낼 때까지 계속 할퀴고 물었다. 뱀은 그저 벗어나고 싶어 했다.

한번은 뱀의 꼬리를 입에 문 녀석을 질책하니 너무나도

분개한 표정을 짓기에 웃음이 터져 꾸짖음을 멈출 수밖에 없었다.

밤의 비늘무늬와 머리 모양으로 봐서 방울뱀은 아니었지만, 나는 형과 달리 살면서 한두 번 틀렸던 적이 있었다.

"차라리 물려 버렸으면 좋겠다." 내가 말했다.

녀석이 나를 보고 짖어댔다.

"너를 꼼짝 못 하게 안고 뱀한테 물리게 해야겠어." 내가 말했다.

◇ ◇ ◇

나는 물론 그 모든 일을 친절한 내 의사 선생님에게 말하지 않았다. 그냥 일부만 말했을 뿐. 선생님은 조용하고 세심하게 대화하는 유형의 사람이었다. 그는 실제로 입을 열기 전에 무슨 말을 할지 생각하는 사람이었는데, 내게는 익숙하지 않은 일이었다.

"제 생각에는 개가 선생님한테 도움이 되었던 것 같네요." 선생님이 말했다.

개가 내게 마음을 쓸 대상이 되어 준 것이라고 선생님은 말했다.

녀석은 좋은 친구였다. 녀석은 심지어 걱정거리도 가득

채워 주었다.

사람들은 많은 것을 기대하고 우리가 옳은 일을 하기를 기대하는데, 우리는 함께 그들을 실망시키고 만다.

정말 정말 끔찍한 개인 스펙은 나와 함께 현관에 앉아서 마냥 행복해했다. 나는 의사 선생님을 보러 가는 것이 도움이 되었다고 생각했고, 그래서 당연히 한동안 병원을 찾지 않았다. 일로 바빴다. 계약서와 마감과 문법적 오류를 처리하느라. 약을 먹으니 글쓰기가 힘들어져서 약도 끊어 버렸다. 하지만 나는 언젠가 병원으로 돌아가서 선생님에게 나의 끔찍한 개에 대한 이야기를 몇 가지 더 들려주고, 녀석은 멀쩡하다고 말해 주고 싶다. 설령 다시는 병원으로 돌아갈 일이 없더라도 나는 녀석이 개로서 지닌 가치가 버밍엄의 정신과 의사의 진료 기록에 남아 있다는 사실이 마음에 든다. 그리고 그 기록에 따르면 나는 전혀 미치지 않았다.

13장

헨리의 귀환

가을은 개들이 지내기에도 좋고 이야기를 풀어놓기에도 좋은 계절이다. 쇠풀은 노랗게 물들고, 산등성이의 빽빽한 나무들은 알록달록해지고, 뱀들은 깊은 땅속으로 물러간다. 어머니가 잠자리에서 들려주시던 모든 이야기의 시간적 배경은 가을이었던 것 같다. 사슴, 칠면조, 미국너구리, 주머니쥐, 토끼, 그리고 알려지지 않은 땅다람쥐에 대한 이야기들. 내가 기억하기로 땅다람쥐는 이중 초점 안경을 끼고 있었고, 주머니쥐는 조끼를 입고 지팡이를 들고 있었다. 개는 시원한 날씨를 대단히 좋아했고, 커다랗게 소용돌이치는 붉고 누런 풀 속을 가로질러 뛰어다니며 그 옛이야기에 등장하는 동물들을 쫓았다. 하지만 동물들은 늘 발끝으로 살금살금 걸어서 돌아왔다. 마치 개가 자신들을 살짝 겁주기 위해 거기 있다는 것을 쭉 알고 있었던 것처럼.

진짜 악당은 더 깊은 숲속에 숨어 있었는데, 이제 녀석이 나타날 때였다. 교활하고 거의 신화적인 존재인 여우 말이다. 녀석의 이름은 헨리였는데, 어머니가 모든 여우를 헨리라고 불렀기에 어느 헨리였는지는 나도 알지 못한다. 약 16년 전에 우리가 이곳에 온 후로 늘 그랬다. 내가 알기로 우리는 이제 헨리 7세나 헨리 8세를 맞이할 차례였다.

"밖에서 소리를 내는 모두 여우가 꼭 헨리는 **아니에요**." 내가 어머니에게 말했다.

"나는 헨리가 내는 소리를 구분해 낼 수 있어." 어머니가 말했다.

"음, 그럼 제가 어떻게 해 드리면 될까요?" 내가 물었다.

온화한 영혼의 소유자인 어머니는 내가 헨리를 총으로 쏘기를, 헨리의 몸에 구멍을 뚫어 주기를, 헨리의 줄무늬 꼬리를 내 트럭의 라디오 안테나에 묶어 버리기를 바랐다. 예전 같았으면 나는 아무 문제없이 그 일을 처리할 수 있었겠지만, 몸이 아픈 후로는 상황이 달라졌다. 내게는 이제 피를 보려는 욕망이 별로 남아 있지 않았다. 조금만 더 살게 해 달라고, 조금만 더 시간을 달라고 기도하는 정말 수많은 사람들을 본 이후로 내게서 그런 욕망은 새어 나가 버린 것 같았다.

부디 나를 오해하지는 말기를 바란다. 나는 그런 문제에 관한 한 위선적이고 변덕스럽다. 나는 흑거미나 전갈이나 갈색 독거미를 부츠의 뒤꿈치로 밟아 버리듯 아무 거리낌 없이 물뱀이나 방울뱀을 총으로 쏠 것이다. 나는 훨씬 남쪽에서 살았던 젊은 시절의 대부분을 사냥으로 보냈다. 주로 메추라기, 사슴, 돼지 한두 마리였고, 심지어 악어도 잡았다. 내 양손은 다른 어떤 사람의 손 못지않게 피비린내를 풍긴다. 하지만 오락거리와 땅 자체가 변함에 따라 사냥에 대한 나의 열망은 어느새 사라지기 시작했다.

나는 내가 사냥을 잘했다거나 그에 대한 구전 지식과 기술에 정통했다고 말하려는 것이 아니다. 하지만 나는 사냥이 모험으로 가득하던 시절, 작업복과 오래된 페도라 차림에 '펌프킨 볼'이라고 불리던 산탄을 장전한 2연발 산탄총을 든 나이 든 분들 곁에서 사냥을 배웠다. 그들은 스스로 개발한 소리를 내며 칠면조 수컷을 유인했는데, 어느 늙은 사냥꾼이 내게 들려준 바에 따르면 "금요일 밤의 싸구려 잡화점 여점원 같은 소리를 내려" 애쓰면 된다고 했다. 잡화점을 그런 식으로 생각해 본 적이 한 번도 없던 나로서는 그것이 무슨 소리인지 알 도리가 없었다.

이제 남부 전역에서는 백만장자들이 울타리 안에서 대

형 사냥감을 사냥하는데, 전리품으로서의 동물들은 결국 구석으로 달려가서 꼼짝도 못 하게 된 다음 총에 맞아 쓰러지고 만다. 조림지에서의 비둘기 사냥을 위해 차려입은 사람들은 철조망에서 겁에 질린 새들을 풀어 주고, 새들은 그렇지 않았다면 모래 한 줌을 던져도 곰의 엉덩이를 맞히지 못할 부자들의 총에 맞아 갈가리 찢긴다. 할아버지가 그것을 봤더라면 울음을 터뜨리셨을 것이다.

야생은 달라졌다. 내가 어렸을 때 보았던 것처럼 야생적이지 않다. 포식자들은 대부분 사라져 버렸다. 그리하여 우리는 우리의 땅에 '사냥 금지'라는 간판을 붙였고, 내 총들은 벽에 걸려 먼지가 쌓여 가고 있거나 금고 속으로 사라져 버렸다. 물론 그것들은 나 아닌 다른 사람에게는 아무짝에도 쓸모없는 물건일 테지만 말이다.

약 10년 전의 어느 가을날, 한번은 산등성이를 따라 나 있는 숲에서 황갈색 보브캣[36] 한 마리를 본 적이 있다. 노란 잎사귀 사이에 있어서 거의 보이지 않았다. 녀석이 조용히 사라지는 것을 지켜보며 나는 어쩌면 저게 내가 마지막으로 보는 보브캣이 될 수도 있겠다는 생각이 들었다.

오직 여우만이 야생의 시대에서 살아남은 듯했다. 크기가 딱 비글만 한 녀석들은 목초지와 숲속을 미끄러지듯 이

---

36 북미산 야생 고양이과 동물.

동했다. 이야기책에 나오는 붉은 여우보다 작고 색깔도 덜 밝았다. 양쪽 귀와 꼬리가 가장 두드러졌고, 작은 발로 균형을 잘 유지했으며, 날카롭고 가느다란 울음소리로 어둠을 찢었다. 여우는 겉만 봐서는 가까이 오면 쓰다듬어 줄 수 있는 동물처럼 보이지만, 실은 이야기책에 나오는 것만큼이나 똑똑하고 교활하고 악랄하다.

원래 그 헨리인지, 아니면 녀석의 여러 화신 중 한 마리인지는 모르겠지만, 어쨌든 한 마리의 여우가 우리 땅에 출몰했다. 녀석은 15년 전쯤 처음 나타난 후로 해마다 피비린내를 더 풍기며 계속 나타났다. 녀석은 흰색 저먼 셰퍼드인 '프리티 걸'과 싸움을 벌이다 결국 녀석의 안 좋은 골반에 심각한 손상을 가했고, 스키니와는 머리싸움을 했다. 우리는 스키니가 헨리를 영영 쫓아낸 줄로만 알았다. 하지만 어느 여름에 녀석은 닭 열한 마리, 암탉 여러 마리, 오리와 오리 새끼 열네 마리, 그리고 불특정 다수의 새끼 고양이를 죽였다.

생존을 위한 본능임을 감안하더라도 녀석은 비열하게 굴었다고 어머니는 말했다. 녀석은 피 묻은 깃털과 소름 끼치는 뼛조각을 마당 여기저기에 남겨 두었다. 녀석은 모든 것을 싹쓸이하고 나면 그곳 주변을 떠났고, 그러다 어머니가 다시 용기를 내서 새로운 동물들을 들이면 다시금 대학

살이 시작되었다.

어머니는 무언가를 증오한다는 말을 평생 한두 번밖에 하지 않았는데, 그 대상 중 하나가 바로 헨리였다. 작은 언덕에 사는 사람들은 야생동물을 온갖 마법과 사악한 의도와 연관 짓는다. 하지만 헨리의 가늘고 새된 울음소리는 어머니를 보기 드물게 화나게 했다.

"왜 녀석에게 헨리라는 이름을 붙이신 거죠?" 나는 어머니에게 물었다.

"왜냐하면 나는 헨리라는 이름이 붙은 것들을 좋아해 본 적이 한 번도 없으니까." 어머니가 대답했다.

나의 형제들은 여러 해 동안 녀석을 쏘아 죽이려 했지만, 늘 녀석은 너무 멀리 있거나 너무 빨리 움직였다. 녀석이 언제나 밤을 기다려 짓궂은 짓을 벌인 것은 아닌데, 그럼에도 우리의 시야를 잘만 피해 다녔다. 어머니는 녀석을 쏘아 죽여 달라고 사정했지만 우리는 매일 밤 어머니를 실망시켰고, 어머니는 녀석이 자신을 비웃는 소리를 들어야 했다.

"비열하게 낄낄거리고 있어." 어머니가 말했다.

샘은 어쩌면 헨리가 암컷일지도 모른다며, 녀석이 그렇게 게걸스러운 것은 근처에 있는 굴에서 새끼들에게 먹이를 주고 있기 때문인지도 모른다고 말했다. 어머니는 샘의 말을 가뿐히 무시했고, 80대로서의 권리를 행사하며 오직 자신이 듣고 싶은 말만 들었다.

◇ ◇ ◇

그해 어느 가을날 늦은 오후에 나는 커다란 여우 한 마리가 목초지에서 호를 그리며 움직이는 것을 보았다. 녀석은 거의 놀고 있는 것처럼 보였다.

어머니는 밤늦게 녀석의 소리를 들었다며 녀석이 뒤쪽 현관에서 늘 그렇듯 마법처럼 나타난 새끼 고양이들을 잡아먹으러 온 것이라고 내게 말했다.

"저건 헨리야." 내가 녀석을 손가락으로 가리키자 어머니가 말했다. 어머니는 이동주택 차나 폭동을 일으킨 숫염소들을 보기라도 한 듯한 눈빛이었다. "녀석이 내 새끼 고양이들을 다 잡아먹어 버릴 거야." 어머니가 너무나도 애절한 목소리로 말했기에 나로서는 선택의 여지가 없었다. 나는 지하실로 가서 레버 액션 방식의 윈체스터 라이플총을 가지고 돌아왔다. 어설프게 수리한 후 아무 데나 놓아둔 그 총은 여우 한 마리를 상대하기에는 너무 과했다. 나는 굴러다니는 총알을 딱 두 개만 집어 들었다. 여우는 한 번에 쏘아 죽이지 못하면 다시는 쏠 기회를 주지 않는 동물임을 잘 알았기 때문이다. 나는 녀석이 이미 사라졌기를 바랐지만,

녀석은 여전히 50미터 정도 떨어진 목초지에 있었다. 풀밭은 들쥐로 가득했다. 나는 더 가까이 다가가서 나무나 울타리 기둥 같은 것을 조준대로 삼을까 생각했지만 그러면 녀석이 나를 볼 것 같았다. 나는 언덕 꼭대기에서 걸음을 멈추고 호두나무 개머리판을 내 뺨에 고정했다. 한 번에 끝장내야만 했다.

하지만 계속 움직이는 녀석을 겨냥하는 것이 쉽지 않았다. 그래서 나는 그 작고 푸른 강철 가늠자 너머로 최대한 녀석을 쫓으며 기다렸다. 여우는 그것을 감지하기라도 한 듯 고개를 돌리더니 나를 똑바로 쳐다봤다.

"바로 그때 쏘아야 하는 거야." 형은 내게 말한 적은 있다. "녀석이 너를 똑바로 쳐다볼 때, 그때가 유일한 기회라고."

나는 얼어붙고 말았다. 개를 찾는 것을 깜박했다는 생각이 들었던 것이다. 녀석은 집 반대편에 있는 산에서 뛰어놀고 있었다. 녀석이라면 총알을 향해 뛰어들어도 이상할 것이 없었다.

내가 여전히 그곳에서 어쩔 줄 모르고 있었을 때, 어떤 소리가 들려왔다.

아아아아우우우우우우우우우우우우우우우우…….

여우는 사라져 버렸다. 스펙이 갑자기 나타나더니 언덕을 맹렬히 달려 내려오며 유령을 쫓았고, 나는 라이플총의

총구를 땅으로 향하고 공이치기를 내렸다. 총알을 풀밭 위로 꺼낸 다음 셔츠 자락으로 닦아서 주머니에 넣었다. 아마도 다시는 쓸 일이 없겠지.

"녀석을 쏘지 않았구나." 내가 집에 돌아오자 어머니가 말했다.

"겨냥할 수가 없었어요." 나는 거짓말을 했다.

나는 윈체스터 라이플총을 깨끗한 천 조각으로 닦고 치웠다. 그 총을 쓸 일이 다시는 없을 것이라고 생각했지만, 남부 사람들은 총에 관한 한 유별난 행태를 보이고는 한다. 그들은 전당포에 물건을 맡길 때 TV나 결혼반지를 라이플보다 먼저 맡긴다. 남부 사람 가운데 집안의 가보인 총을 전당포에 맡기는 것은 술이 다 떨어진 술꾼뿐이다. 그들은 극심한 갈증에 총을 맡기고 말지만, 술이 깨고 돈을 조금 벌자마자 전당포로 돌아가 창백한 얼굴로 떨면서 그것을 되찾아온다.

이 총은 내게 뜻깊은 물건이다. 나는 조만간 너무 급하지 않게 그것을 벽에 걸어 둘 생각이다. 그것은 상처 난 호두나무 개머리판이 달린 94년형 윈체스터 라이플총이다. 오래된 총이 대부분 그러하듯 이 총에도 사연이 있다. 그것은 내 친구 마이크가 선물로 준 것이다. 그가 입대하기 전에 우리는 함께 오토바이를 탔고, 구형 MGB 스포츠카에 변속기를 달았다. 나는 그의 형과 함께 농구를 했고, 그의 아빠는 우리의 슬로피치 소프트볼팀을 코치해 주었다. 나는 'E. L. 그린네' 가게 쪽 도로 위에 있는 언덕에서 치러진 그의 장례식에서 추도 연설을 했다. 우리는 오렌지색 랜스 피넛 버터 크래커를 먹고 커다란 얼음덩어리가 든 콜라를 마시며 거기 앉아서 그린 영감이 하는 거짓말을 듣고는 했다.

뭐, 쏘았어도 어차피 놓쳤을지 모른다. 하지만 방아쇠를 당겨서 조준한 대상을 맞추었다면 이곳에 남은 마지막 야생동물 하나를 더 없애서 좋은 기억을 더럽히고 말았을 것이다. 스펙은 그저 개답게 구는 것으로써 그런 가능성을 없애 버렸다. 마법의 개가 아니라 그저 평범하고 어설프고 요란하게 짖어 대는 개로도 충분히 할 수 있는 일이었다. 하지만 그런 도덕관념을 지키는 사람은 이제 많지 않다.

헨리가 어떻게 되었는지는 나도 모르겠다. 어머니는 헨리가 숲속에서 낄낄대는 소리를 다시는 듣지 못했고, 그러니 아마 녀석은 그런 개랑은 상종하지 않는 것이 낫다는 것을 아는지도 모르겠다. 샘은 이야기책을 별로 믿지 않지만, 개 때문에 헨리가 영영 발길을 끊었을지도 모른다는 사실에는 동의했다. "저 개의 유일한 장점은 말이야." 형이 말했다. "녀석이 **모든 것을** 쫓아간다는 거야."

◇ ◇ ◇

어렸을 때 나는 집에서 듣는, 동네와 사람들에 대한 이야기를 사랑했다. 나는 그것들을 들으며 잠이 들었다. 내용이 전부 기억나는 이야기는 하나도 없다. 그저 100년 된 누비이불이 하늘에 떠서 내려오며 나를 덮어 주는 듯한 그 느낌만 기억날 뿐이다. 스펙이 그렇게 오래 버틸지, 모든 이야기가 끝나고 나면 녀석이 영웅이 되어 있을지 악당이 되어 있을지 궁금하다. 만일 내 잘난 형만 남아서 이야기의 결말을 들려주게 된다면 어쩌지?

"저렇게 딱한 개는 살면서 한 번도, **한 번도** 본 적이 없어." 개가 아마도 노새의 배설물이 확실해 보이는 것에서 막 뒹군 후 마당으로 달려오자 형이 말했다. 우리는 녀석을 지켜봤다.

"저리 가!" 형이 말하며 모자로 개를 찰싹 때렸다.

"그러면 녀석의 마음이 상할 거야." 내가 말했다.

"나는 비위가 약하거든." 형이 말했다.

개는 그저 형의 뒤를 빙글빙글 맴돌다가 내 옆에 와서 앉았다. 녀석은 형에게 다가가서 쓰다듬어 주기를 바라면 안 된다는 사실을 오래전에 깨달았다. 심지어 미용보다는 손질에 가까운 작업이 대실패로 끝나고, 샘이 마침내 '실버

크릭' 담배 가루를 녀석에게 뿌리기를 멈추고 녀석의 털을 잘라 준 후에도 말이다.

어떤 이들은 경이로운 것들을 알아보지 못한다. 그것은 나에게 편협한 교열 담당자 벤 하우스를 떠올리게 했다. 우리는 시내의 역사적인 붉은 벽돌 건물에 있는 '버밍엄 뉴스'에서 일했다. 그는 한때 뉴스실에 우아한 화장실이 있었다고 말했다. 구리로 된 설치물이 있고 바닥에 타일이 깔린, 가난한 기자도 왕이 된 기분을 느낄 수 있는 그런 종류의 화장실 말이다. 하지만 신문사의 윗분들은 그것을 허물고 그 자리에 축축한 석고판 냄새를 풍기고 물이 잘 새는 현대적 화장실을 만들었다. "왜냐하면 어떤 사람들은 말이야." 그가 내게 말했다. "우아한 화장실의 진가를 알아보지 못하는 법이거든."

14장

노새와 인간[37]

나는 샘이 거대한 노새의 코를 쓰다듬어 주는 것을 보았다. 노새는 차분하고 조용히 굴었다. 형은 늘 그런 쪽으로 재능이 있었다. 비결은 느리고 편안하게 다가가되 멍청하게 굴지 않는 것이라고 형이 말했다. 녀석들은 개자식을 알아볼 수 있는 것과 마찬가지로 멍청이를 알아볼 수 있었다. 겁먹은 사람은 조만간 변덕스럽고 불안한 사람으로 변하게 마련이었고, 농장의 동물과 말과 암소와 새, 심지어 거대한 검은 노새도 변덕스러운 사람을 본능적으로 경멸했다. 형 옆의 문에 기댄 채 '사무엘[38]의 복음'을 듣고 있는데,

37 미국의 소설가 존 스타인벡의 소설 『생쥐와 인간』을 패러디한 것.

38 샘을 성서의 인물인 사무엘에 빗댄 것이다.

문득 형이 개털에 대해 연설한 후로 한 번에 이렇게 많은 말을 쏟아 낸 것은 처음이라는 생각이 들었다. 사실 나는 어린 시절부터 형의 이야기를 듣는 것이 좋았다. 형은 옛날 방식대로, 알 만한 가치가 있는 다른 모든 것을 가르쳐 준 사람들에게서 배운 방식대로 이야기했다.

"나는 멍청이가 아니야." 내가 말했다.

그것은 사실이라고 형은 말했다.

"음, 만일 내가 멍청이가 아니라면 녀석은 왜……."

형은 그저 녀석의 코만 계속 쓰다듬었다.

나는 포기하고 뭐라 뭐라 중얼거리며 집으로 걸어갔다.

"이번에는 또 뭐가 문제니?" 어머니가 물었다.

"아무래도 형이 방금 저를 '개자식'이라고 부른 것 같아요."

나는 한때 내가 형보다 더 똑똑하다고 생각했지만 지금은 그렇지 않다. 형에게는 지혜가 있다. 형은 흐린 날에 어떤 미끼를 사용해야 하는지 알고, 비명을 지르는 아이의 손가락에서 어떻게 낚싯바늘을 빼내야 하는지 안다. 형은 끊어진 퓨즈를 은박 껌 종이로 감싸면 차가 굴러가며 운전자를 집으로 데려다주지만, 그 퓨즈를 그냥 내버려두면 엔진 블록까지 타 버린다는 것을 안다. 형은 체인톱의 날을 날카롭게 가는 법, 블록을 놓는 법, 웨일스 포니를 안장에 길들이는 법을 안다. 형은 여러 번 손이 미끄러지고 신성모독적인 발언을 하면서도 어떤 렌치가 괜찮은지를, 어떤 렌치가 **딱** 적당한지를 안다. 1.5인치짜리 렌치와 7/16인치 렌치 중 적당한 하나를 고르기까지 얼마나 긴 지옥 같은 시간을 통과해야 하는지 알면 누구든 깜짝 놀랄 것이다. 형은 철조망을 엮을 수 있고, 불도저와 펄프용재 기중기를 작동할 수 있으며, 만일 누가 자신을 깎아내리면 고령에도 불구하고 맞서 싸울 수 있다. 왜냐하면 형은 스시 가게와 우주선을 이해할 수 없는 것만큼 다른 식의 인생 또한 생각할 수 없는 사람이기 때문이다.

만일 형에게도 철학이 있다면 그것은 인간은 자신의 피부에 약간의 기름을 칠하지 않고는 아무것도 배울 수 없다는 것이리라. 우리가 이 세상을 배울 수 있는 유일한 방법은 그것을 양손으로 감싸고서 약간의 피를 흘리는 방법뿐이다. 형은 그저 얼마 안 되는 연금과 괜찮은 건강보험과 자기 소유의 집을 위해 일하며 살기를 바랄 뿐이다. 형은 한 주에 한 번, 그러니까 딸 메러디스가 월마트를 쉬는 날에 딸과 아내 테레사와 함께 햄버그스테이크를 먹고, 엄마와 함께 TV용 쟁반에 저녁을 차려놓고 먹으며 〈버지니언The Virginian〉[39]을 보기를 바란다. 형은 일요일에 새것이나 다름없는 시보레를 몰고 천천히 돌아다니기를 좋아한다. 형은 퇴

39 1962년부터 1971년까지 NBC에서 방영된 미국의 서부극.

직할 즈음에 맞추어 시보레의 할부금을 모두 지불할 계획인데, 퇴직이라는 것이 왜 존재하는지는 여전히 납득하지 못한다.

열여섯 살이 되었을 무렵의 형은 내가 아는 가장 힘센 사람이었는데, 형은 역기를 드는 것이 아니라 유개화차와 목재 운반 트럭에 짐을 싣는 일꾼이었다. 심지어 형은 예순두 살이 된 후로도 셔츠의 목 부분으로 거미가 들어가는 집의 아랫부분을 기어 다녔고, 신발에 등산용 스파이크를 달고 나무를 재빨리 타고 올라갔다. 나를 나무 꼭대기에 올라가게 하려면 보잉 707에서 떨어뜨리는 수밖에 없으리라. 형은 나와 싸울 때마다 이겼지만 딱 한 번 예외가 있었으니, 바로 철조망에 걸렸다가 내가 내리친 바위에 맞았을 때였다.

10년 전 형과 테레사는 허약성 X 증후군[40]을 앓는 쉰 살 먹은 테레사의 오빠 토드를 보살피는 일을 돕기 시작했다. 토드는 농장 근처에서 샘을 도왔다. 물론 대개는 무관심하게 돌아다니며 원숭이에 대해 중얼거렸고, 결국 샘이 벌겋게 달아오른 얼굴로 그를 쫓아갔지만 말이다. 형은 토드에게 신발 끈을 묶는 법과 시계를 보는 법과 숫자를 세는 법을 가르쳐 주려 애썼는데, 10년이 지나서도 토드는 여전히 오른쪽과 왼쪽을 구분하지 못하고, 그에게 시간은 늘 6시

40 주의력 감소와 활동 항진 등을 일으키는 유전자 결함.

30분이다. 토드는 숫자를 세는 법을 조금 배우기는 했다. 물론 때로 1, 2, 3, 4, 5, 5, 5, 6, 8……까지 세다가 다시 원숭이에 대해 중얼거리기도 하지만 말이다. 토드는 샘의 픽업트럭에서 샘 옆자리에 앉아 내가 아는 한 세상에서 가장 부조리하지 않은 사람에게 부조리한 말을 끝도 없이 쏟아내는데, 형은 투덜거리고 으르렁거리면서도 그에게 잘 대해준다. 그러지 않는 것은 비겁한 짓이리라.

내가 집에 온 것은 다시 도망쳤기 때문이고, 머물게 된 것은 의무감 때문이었다. 형은 매일 밤 그리고 주말마다 이곳에 오는데, 형이 이곳을 사랑하고, 숲과 목초지와 웅덩이와 그곳을 관리하기 위해 해야 하는 모든 고된 일을 사랑하기 때문이다. 이곳의 탁 트인 공간에서 트랙터에 앉아 있거나 목초지 문에 기대고 있으면 모든 것이 이치에 맞게 여겨진다. 형은 여치와 귀뚜라미가 부르는 세레나데를 듣고 진딧물과 말벌과 호박벌과 그보다 더한 것에도 둘러싸이지만, 나는 이곳이 형에게 일종의 낙원이나 마찬가지일 것이라고 믿는다. 형은 덜컹거리는 혐오스러운 트랙터를 타고 우리 땅의 모든 곳을 다녔다. 그 꼴은 노새의 등을 타고 다니는 것이나 마찬가지였다.

형과 노새가 서로를 이해하는 것은 당연한 일이었다.

노새는 일을 위해 **만들어졌고**, 형도 마찬가지였다.

"애는 똑똑한 녀석이야." 그 거대한 멍청이에게 손으로 풀 한 움큼을 먹이며, 형이 말했다.

"배가 고프면 문을 걷어차는데도?" 내가 물었다.

"배가 **안** 고플 때도 문을 걷어차니까." 형이 대답했다.

나는 이번에도 형 말이 맞을지 모르겠다고 말했지만, 내 개의 생명을 언제든 앗아 갈 수 있는 동물을 좋아하기란 쉬운 일이 아니었다. 형은 그저 고개를 끄덕이고는 노새의 이빨을 살펴보기 위해 윗입술을 들어 올렸다. 만일 내가 그랬다면 녀석은 내 손가락을 물어뜯었을 것이다.

"녀석은 이제 스펙을 해치지 않을 거야." 형이 뒤돌아보지 않은 채 말했다.

노새는 커다랗고 촉촉한 눈으로 형을 바라보았다.

"스펙을 죽일 생각이었다면 벌써 죽였겠지." 형이 말했다.

형은 나보다 먼저 변화를 알아차렸다. 개는 여전히 벨라의 먹이를 좀도둑질했지만, 이제 벨라는 스펙이 그러도록 대개 내버려두었다. 벨라는 더 이상 스펙을 철조망 쪽으로 걷어차지 않았다. 둘은 서로에 대한 적대감을 관용으로 발전시켰고, 뭐랄까, 몇 달 안에 친구가 되어서 벨라의 여물통으로 같이 저녁 식사를 했다. 어떤 날에는 벨라가 자신의 달콤한 먹이를 우적우적 먹는 동안 스펙이 그저 땅에 누워서 여물통에 코를 올려놓고 있기도 했다. 이따금 벨라는 스펙과 장난을 치느라 코로 스펙을 밀어내기도 했다.

녀석은 여전히 목초지로 달려 내려가 벨라와 다른 수탕나귀들에게 열변을 토했고, 우르르 몰려가도록 부추겨 자신이 녀석들을 몰 수 있게 하려 했는데, 그것은 응급처치를 연습하겠답시고 누군가를 차로 치는 짓이나 마찬가지 행동이었다. 하지만 광란과 발길질과 비명은 서서히 잦아들었고, 그것은 대개 개와 수탕나귀들이 풀밭을 가로지르며 성큼성큼 달리는 것으로 끝이 났다.

어느 날 저녁, 녀석들에게 먹이를 주려고 밖으로 나와 보니 노새는 풀밭에 서 있고 그 앞에는 개가 앉아 있었다. 둘은 마치 텔레파시로 대화하기라도 하듯 그저 서로를 쳐다보고 있었다. 항암 치료 환자들은 내게 경고하기를, 치료는 때로 혼란을 가져오는 것 이상으로 가벼운 환각을 일으킬 수도 있다고 했다. 아마 개랑 노새가 대화를 나누는 것도 그런 일에 해당하리라.

나는 가끔 둘이 코를 맞대고 있는 것을 보면서 벨라가 아직도 스펙을 죽일 음모를 꾸미고 있을지도 모른다는 생각에 스펙을 소리쳐 불러야 한다고 생각한다. 하지만 그러는 대신 그저 의자에 편히 기대어 저녁을 보낸다. 아마도 형이 옳은 것 같다. 저 끔찍한 망나니 개에게 저런 관용을 베풀다니, 어쨌거나 정말 훌륭한 동물이 아닌가. 그리하여 부끄럽게도 나는 노새에 대해 내가 한 말이 틀렸음을 인정하고 말았다. 여전히 노새의 뒤쪽으로는 걸어가지 않지만.

샘은 이 평화가 어떤 하나의 이유보다는 여러 이유가 모여서 생겨난 것이라고 말했는데, 물론 구구절절이 설명하지는 않았다. 스펙은 여전히 구제 불능에 가망이 없으며 차를 쫓아가고 고양이와 언쟁을 벌이고 당나귀 똥에 뛰어들고 사체를 끌고 다니고 페덱스 차량을 가로막고 베이컨을 독차지하려 했지만, 천천히 변화의 기미를 보이고 있었다. 녀석은 예전보다 덜 날뛰었다. 샘은 녀석이 그저 늙어서 그런 것이라고 말했다. 녀석은 마침내 최소한의 상식을 갖추게 되었거나, 아니면 그저 지쳐서 그랬는지도 몰랐다.

노새는 관찰자이기 때문에 그 사실을 알아차린 것이라고 형은 말했다. 벨라는 그런 쪽에서 개보다 뛰어났다. 벨라는 그 사실을 감지하고 추론해 낼 만큼 똑똑하다고 형은 말했다. 벨라는 늘 인내심을, 적어도 녀석을 죽이지 않을 만큼의 인내심을 보였다. 물론 개가 벨라를 자극해서 한계로 몰고 가기는 했지만 말이다.

"정말이야." 형이 말했다. "나는 녀석이 이렇게 오래 버틸 거라고는 생각도 못 했어."

이제 벨라는 정말로 기뻐 보였고, 심지어 즐기는 것처럼 보이기도 했다.

“동물들이 서로에게 익숙해지기까지 시간이 걸렸을 뿐이야.” 샘은 말했다. “녀석들이 서로 해결하게, 서로 해칠 마음이 없다는 것을 서로가 확인하게 내버려두어야 해. 스펙은 벨라를 해칠 생각이 전혀 없었어. 그저 벨라를 죽도록 짜증나게 만들고 싶어 했을 뿐이지. 하지만 누군가를 그만큼 짜증나게 만드는 것은 결코 좋은 일이 아니야. 저 개는 남을 짜증나게 하기 위해 사는 녀석이야. 만일 누군가를 짜증나게 하지 못하면 녀석은 몸을 뒤집고 죽고 말걸.”

우리는 연못에 물을 대는 개울에서 수초를 제거하기 위해 목초지로 걸어갔는데, 도중에 개가 맑은 물속에서 겨우 피라미보다 조금 더 클 뿐인 작은 잉어 무리를 발견했다.

왜 그랬는지는 녀석만 알 텐데, 녀석은 더 잘 보려고 머리를 물속에 집어넣었다. 그리고 녀석답게 잉어를 입으로 물려고 했다.

녀석은 푸푸 소리를 내고 기침하며 고개를 쳐들었다. 땅에 무릎을 꿇고 있던 형은 그저 웃기 시작했다. 개를 비웃은 것은 절대 아니고, 그저 일종의 실망감을 표하며 고개를 저었을 뿐이다.

어둠이 내릴 때까지 개는 계속해서 물속으로 잠수했는데, 그때마다 그 행동이 우리를 크게 웃게 한다는 것 말고는 아무것도 배우지를 못했다. 샘은 한쪽 무릎을 구부린 채 앉아 있었는데, 일어서려고 하다가 기운이 없는 듯 일어서지를 못했다. 형은 내가 일으켜 줄 수 있게 내게 손을 내밀었고, 물론 그것이 별일은 아니었지만 나는 겁이 나서 거의 죽을 뻔했다.

의사들이 형의 췌장에서 종양을 발견했다. 현관에서 테레사에게 그 말을 들었을 때, 내 눈에는 눈물이 고이지 않았다. 오히려 나는 미치도록 화가 났고, 집 뒤로 가서 어린애처럼 허공에 주먹을 휘둘러 댔다. 그러고는 마당에 있는 트럭 안에 오랫동안 앉아 있었고, 개는 운전석 문 옆에 앉아서 혼란스러운 표정으로 나를 기다려 주었다.

형이 그런 지독한 암에 걸렸을 리 없었다. 차라리 옛 묘지의 화강암 조각상이 그 암에 걸렸다고 진단하는 것이 더 말이 될 것이었다.

처음에 형은 원래 성격이 그렇듯 그것을 그냥 대수롭지 않게 여겼다. 의사들은 형에게 암이 치료 가능하다고 말했고, 형은 처음 몇 달 동안 항암 치료를 거쳐 종양의 크기를 줄인 다음 수술로 제거하기 전에—바라건대—그것이 중요한 혈관에 전이되는 속도를 늦출 생각이었다. 처음에, 그러니까 항암 치료를 시작하기 전에 형은 그 일에 대해 말도 꺼내지 않았고, 대신 찾기 어려운 트랙터 부품이나 연못 옆의 막힌 진창이나 목초지의 쥐똥나무 덤불의 전염병에 대해서만 이야기했다. 형은 시의 공원과 유락 시설 관리부 직원 중 누가 그늘에서 빈둥거리는지, 우리가 어떻게 앨라배마의 센터에 있는 물고기 부화장으로 가서 연못을 채울 농어와 잉어를 가져올 것인지에 대해 이야기했다. 우리는 며칠 동안 어린 시절에 대해, 우리가 자란 집에 대해, 우리의 할머니와 개들에 대해 이야기했다.

7년 전에 버밍엄의 앨라배마대학병원에서 나의 수술을 집도했던 그 암 전문의가 형의 수술을 집도할 예정이었다. 형의 암에 비하면 나의 암은 아무것도 아니었다. 형의 수술은 일고여덟 시간 정도 걸릴 것이고, 비록 모든 것이 제대로, 제대로 진행되더라도 형은 한 주 정도 입원해야 하고 몇 달 동안 회복기를 가져야 한다고 했다. 만일 모든 것이 제대로 진행된다면.

우선 형은 항암 치료부터 견뎌야 했다. 어떤 사람은 비교적 수월하게 지나가고, 어떤 사람은 힘겹게 지나가며, 어떤 사람은 극도로 힘들어한다. 이상한 것은 당신이 얼마나 강하든 때로 그 사실은 전혀 상관이 없다는 점이다. 형은 완전히 망가져 버렸다.

나는 곁에 서서 형이 점점 줄어드는 모습을 지켜봤는데, 갑자기 내가 그토록 중요하다고 믿었던 모든 고통과 불평과 부조리가 아무 의미도 없이 느껴졌고, 결국 나는 스스로에 대해 일종의 부끄러움을 느꼈다.

◇ ◇ ◇

형이 쇠약해지는 동안 때로 그동안의 일이, 모든 걱정과 그동안 얻고 잃은 것이 다 무슨 소용인지 싶은 때가 있었다. 그것은 커다란 가게에 걸어 들어갔지만 무엇 때문에 왔는지 기억나지 않는 상황에서 기억이 나기를 바라며 그저 계속 걷는 꼴이나 마찬가지였다.

어느 날 밤 나는 형과 형수가 저녁을 먹으러 오기를 기다리면서 가축에게 먹이를 주고 의자에 앉아 있었다. 곧 도착할 형이 트럭에서 힘겹게 비틀거리며 내리는 모습을 보기를 두려워하면서.

한때 정말 사랑스럽고 파릇파릇하고 평화로웠던 장소가 텅 비고 황량한 곳이 될 수 있다니 참 우스운 일이다. 몇 주

동안 길이나 숲에 떠돌이 개가 무리 지어 나타나지 않았다는 사실이 기억난다. 가끔 그런 일이 일어나고, 그러면 앞으로 배수로나 돼지풀 사이를 달리는 비참한 개를 볼 일이 다시는 없을지도 모른다는, 세상의 모든 개에게는 자신이 있을 장소가 있다는 생각이 들기 시작한다.

스펙은 다시 모습을 감추기 시작했다. 녀석은 그곳의 맨 끝에 있는 나무들 속으로 사라졌다. 그것은 녀석의 특권이었고, 녀석이 무엇을 쫓는지는 아무도 몰랐다. 때로 녀석은 몇 시간 동안이나 돌아오지 않았다.

그렇지 않았다면 떠돌이 개 무리는 절대 그렇게 가까이 다가오지 않았을 것이다. 녀석들은 거친 위쪽 목초지에서, 허리까지 오는 뒤얽힌 검은나무딸기와 블랙베리 삼림지에서, 너무 날카로워서 손에 미끄러뜨리면 면도날처럼 베일 수도 있는 죽어 가는 존슨그래스에서 황혼 무렵에 모습을 드러냈다.

녀석들은 네 마리나 다섯 마리 정도였고—키 큰 풀과 잡초 때문에 정확히는 알 수 없었다—나는 녀석들이 어머니가 기르는 반려동물들이 있는 아래쪽 목초지로 이동하는 것을 지켜보았다.

어린 당나귀들과 나의 오해를 산 노새는 집에서 1킬로미터쯤 떨어진 곳, 거의 큰길 쪽에 있었다. 개들은 더 가까이

다가왔는데, 내가 보기에는 위협하려는 것보다는 호기심 때문에 그러는 듯했다. 나는 전에 떠돌이 개들 때문에 어린 당나귀들이 불안해하는 것을 본 적이 있는데, 그때는 우리에게 스키니가 있어서 그 개들이 도로를 넘어오지 못하게 했다.

어머니는 당나귀들이 마치 세상의 종말이라도 온 것처럼 이상한 방식으로 히힝 하는 소리를 내기 시작하는 것을 듣고는 밖으로 나왔다. 어머니는 내게 녀석들을 불러들여 달라고 부탁했고, 나는 최대한 큰 소리로 외쳤다.

"벨라! 벅! 미미! **밥 먹을 시간이야!**" 수탕나귀의 반응을 이끌어 낼 수 있는 방법은 그것뿐이었고, 녀석들은 집과 옆문 쪽을 향해 움직이기 시작했다. 커다란 노새와 수탕나귀 벅은 재빨리 언덕을 걸어 올라갔는데, 하지만 둘은 서두르느라 미미를 멀리 두고 와 버렸다. 미미는 앞발굽에 염증이 있었는데, 자꾸 재발해서 수의사가 1, 2년에 한 번씩 돌보아 주어야 했다.

이것은 내가 절대 바라지 않는 상황이었다. 나는 떠돌이 개들이 철조망을 통과해 미미의 뒤로 접근하는 것을 지켜보았다. 미미를 끌고 갈 생각은 아닌 듯했다. 하지만 나는 녀석들이 미미에게 상처를 입힐까 봐, 그리고 미미가 스스로를 다치게 할까 봐 두려웠다. 나는 사람들이 굶주린 개들에 대해 뭐라고 말했는지, 녀석들이 작은 송아지와 다른 가축에게 무슨 짓을 저질렀다고 말했는지 알지만 그 말을 대체로 늘 무시했다. 녀석들은 그냥 개일 뿐이다.

보통 크기의 당나귀들은 들개나 코요테가 덤비면 녀석들과 엉덩이를 부딪치며 맹렬히 싸운다. 하지만 작은 크기의 당나귀들은 투지는 대단해도 싸우기에는 역부족이었다. 그간 커다란 노새가 무시무시한 보호자 역할을 해 주어서 나는 당나귀들에 대해서는 좀처럼 걱정할 일이 없었다. 하지만 미미가 다리를 절며 언덕을 올라가는 동안 개들이 한 줄로 뒤를 따르자 나는 언덕을 내려가 녀석들을 쫓아내야겠다고 결심했다.

나는 녀석을 보기 전에 녀석이 산등성이의 덤불을 뚫고 달리는 소리를 먼저 들었다.

다른 동물들과 함께 저녁을 먹으라고 부른 줄 안 스펙은 로켓에 올라타기라도 한 듯 산등성이를 통과했고, 그러고는 아래의 목초지에 있는 개들을 보았다.

녀석이 평생토록 기다려 온 순간이었다.

녀석은 자신이 해야 할 일을 했다.

녀석은 가축 떼를 보호했다.

스펙은 언덕을 쏜살같이 내려가 녀석들에게 날 듯이 달려들었고, 잠시 나는 녀석들이 스펙에게 접근해 녀석을 갈기갈기 찢어 놓을지도 모른다는 생각이 들었다. 하지만 허공을 무슨 수로 물겠나? 녀석은 몸을 휙휙 돌리며 맹렬히 으르렁거렸는데, 몇 초 만에 싸울 상대가 아무도 없게 되었다. 떠돌이 개들은 한 마리도 빠짐없이 사라지고 말았다.

나는 스펙이 자신의 본성대로 무리를 쫓아 나무들 속으로 들어가서 이번에도 스스로 목숨을 바치려 할 줄 알았는데, 녀석은 그러는 대신 미미 뒤로 가더니 미미를 다른 녀석들이 있는 언덕 위쪽으로 밀어 주었다. 마치 갑자기 기적적으로 잠깐 정신이 들기라도 한 것처럼. 녀석들이 한데 뭉치자마자 스펙은 녀석들 주위를 한 번, 두 번 들쭉날쭉하게 돌더니 녀석들을 오두막과 옆문이 있는 언덕 위쪽으로 살살 몰고 갔다.

녀석은 머리를 높이 쳐든 채 코를 공중에 대고 킁킁거리면서 거의 날뛰고 있었다.

흥분 상태는 날이 어두워질 때까지 이어졌다. 스펙은 떠돌이 개들이 떠났는지 확인하기 위해 나무들 속으로 급히 뛰어들며 짖어 댔고, 노새와 당나귀들은 히힝 하고 울어 댔다.

나는 이제 개를 불러들여도 안전하겠다고 생각했다.

"스펙!"

"여기야!"

녀석은 내 말에 따랐다.

알았다고.

나는 녀석이 거의 잎사귀 위로 미끄러지듯 언덕을 내려오는 소리를 들었다. 녀석은 거의 나를 쓰러뜨리다시피 했고, 나는 녀석을 붙잡았지만 들어 올려 줄 수는 없었다. 비스킷을 천 개쯤 먹기 전이었다면 그래 줄 수 있었겠지만.

녀석이 몹시 힘겹게 헐떡였다.

녀석이 자기를 알아주기를 바란다는 것을 확실히 알 수 있는 순간이었다.

나 하는 거 봤어?

나 하는 거 봤어?

"봤어, 친구." 나는 이렇게 말하고는 녀석의 털을 두 움큼 붙잡고 앞뒤 좌우로 흔들며 괴롭혀 주었다. 녀석은 잘 보이는 쪽 눈으로 빛을 내뿜더니 아래쪽에 조금이라도 더 몰아야 할 동물이 있는지 확인하기 위해 다시 목초지로 급히 내려갔다. 하지만 배은망덕한 수탕나귀들은 협조해 주려 하지 않았고, 그래서 녀석은 다시 언덕 위로 달려와 보상을 요구했다. 녀석은 피넛 버터 샌드위치 하나로 만족해야 했고, 그러고는 그것을 또 하나 먹는 것으로 만족해야 했다.

녀석은 큰 영웅이었고, 그것이 바로 버려진 개들의 문제였다. 녀석이 마당을 활보하는 동안 나는 그 떠돌이 개들

가운데 그저 집으로 돌아가고자 애쓰는 중인 또 다른 스펙이 있을지 궁금해했다.

◇ ◇ ◇

나는 샘에게 그 일에 대해 말해 주었는데, 듣는 이의 성격을 고려하여 좀 더 영웅적으로 들리게 각색했는지도 모르겠다. 형의 옷은 형의 몸에 걸려 있다시피 했고, 형은 걷는 도중에 원래 어디로 가려고 했는지 확신하지 못하는 사람처럼 걸었다. 형은 한마디도 하지 않고, 그저 싸구려 플라스틱 의자 등받이에 등을 기대고는 긴장을 풀었다. 형은 키가 1미터 80센티미터인데, 처음 몸이 안 좋아졌을 때 100킬로그램이던 형의 몸무게는 이제 70킬로그램으로 줄었다. 개는 느긋하게 걸어가 형 옆에 앉았고, 나는 형이 늘 그랬듯이 욕을 내뱉거나 녀석을 찰싹 때리기를 기다렸다. 하지만 형은 그저 손을 녀석의 머리 위에 올려놓더니 손가락 하나로 녀석의 두 귀 사이를 문질러 주었다.

형은 그 개가 마침내 무언가 가치 있는 일을 했다고 생각했거나, 어쩌면 잠시 정신이 오락가락했거나, 아니면 자신이 어루만져 주는 개가 누구 개인지 잊었던 것 같다.

"나한테는 개가 없어." 갑자기 형이 말했다.

"나도 알아, 형." 내가 말했다.

형이 키우던 마지막 사냥개는 작년에 노환으로 세상을 떠났다.

"내가 내 개를 빌려줄게." 내가 말했다.

"얼마에?" 형이 물었다.

"15달러." 내가 대답했다.

"한 주에?" 형이 물었다.

"하루에."

형은 결코 웃지 않았다.

"됐어." 형이 말했다.

◇ ◇ ◇

형은 난생처음으로 자신이 죽을까 봐 두려워하고 있었다. 형은 자신이 왜 매일 조금씩 야위어가는 것인지 이해하지 못했다. 때로 형은 자신에게 왜 이런 일이 일어난 것인지 내게 물었다.

나는 형에게 늘 내가 아는 대답을 들려주었고, 형은 이해했다는 듯 그저 늘 고개를 끄덕였다. 하지만 이튿날 밤이면 내게 똑같은 질문을 던지고는 했다.

매일 밤 우리는 우리의 트랙터를 보관하는 헛간 바깥에

있는 두 의자에 앉았다. 우리는 함께 저녁을 먹었는데, 물론 형은 거의 무엇도 삼키지 못한 채 밖으로 나가 어둠을 바라보았다.

스펙은 우리 중 누가 더 자신을 필요로 하는지 알아차리기라도 한 듯 형 옆에 앉아 있었다. 내가 마실 것을 가지러 가거나 그냥 안으로 들어가기 위해 자리에서 일어나면 녀석은 평소처럼 나를 따라 칸막이 문으로 가는 대신 그냥 거기 머물렀다. 샘은 녀석의 냄새나 녀석이 마당으로 끌고 오는 쓰레기에 대해 가끔 험한 말을 내뱉기도 했는데, 웬일인지 결국에는 형이 늘 녀석의 머리에 손을 얹고 있는 장면으로 마무리되고는 했다.

누군가는 그냥 개가 개답게 군 것이라고 말할지도 모르겠다. 어쩌면 필요한 것은 그것이 전부였을 것이다.

전 세계적으로 코로나바이러스 환자가 병원의 집중 치료 병동을 가득 채우면서 암 전문의들은 형의 수술을 미루었다. 나는 거의 미칠 지경이었다. 형은 다른 독극물로 그것을 견뎠다. 항암 치료가 끝나자 이제는 기다리는 것 말고는 달리 할 수 있는 것이 없었다.

병원에서는 결국 몇 달 후에야 수술을 해 주었다. 코로나바이러스 때문에 나는 함께 병원에 가서 기다리지 못하고 트럭에서 여덟 시간을 기다렸다.

오후에 테레사가 내게 전화했다. 의사가 종양을 모두 제거했지만, 림프샘에 남아 있는 암세포가 있어서 지켜봐야 한다고 했다. 우리는 지켜보는 수밖에 없었다. 이 끔찍한 병에 대해 내릴 수 있는 진단은 늘 그것뿐인 것 같았다.

형의 정신과 기억은 여전히 흐릿했다. 형은 별것 아닌 이야기를 계속 똑같이 반복했다.

"한번 생각해 봐." 내가 말했다. "지금도 형은 늘 옳지만, 무엇에 대해 옳은지는 기억하지 못하고 있어."

나는 형에게 형이 심지어 내 개를 쓰다듬어 주기까지 했다고 말해 주었다.

형은 고개를 내저었다.

"그건 전혀 내가 할 법한 행동이 아닌데."

◇ ◇ ◇

샘은 뒷마당에서 노인답게 느린 속도로 소변을 보다가 나무 사이에서 회색빛의 무언가가 번쩍이는 것을 보았다. 그것은 코요테나 여우일 수도 있었다.

"스펙, 여어어기야아아아!" 형이 큰 소리로 말했다.

스펙은 도그쇼에 나오는 개처럼 형의 옆으로 뛰어올랐다.

"녀석을 잡아!"

스펙은 샘이 본 것을 보진 못했지만 샘이 가리키는 것은 봤다.

그러고서 녀석은 거의 발사된 총알처럼 튀어 나가 냄새와 소리를 찾더니 사라져 버렸다.

"내 개를 훈련하고 있었어?" 나중에 나는 형에게 물었다.

형은 굳이 대답하지 않았다.

그러더니 조금 있다가 이렇게 말했다.

"녀석은 좀 으스대는 성격인 것 같아, 안 그래?"

스펙은 몇 분 후에 돌아왔다. 녀석은 춤을 추며 달려왔다.

"도깨비는 찾았니?" 샘이 녀석에게 물었다.

내 생각에 녀석은 상을 바라고 있었던 것 같다.

형은 상으로 녀석의 머리를 또 한 번 쓰다듬어 주었을 뿐이었다.

"그래." 내가 녀석에게 말했다. "이제야 내가 더 나은 사람처럼 보이나 보구나."

◇ ◇ ◇

형은 시내의 한 창고에서 코요테를 보았다. 녀석은 꽤나 몰골이었고, 녀석이 세상 그 어디서도 살 자격이 없다고 믿는 온갖 사람으로부터 죽기 살기로 도망치느라 수척하고 기진맥진해 있었다. 녀석은 방황하다가 그곳에 숨어든 것이 분명했다.

형은 녀석을 잠시 쳐다보고는 바깥으로 쫓아 버렸다. 녀석을 그곳에 가두어서 총으로 쏠 수도 있었는데, 하지만 녀석은 이미 거의 가망이 없는 상태였다. 녀석은 숲속으로 달려가서 사라져 버렸다.

"만일 녀석들이 시내에 있다면 여기에도 있을 게 분명해." 형이 말했다.

만일 그렇다면 녀석들은 보이지 않는 존재라는 뜻이었는데, 하지만 그것이 바로 그들의 수법이었다.

어느 날 밤 스펙과 나는 마당에 앉아 있다가 어떤 소리를 들었다. 그것은 세상의 모든 떠돌이 개의 슬픔을 모은 다음 그 정수를 뽑아낸 듯한 소리였다. 만일 가까이서 들었다면 다르게 들렸겠지만, 산의 반대편에서 들었을 때 그것은 마치 그 모든 일에도 불구하고 자신들이 아직 여기 있다는 사실을 우리에게 상기시켜 주려는 듯한 소리처럼 들렸다.

어쩌면 녀석들은 이곳에 속하지 않은 존재인지도 몰랐다. 하지만 녀석들의 홀린 듯한 외침과 높은 산등성이는 묘하게 어울렸다. 마치 녀석들이 원래 이곳에 살던 야생동물들에 의해 버려진 텅 빈 공간으로 옮겨 오기라도 한 것처럼.

내 무릎에 몸을 붙이고 선 스펙은 돌처럼 굳어 버렸다.

나는 녀석이 달려가지 못하게 하기 위해 본능적으로 녀석의 목걸이를 붙잡았는데, 실은 그럴 필요가 없었다. 내가 기억하는 한 처음으로 녀석은 그 자리에 머물렀다. 끔찍한 슬픔이 그저 사라질 때까지 그냥 머물렀다. 그날 밤 나는 녀석이 여전히 달려가서 스스로 목숨을 바칠지도 모른다는 생각에 녀석을 집 안으로 끌고 들어가려 했지만, 녀석은 몸을 돌려 나무들 속의 자기 자리로 가더니 철조망 반대편의 노새와 당나귀들이 평화로이 입김을 내뿜는 소리가 들릴 만큼 가까이 천천히 걸어갔다. 녀석은 할 일이 있었다.

나는 크게 의아해하며 형에게 내 개가 겁먹은 것 같냐고 물었다. 형이 킬킬 웃었다.

"녀석들이 이곳 근처까지 오진 않을 거야." 형이 이렇게 말하며 손을 스펙의 머리에 올렸다. "네 개는 진짜 개였어."

"형은 녀석을 정말 다정히 대해 주는 것 같아." 내가 말했다.

형은 고개를 내저었다.

"우리는 그저 녀석이 잘하는 일을 알게 되었을 뿐이야."

◇ ◇ ◇

모두가 그냥 계속 나아가기로 했던 것 같다. 우리는 형의 딸 메러디스를 위해 땅을 골랐고, 연못에 물을 대던 작은 개울에서 마침내 쥐똥나무 덤불을 제거했다. 그러면 올해 말에 연못을 고기로 다시 채울 때 생태계가 더 나아질 것이라는 생각에서였다. 우리는 어머니가 걷기 더 편하도록 집 주변에 강자갈과 포석을 깔았다. 암소 몇 마리와 작은 헤리퍼드종 소 몇 마리, 그리고 어쩌면 잡초를 처리하는 데 도움이 될 염소도 몇 마리 들이기로 했다.

우리는 덤불을 잔뜩 쌓아 내고 태우며 목초지 위쪽을 정리했다. 예전에 나는 그 일을 시간당 2달러씩 받고 했다. 이제 나는 한때 무적이던 형이 우연히 불길에 휩싸이지 않게 하기 위해 그 일을 했다.

녀석은 불 근처로 오려고 하지 않았다. 우리가 검댕과 재를 뒤집어쓴 채 비틀거리며 마당으로 돌아올 때까지 50미터 정도 떨어진 곳에 앉아서 우리를 지켜보았다. 녀석은 재와 검댕 때문에 미친 듯이 재채기했고, 어떤 이유에서인지 마치 사람처럼 앞발로 코를 가린 채 진입로를 뒹굴기 시작했다.

우리는 차고 앞의 의자에 털썩 주저앉아 그 모습을 지켜보았다.

몇 분 후 형은 끙 앓는 소리를 냈다.

"정말 볼만한 녀석이야, 안 그래?" 형이 말했다.

"그러게." 내가 말했다.

우리는 완전히 어두워질 때까지 개가 개답게 구는 모습을 그저 가만히 지켜보았다.

“만일 나한테 무슨 일이 생기면 형이 정말로 내 개를 돌봐 주어야 해.” 내가 형에게 말했다. “아무나 너석을 돌봐 줄 수 없다는 건 형도 잘 알잖아.”

나는 한동안 대답을 기다렸지만, 예상대로 대답은 듣지 못했다.

반딧불이가 날고 있었다. 나는 그것들이 각자 깜박거리는 대신 일제히 깜박거리는 시기가 있다고 들은 적이 있다. 내 기억에 나는 그 모습을 본 적은 없는데, 언젠가 보고 싶긴 하다.

개는 자신에게 아주 가까이 다가온 반딧불이를 덥석 물려고 점프했다. 마치 반딧불이를 처음 보기라도 한 것처럼. 너석은 지금껏 한 마리도 잡은 적이 없다.

“알았어.” 형이 대답했다.

◇ ◇ ◇

가을에 처음으로 한 엠알아이 검사 결과 형의 병은 재발해 있었다.

전에는 사람들이 누군가가 암과 싸우고 있다고 말하면

화가 났다. 그 말은 마치 암이 우리가 두 손으로 목을 졸라 죽일 수 있는 무엇이라도 된다는 것처럼 들렸기 때문이다. 만일 그럴 수만 있다면 형은 암을 자기 손으로 갈기갈기 찢고 영생을 누렸을 것이다.

하지만 형은 절대 흐느끼지 않았다. 암은 거의 보이지 않는 그림자처럼 그저 계속 거기 있을 뿐이었다. 하지만 형이 암을 못살게 굴기 위해 다달이 일하며 살아가는 모습을 보면서 마침내 나는 사람들이 왜 그렇게 말했는지 이해했다.

형은 또다시 병동에 들어가 끔찍한 항암 치료를 받았다. 조금 더 살기 위해, 조금 더 싸우기 위해. 형은 내가 여기서 차마 말할 용기가 나지 않는 여러 방식으로 고통받았다.

◇ ◇ ◇

"내가 가장 견디기 힘든 건 말이야." 어느 날 그 망나니 개가 자기 무릎에 몸을 기대고 있을 때 형이 말했다. "남길 유산이 없다는 거야. 그러니까 내 말은, 너는 죽을 때 남길 책이라도 있잖아."

형은 그동안 한번도 이런 이야기를 하지 않았다.

"형은 대체 내가 누구에 대해 쓴다고 생각하는 거야?" 내가 물었다. "나는 평생 형에 대한 글을 써 왔어. 그리고 형한테는 가족과 친구들, 나보다 형을 더 잘 아는 여러 이웃들이 있잖아. 그 사람들 가운데 형을 나쁘게 말할 사람은 아무도 없을 거야. 다들 줄을 서서 똑같은 말을 해대잖아. 샘 브래그는 좋은 사람이라고……. 게다가 나는 한두 명의 여자가 형이 한때 잘생겼다고 말하는 걸 듣기도 했는걸."

우리는 60센티미터쯤 떨어진 채 나란히 앉아 있었지만, 나는 형을 보지 않았고 형도 나를 보지 않았다.

그런 말을 하려면 그럴 수밖에 없었다.

"나쁜 일이 벌어질 때, 도랑에 빠진 자신을 꺼내 줄 누군가가 필요할 때, 혹은 체인톱으로 도로를 정리할 때나 한밤중에 놀라서 벌떡 일어날 때, 그들이 의지할 사람은 형뿐이야.

사람들은 형에게 이런 말을 해 주느라 줄을 서야 할 거야. 마치 우리 할아버지에게 그랬듯이." 나는 말했다. 나의 친척들은 할아버지가 세상을 떠난 날 밤에 구불구불한 산길을 따라 길게 이어진 자동차 헤드라이트를 본 것을 기억했다. 샘은 겨우 세 살이었지만 자기도 그것을 기억한다고 단언했다.

"사람들은 형을 기억할 거야." 내가 말했다. "형이 한 일과 형이 한 말을 기억할 거야. 사람들은 형이 몬 트럭과 형이 잡은 물고기와 형이 던진 공을 기억할 거야. 그리고 형이 식탁에 올릴 음식이 하나도 없는 추운 집에서 엄마와 어린 동생들을 돌보았다는 것도 기억할 거야." 그리고 우리가 마침내 그 삶에서 달아나 어둠 속에서 철로를 따라 걸었을 때, 앞장선 사람은 바로 형이었다. 왜냐하면 형은 비록 일곱 살이었지만 어른이 된 보통 사람들보다 훨씬 더 어른스러웠기 때문이다. 하지만 나는 왠지 그 일은 입 밖에 낼 수가 없었다.

"흠." 형이 말했다. "다들 그렇게 살지 않았나?"

"아니." 내가 말했다. "형 말고는 한 사람도 없어."

"그런 남부 사람은 다 사라져 버렸어." 내가 말했다. "남아 있는 건 타이어 하나도 갈 줄 모르는 게으른 무능력자들뿐이야. 형은 마지막 남은 진짜 남자야. 만일 언젠가 형에 대한 책을 쓰게 되면 책 제목을 그렇게 붙여야겠어."

형은 잠시 그것에 대해 숙고했다. 그 말이 형의 기분을 좋게 만들었는지 나쁘게 만들었는지는 모르겠지만, 나는 그 말을 꼭 해야만 했고 그것은 진실이었다.

형은 한동안 조용히 앉아 있었다. 화제를 다른 곳으로 돌릴 필요가 있었다.

형이 내 망나니 개를 가리켰다.

"만일 녀석이 내 개라면 나는 녀석을 자랑스러운 개로 바꾸어 놓을 거야." 형이 말했다.

그 말을 들으니 늘 좋아했던 책 제목 『충분한 세상과 시간World Enough and Time』41이 떠올랐다.

“우리가 둘 다 백 살까지 산다고 해도 그러기에는 시간이 부족할걸.” 내가 말했고, 형은 한숨을 내쉬고는 자기도 그렇게 생각한다고 말했다.

41 미국의 시인, 소설가, 비평가인 로버트 펜 워런의 장편소설.

15장

격리

매일 아침 현관에서 녀석의 아침 식사가 끝나면 어머니는 녀석을 집 안으로 들이고, 녀석은 매복해 있다가 나를 기습한다. 녀석의 기습이 딱히 놀랍지는 않다. 녀석이 지하실 문을 긁어 대는 소리가 들리고, 결국 어머니가 문을 열어주면 녀석은 계단을 급히 뛰어 내려간다.

쿵쿵.

우당탕.

마치 백과사전으로 가득한 상자가 계단에서 굴러떨어지는 것만 같다. 정말이지 녀석은 세상에서 가장 은밀하지 않은 개다. 녀석은 여기 오기 전에 어떻게 쥐들을 물리치고 살아남은 것일까?

녀석이 계단의 끝부분에 이르러 속도를 내는 소리가 들린다. 계단 발치에서 옆으로 벽에 충돌하면서 크게 **탁** 하는 소리가 들리고, 그때마다 녀석이 마찰력을 키우느라 발톱으로 시멘트 바닥을 긁는 **틱**, **틱**, **틱** 하는 소리가 뒤를 잇는다. 녀석은 내 책상 쪽에서 급커브를 틀려다가 실패하고, 배로 미끄러졌다가 몸을 바로 세우고는 침대를 향해 맹렬히 뛰어든다.

어이쿠우, 녀석이 헛간 위층에서 아래로 던진 비료 포대처럼 내 배나 가슴에 내려앉자 나는 마음을 단단히 먹었음에도 이런 소리를 낸다.

아아악, 그토록 많은 시간이 흘렀음에도 녀석이 내가 나인지 확인하려고 내 얼굴에 자기 얼굴을 들이밀자 나는 이런 소리를 낸다.

"당장 **내려가!**"

내가 포기하고 녀석을 침대 발치로 밀어내면 녀석은 거기서 몸을 웅크린 채 낮잠을 잔다. 나는 이제 잠이 다 깼는데, 바로 이것이 녀석이 줄곧 계획해 온 것임에 틀림없다. 나는 끙 하고 앓는 소리를 낸다. 내가 끙 하고 앓는 소리를 낸 것은 이번이 처음인 것 같다.

"녀석이 내려가고 싶어 했어." 어머니가 계단에서 외친다. 언제부터 이 망나니 개의 소망이 우리 삶의 그 무엇보다 최우선시되기 시작한 것인지 모르겠다.

나는 녀석을 그냥 침대에서 밀어 버리고 밖으로 쫓아 버렸어야 했다는 것을 알지만, 도저히 그럴 용기가 나지 않는다. 나는 잠자리에서 정확히 열한 걸음 떨어진 곳으로 일하러 간다. 개가 주로 내려오다가 물어 온 다 해진 추리닝에 머리를 기댄 채 씩씩거리며 콧김을 뿜는 동안 나는 쓴다. 아니 쓰려고 애쓴다. 타월이 거의 다 떨어져서 이제 세 개밖에 남지 않았고, 나는 녀석에게 무언가를 주어야 한다.

얼마 후 점심시간 무렵, 내가 끼익하는 금속성 소리를 내며 의자를 뒤를 밀자 개가 고개를 돌려 나를 본다. 녀석은 이제 실내의 푹신한 자리에 있으므로 별로 조바심치지 않는다. 녀석은 내가 곁에 있기만 하면 한 시간 정도 자는데, 그러고서 늘 커다란 기대를 안고 잠에서 깨어난다.

자, 이제 우리 같이 놀자. 뭐라도 하고 놀자.

나는 개에게 지나친 감정이입을 하기를 여전히 싫어하지만, 분명 그런 뜻일 것이라고 장담한다.

"자, 가자." 나는 말한다. "어머니를 보러 가자."

녀석은 이 말이 음식을 뜻한다는 것을 아는데, 왜냐하면 어머니가 옆에 있을 때 이 분 안에 무언가를 먹지 않은 적이 한 번도 없었기 때문이다. 녀석은 내가 '웨스턴 시즐린'[42]의 뷔페를 쳐다볼 때처럼 문 쪽을 쳐다본다.

"너는 온 세상에서 가장 안쓰러운 개야." 함께 계단을 쿵쿵 걸어 올라가며 내가 녀석에게 말하고, 계단을 다 올라간 녀석은 아침 식사 후 첫 번째 간식을 먹는다.

그때 어머니가 녀석의 입안으로 간식을 넣어 주는 동안, 내가 오전 내내 '코로나19'라고 불리는 끝없는 공포를 완전히 잊고 있었다는 생각이 떠오른다.

"자, 밖으로 나가자." 나는 말한다. 하지만 녀석은 어머니가 냉장고 문을 닫고 손을 뻗어 머리를 쓰다듬어 주며 착하다고 말해 주기 전까지는 꼼짝도 하지 않는다.

"정말 착한 녀석이야." 어머니는 말한다.

"지금 누구를 설득하려고 그러시는 거예요?" 나는 어머니에게 묻는다.

우리는 칸막이 문을 쾅 하고 열고 마당으로 나가는데, 그러자 매일 그렇듯 딱히 갈 데가 없다는 생각이 떠오른다. 심지어 허들 하우스도 문을 닫았고, 사람들 사이를 걷다가는 죽을 수도 있었다. 우리는 그런 일이 대도시에서 일어나는 것을 보았고, 이제는 그것이 우리에게도 닥쳐올 것 같아 두려워하고 있었다. 어떤 면에서는 길고 구불구불한 진입로가 이렇게 아름다워 보인 적이 없었다. 하지만 비록 우리

42 미국의 뷔페 레스토랑 및 스테이크하우스 체인.

가 이곳에서 일종의 안전함을 누렸다고는 해도 나는 어머니가 그것을 위해 큰 대가를 지불했다는 것을 알았다. 이곳에 죄수로 갇힌 채, 이 모든 공간과 이 모든 걱정의 한가운데로 유배된 채 어머니는 엄청난 고독감을 느꼈다.

약 6개월의 시간 동안 어머니의 마지막 남은 형제들과 먼 친척들이 세상을 떠났다. 존 삼촌이 돌아가시고 불과 몇 달 후 어머니가 매일 밤 잠들기 전에 통화하던 어머니의 여동생 조가 세상을 떠났고, 그러고는 지난 80년 동안 어머니의 가장 친한 친구였던 언니 후아니타가 세상을 떠났다. 그들은 세상을 뜬 어머니의 부모님과 형제자매와 관련된 마지막 사람들이었다. 전염병이 창궐한 시기에는 늘 그렇듯 그들은 그들이 받아 마땅한 관심과 따라야 할 전통 없이 모두 재빠르고 조용히 묻혔다.

"나 혼자만 남았구나, 그렇지?" 어머니는 이렇게 말했고, 그것은 내가 들어 본 말 중 가장 외로운 말이었다.

지금 당장 개가 필요한 사람은 내가 아니었다. 나는 형이 녀석을 필요로 했을 때 녀석을 빌려 주었다. 물론 형이 실제로 **대여비**를 준 적은 없지만 말이다. 이제 나는 녀석을 어머니에게 공짜로 빌려 주었다. 사실 그것은 죽은 사람에 대해 이야기하는 노인의 곁에 앉아서 가만히 들어준 적이 한 번도 없는 젊은 개가 할 일은 아니었지만, 녀석도 이제 그렇게 젊지만은 않았다.

◇ ◇ ◇

녀석은 일고여덟 살쯤, 아니 어쩌면 그보다 조금 더 되었을 것이었다. 물론 확실한 나이는 절대 알 수 없겠지만 말이다. 녀석은 거의 3년 전에 처음 이곳에 와서 했던 그 모든 짜증스러운 일들을 여전히 하고 있었지만, 그 속도는 4분의 3으로 줄어 있었다. 때로 고양이들은 더 이상 나무 위로 올라갈 생각도 하지 않고 그저 달아나기만 하다가 녀석이 지쳐서 멈추면 사악하게 쉭쉭거리는 소리를 내뱉는 녀석을 쳐다봤다. **멍청한 개**. 녀석은 여전히 수탕나귀들을 한 바퀴 돌게 할 수 있었다. 물론 이제는 대개 그냥 천천히 달리면서 그렇게 했지만 말이다. 녀석은 여전히 UPS, 페덱스, 검침원을 겁주려 했지만, 그들도 이제 녀석의 그런 행동을 잘 알아서 녀석이 으르렁거리며 다가오면 간식을 주고 지나가 버렸다.

이제 녀석은 어머니의 좋은 친구였다.

그 끔찍한 시기에 나는 어머니와 대화를 해 보려 애썼다. 하지만 나는 곧 어머니에게 대화 상대가 필요한 것이 아니라는 것을 알게 되었다. 어머니에게는 그저 들어줄 사람이 필요했다. 그리고 2020년의 여름이 뜨겁게 지나가는 동안 녀석은 소파나 어머니의 무릎에 누워서 중간중간 낮잠을 자거나 간식을 먹으며 어머니의 말을 들어주었다. 녀석은 어머니 곁에 몇 분이 아니라 몇 시간을 머물렀다. 물론 바깥의 산에서 들리는 소리에 따라 상황이 달라지기는 했지만 말이다. 아마 나이를 먹으며 동작이 둔해진 녀석은 그저 더위를 피하려고 그랬던 것이리라. 하지만 문간에 서서 지켜보는 그 광경은 슬프면서도 조금 멋졌다.

어머니는 내가 방에 있든 없든 몇 시간 동안 이야기를 계속했다. 어머니의 가족은 대가족**이었다**. 14년 동안 열다섯 채의 집에서 살았던, 집주인으로부터 도망치고 집시처럼 산을 넘었던 대가족. 어머니가 기억하기로 그들은 일종의 보잘것없는 왕족이었다. 어머니는 손에 망치를 들고 지붕에서 일하고 산에서 구리 증류기에 불을 때던 아빠에 대해, 깊은 땅속처럼 어두운 머리칼을 지녔고 그 남자를 사랑했던 엄마에 대해 이야기했다. 어머니는 형제들, 그러니까 캘훈 카운티에서 누구보다 거짓말을 잘했던 제임스에 대해, 한번은 어머니를 양파 부대에 집어넣은 채로 묶어서 나무에 걸어 놓기도 했던 윌리엄에 대해 이야기했다. 어머니는 암에 걸렸을 때조차 여전히 아름답던 수에 대해, 포트 메클레란에서 유니폼을 재봉해 만들었으며 세상에서 두 번째로 훌륭한 요리사였던 에드나에 대해 이야기했다. 하지만 어머니는 주로 내가 태어난 해에 존과 결혼했던 조에 대해, 그리고 노란색 63년형 비스케인에 우리를 태우고 멕시코만에 갔으며 수의 자동차 앞유리를 망치로 박살 내 버렸던 완전히 정신 나간 사람이자 자신의 가장 친한 친구인 후아니타에 대해 이야기했다.

물론 어머니에게는 사진이 있었지만, 어머니는 그것들을 차마 보지 못했다. 그래도 어머니는 자신의 마음속을 들여다볼 수는 있었다. 그리하여 어머니와 개와 나는 긴 진입로의 끄트머리에 피신해 있으면서도 판잣집을 하나둘 지나고 목화밭과 물고기 캠프장을 지나며 모든 산악 지대 위를 날아다녔고, 고물 자동차를 또 다른 고물 자동차로 바꾸어 타면서 늘 이동했다.

어머니의 심리 상태가 걱정스럽지는 않았다. 어머니는 나머지 우리가 집에서 작은 종이로 만든 생일 모자를 쓰고 있는 대목에 이르면 제정신으로 돌아올 것이었고, 나로서는 어머니가 혼자서 개에게 이야기하고 있는 모습이 완전히 납득이 되었다. 때로 녀석은 심지어 어머니를 따라 부엌으로 가서 어머니가 요리하는 동안 바닥에 벌러덩 드러누웠는데, 그것은 어머니의 가장 큰 금기, 즉 자신의 부엌에 그렇게 끔찍한 동물은 들이지 않는다는 금기를 깨는 행동이었다. 어머니는 그냥 녀석을 타 넘으며 계속 이야기했는데, 그러던 어느 날 이야기는 그냥 끝나 버렸다. 어머니의 마음속에서 이야기가 완성되어 버린 것이었다. 그리고 밤에 어머니가 잠자리에 들면 개는 마치 남은 이야기를 기다리기라도 하듯 어머니의 침대 발치에 올라갔다.

어느 날 집에 가 보니 내 나쁜 개가 소파에 드러누워서 어머니와 함께 〈건스모크Gunsmoke〉[43]를 보고 있었다. 이번에는 녀석을 돌려받지 못할지도 모르겠다는 생각이 들었다.

"녀석이 암소를 좋아해." 어머니가 화면을 손짓하며 말했다. 화면에서는 시끄러운 헤리퍼드종의 소들이 아무런 제지도 받지 않은 채 다지의 중심가를 질주하고 있었다.

"총소리는 좋아하지 않을걸요." 내가 말했다. 왜냐하면 그 영화에서는 23분마다 누군가가 총에 맞는데, 그것이 주로 맷 딜런 보안관 자신이었기 때문이다. 그는 총을 744번

43 앤드루 V. 맥라글렌 감독의 서부 영화.

이나 맞았고, 그중 363번은 똑같은 어깨에 맞았다.

어머니는 손사래를 치며 나의 말을 일축해 버렸다.

"녀석은 진짜 총소리와 TV에서 들리는 총소리를 구분할 줄 알아. 정말 그런지 안 그런지 한번 보렴." 어머니가 이렇게 말했고, 나는 딜런 보안관이 .44 매그넘 두 방으로 누군가를 저세상으로 보낼 때 개가 전혀 씰룩거리거나 눈을 가리지 않는 것을 보았다.

"내 말이 맞지."

또 다른 날 오후에 집에 가 보니 녀석은 형이 가장 좋아하는 가죽 의자에 앉아서 텔레비전 전도사의 말을 듣고 있었다.

녀석은 설교에는 관심이 없었다. 시끄러운 비난조는 거슬렸으며, 시원한 에어컨 바람을 쐬며 즐기는 오후의 낮잠을 방해했다. 하지만 성가대가 걸어 나오면 녀석이 기운을 차린다고 어머니는 말했다.

"녀석은 노래를 좋아하거든." 어머니가 말했다.

"저도요." 내가 말했다. 그리고 그것이 끝날 때까지, 어머니가 TV 가까이 몸을 기대고 화면에 두 손을 올린 다음 화면 속의 남자에게 샘을 위해 기도해 달라고 부탁할 때까지 우리는 가만히 앉아 있었다. 개는 한동안 착하게 어머니를 지켜보더니 헌금을 거두는 장면이 나오자 살짝 지루해하며 문 쪽으로 가서 문을 긁어 댔다.

◇ ◇ ◇

내 말을 오해하지는 말기를 바란다. 녀석은 여전히 망나니 개였다. 하지만 인간의 슬픔과 노력에 대한 녀석의 감각은 무척 예리해서 나는 때로 그저 놀란 채 녀석을 바라보았고, 녀석을 가장 필요로 하는 사람들과 녀석을 공유할 수밖에 없었다. 나는 그들만큼 간절히 개를 필요로 하지는 않았다.

하지만 내가 할 일은 긴 진입로 끝의 계단에 앉아 있는 것뿐이었고, 그러자 녀석은 다시 내 개로 돌아왔다. 녀석은 쿵쿵거리며 계단을 걸어 올라와 코로 내 팔을 들어 올려 자신의 양어깨에 올려놓았다. 나는 다 괜찮았고, 녀석도 아마 그랬을 것이다.

16장

우르릉

이곳에서 치는 천둥은 다르다. 대부분의 장소에서처럼 풍경을 뒤로한 채 우르릉거리지도 않고, 평지 위로 다가오며 내리치지도 않는다. 이곳에서는 낮은 산들이 지평선을 숨기고 소리를 죽여 버린다. 그래서 때로는 오핫키 쪽 어딘가에서 치는 우렛소리를 들었을지도 **모르겠다는** 생각이 들고 그렇다고 **믿는데,** 그래도 확신할 수는 없다. 하지만 개는 다르다. 때로는 개가 딱 달라붙은 짝짝이 귀로도 멀리 탈라디가 카운티의 경계에서 들려오는 천둥소리까지 들을 수 있다는 생각이 든다. 녀석은 현관으로 돌진하더니 누군가가 자신이 거기 있는 것을 알아보고 집 안으로 들여 줄 때까지 문손잡이를 빤히 쳐다본다. 어머니가 지하실 문을 열어 주면 녀석은 조용하고 느리게, 거의 기듯이 계단을 내려가서 슬그머니 내 책상 옆으로 와 앉고는 내 다리를 쿡쿡 찌르고 내 손을 핥는다.

12인치짜리 삼나무 기둥을 잘라 만들었으며 산에 반쯤 파묻혀 있는 오두막은 세상 그 어느 곳보다 안전했다. 그럼에도 우리는 오두막이 흔들리는 소리를 들을 수 있었다. 천둥이 터널을 통과하는 기차처럼 허공을 가르며 재빠르게 내리쳤다. 나는 그 틀에 박힌 표현을 비웃고는 했지만, 아무래도 천둥소리에 가장 가까운 것은 그것밖에 없는 듯하다. 평소에는 두려움을 모르던 개가 겁에 질려 이리저리 돌아다니며 침실 벽장에 숨거나 욕조를 들락거리다 결국에는 침대 발치로 돌아와 누웠다. 녀석이 누비이불과 베개를 이리저리 만져서 일종의 동굴 같은 은신처를 만드는데, 나는 그런 녀석을 쫓아 버려야 한다는 것을 알면서도 그러지 못했다. 얼굴을 쑥 내민 채 몸을 떠는 녀석을 보면 약하고 상처 입고 굶주리고 누구도 원하지 않던 개였던 모습이 떠오르는 탓이다.

소년이 자기 개와 함께 서로만 아는 얼빠진 은어를 만들어 내는 것처럼 우리도 천둥을 '우르릉'이라고 불렀다. 나는 녀석에게 우르릉은 녀석을 해치지 못한다고 말하고는 자리에서 일어나 침대 발치에 앉아서 녀석의 머리를 쓰다듬어 주었다. 녀석이 내 말을 이해하는지 모르겠는데, 어쨌든 내 말을 믿지 않는다는 것만은 분명하다. 그러면서도 녀석은 내가 마음만 먹으면 그 문제를 해결해 줄 수 있을 것처럼 나를 쳐다본다.

착하지, 내가 녀석에게 말한다. 그것이 내가 해 줄 수 있는 최선이다.

그리고 녀석이 결국 그런 착한 개가 되고 마는 것을 보면 늘 살짝 마음이 아프다.

◇ ◇ ◇

이번 가을은 녀석이 여기 온 지 3주년이 되는 때다. 어떤 면에서 녀석은 이곳에서 다시 태어났으므로 우리는 그때를 녀석의 생일로 정할 생각이다. 물론 느낌상으로는 3년보다 훨씬 더 긴 세월이 흐른 듯하지만.

우리는 수의사를 방문하는 횟수로 시간을 계산한다. 수의사에게는 세 달에 한 번 찾아간다. 나는 녀석 같은 개는 검사하고 치료할 일이 아주 많다는 것을 알게 되었다. 한번은 녀석의 동작이 둔해져서 수의사에게 데려갔는데, 알고 보니 녀석은 단지 **권태로워져서** 에그 비스킷을 원했던 것이었다. 그러고서 녀석을 태우고 431번 고속도로를 달리며 알렉산드리아의 낙농장에 있는 암소 몇 마리를 지나치자 녀석은 다시 괜찮아졌다. 몇 주 전 녀석은 산에서 불가사의한 싸움에 휘말려 무언가에게 오른쪽 귀 아랫부분을 찢겼는데, 집고양이의 짓이라고 하기에는 상처가 너무 깊고 오래갔다. 녀석은 항생제를 맞고 핫도그를 먹었다.

샘은 개에게 그런 식으로 상처를 입히는 보브캣을 본 적이 있다고 했다. 그러니 어쩌면 녀석은 저 밖에서 그런 보브캣을 한 마리 더 발견한 것인지도 몰랐다.

"녀석은 그 보브캣을 그냥 가만히 내버려두지 않을 거야." 형이 말했다. "안 그래?"

"물론이지." 내가 말했다. "녀석은 그러지 않을 거야."

녀석의 손상된 기도 때문에 끔찍한 기침이 재발했지만, 어쩌다 한 번씩 그럴 뿐이었고 보통은 금세 멎었다. 나는 치료를 위해 수술에 대해 알아보았는데, 수술은 위험할 뿐만 아니라 늘 성공적이지도 않다고 했다. 수의사는 말하기를 기침이 재발했으니 치료해서 녀석이 계속 살아갈 수 있게 해주는 것이 최선이라고 했다. 만일 기침이 계속 재발하고 진정되지 않는다면, 그래서 녀석의 생명을 위협한다면 나는 무슨 수를 써서라도 녀석을 구할 것이다.

그때까지 나는 수의사가 처음 내게 해 준 말을 계속 믿어 볼 생각이었다.

개들은 모든 것을 다시 시작할 수 있는 놀라운 능력을 지니고 있습니다.

얼마나 많은 개가 제 짧은 삶을 살아가는 동안 바로 이 녀석처럼 모든 것을 다시 시작했을까? 얼마나 많은 개가 미약하게 삶을 지탱하는 동안 바로 이 녀석처럼 주위 사람들에게 감동을 주었을까? 그것이 전혀 마법 같은 일은 아니었다고 내가 거듭 말했다는 사실은 나도 잘 알고 있다. 나는 운명이나 업보의 흔적을 찾아 헤매거나 천사들의 날갯짓 소리에 귀를 기울이며 인생을 살아가는 사람이 아니다.

녀석은 그저 상실과 슬픔과 아픔과 불확실성의 시기에, 『올드 옐러』에서 '어린 알리스'가 말했던 것처럼 우리에게 개가 필요한 시기에 찾아온 사건 같은 존재일 뿐이다.

"모르겠어요, 엄마. 어쩌면 녀석은 그냥 우리가 겪는 불운인지도 모르죠." 얼마 전에 나는 어머니에게 이렇게 말했다. 녀석은 얼굴에 버터밀크와 옥수수빵 가루를 묻히고 있었고, 어머니는 녀석의 얼굴을 닦아 주기 위해 종이 타월을 가지러 갔다. 나는 잘못 생각하고 있는 것이라고, 녀석이 마치 네 살짜리라도 되는 양 얼굴을 닦아 주며 어머니가 말했다. 만일 이 비열한 세상이 계속돼서 우리가 녀석을 아예 만나지도 못했다면 어땠을지 한번 상상해 보렴, 하고 어머니는 말했다.

◇ ◇ ◇

녀석은 끔찍한 짐이다. 적어도 이제는 그렇다고 말할 수 있다. 사실 녀석은 대가로 바라는 것이 그리 많지 않은 듯하다. 녀석은 그저 자기편이 되어 줄 사람들과 간식을 원할 뿐이다. 개는 그런 동물이다. 녀석은 달리며 사냥할 수 있는 드넓고 복잡한 공간을 원하고, 만일 우연히 수탕나귀들을 만나면 그것들이 어떻게 굴든 그들을 통제하기 위해 최선을 다할 것이다. 녀석은 몸을 눕힐 장소, 눈을 감고 있는 동안 산에서 들려오는 소리와 냄새를 느낄 수 있는 야외의 어떤 장소를 원하고, 깊은 곳에 있는 어두운 나무 사이에서 싸울 도깨비를 원한다. 그리고 녀석은 날씨가 나빠졌을 때, 천둥이 산을 뒤흔들고 번개가 내리쳐서 자신이 결국 그저 한 마리의 개였을 뿐임을 알게 될 때 자신을 집 안으로 들여 줄 누군가를 원한다.

에필로그

잠귀 밝은 개

나는 잘 지낸다.

그동안 이 산에서 다른 이들이 겪은 일을 생각하면 나는 성공한 편이다.

내게는 해야 할 일이 있고 돌보아 주어야 할 사람들도 있는데, 그들이 나를 돌보아 주기도 한다. 그리고 너무 오랫동안 혼자 생각에 잠겨 있지 않는 한 나는 이 '우울의 강'이—대체로—이명이 그러하듯 그저 빠르게 흘러가는 소음에 불과하다는 사실을 깨닫게 되었다.

나는 마지막으로 자신에게 한 가지를 약속했다. 어머니와 형제들과 그들이 사랑하는 사람들을 돌보는 일을 돕겠다고 말이다. 그것은 대부분의 사람이 감당하고 사는 일 그 이상도 이하도 아니다. 나는 칭찬을 바라는 것이 아니다.

예전 같았으면 나는 모래 위를 힘겹게 걷거나 커다란 말을 타고 싶어 했을 것이다. 오늘 나는 고양이 먹이 20킬로그램을 사러 갈 것이고, 그것을 즐길 것이다.

우리는 지난주에 형에게 새 트랙터를 사 주었다. 형을 데게 하지 않고 캐딜락처럼 잘 굴러갈 트랙터를. 개는 그것을 보자마자 오줌부터 갈겼지만, 아마 본 사람은 아무도 없었으리라.

나는 가끔 울타리 기둥에 기댄 채 형이 탄 트랙터가 드넓은 목초지를 굴러가는 것을 쳐다본다. 형은 특별히 어딘가로 가고 있는 것 같지 않고, 아마 그럴 필요도 없을 것이다. 어떤 이는 그저 트랙터에 앉아서 풍경을 감상하는 일을 더 좋아하는 것이다. 나는 무엇이 자신을 행복하게 하는지 확실히 안다는 것은 좀 멋진 일이라고 늘 생각해 왔다.

"이따금 그저 무언가가 달리며 내는 소리를 듣는 게 좋을 때가 있어." 형은 말했다. "그거면 된 거지."

나는 울타리 기둥에 기댄 채 형이 철조망 쪽에서 트랙터를 돌려 돌아오는 소리에 귀를 기울이며 오늘 하루도 무사히 지나갔음에 안심한다. 뒤돌아서서 언덕 위로 되올라가며 그토록 오랜 시간이 흘렀음에도 개가 내 다리에 몸을 부딪치며 거의 나와 발맞추어 걷는다는 사실에 놀란다.

"집에 가자." 나는 말한다.

예전만큼은 아니어도 녀석은 깡충깡충 높이 뛴다.

우리는 언덕을 달려 올라가는데, 내가 너무 느리게 달리자 녀석이 내 주위를 서너 번 돈다. 마치 내가 혼자서 오두막까지 찾아가기에는 지각이 모자란 사람이라도 된다는 듯이. **녀석이** 바보라고 생각하고는 했던 것은 바로 나인데 말이다.

또 한 번의 끝이 없을 듯한 여름이 마침내 몸부림치며 막을 내렸다. 노인네들이 지내기에는 가혹한 여름이었다. 고향 사람들은 늘 그렇게 말했다. **노인네들이 지내기에 여름은 정말이지 가혹해**…….

"가을이 되면 좀 나을 거야." 하는 말이 입 밖으로 다 나오기도 전에 목이 막힌다. 나는 그렇게 멍청하고 낙관적인 말을 하는 사람이 아니지만, 어쩌면 개가 나를 조금씩 바꾸어 놓았는지도 모르겠다.

녀석이 내 말을 듣고 있는지 보려고 아래를 내려다보았다. 역시나 나는 그저 허공에다 말하고 있을 뿐이었다. 요즘 들어 녀석이 나무 사이에서 내가 혼자 지껄이게 내버려두고 슬그머니 사라지는 일이 점점 더 잦아지고 있다.

녀석은 연못 근처의 덩굴 속에서 앞발을 긁어 대고 있었는데, 내가 느릿느릿 걸어가서 보니 녀석이 긁어 대는 것은 작은 죽은 뱀이었다. 아마도 미국살모사 같았다. 머리가 없어 확신할 수는 없었지만. 그것들은 나뭇잎의 색이 변할 때까지 여기에 나와 있을 것이다. 올해의 마지막까지 뱀을 찾아내는 것은 스펙의 몫이리라.

나는 또다시 겁에 질려 어쩔 줄 몰라 하며 녀석을 언덕 위로 끌어올린다. 내가 지구상에서 할 마지막 행동은 저 바보 같은 개를 바보 같은 언덕 위로 끌어올리는 일일 게 분명하다. 나는 녀석을 집 안으로 들인 후 밝은 조명 아래서 이리저리 굴리며 물린 자국을 찾는다. 물린 데는 없다.

내가 장난을 치고 있다고 생각하는 녀석은 배를 쓰다듬어 달라고 몸을 뒤집는다.

"그만두지 못해." 어머니가 말한다. 그렇게 많은 시간이 흘렀음에도 어머니는 그것이 꼴불견이라고 생각한다.

녀석은 눈을 크게 뜬 채 나른하게 누워 있다.

"예의를 좀 갖춰야지." 어머니가 말한다.

녀석의 혀가 입 옆으로 축 늘어져 있다.

그러더니 이곳에서의 볼일을 마친 녀석은 상처 난 부엌문을 향해 돌진한다. 녀석은 그곳에 가서 자신이 여전히 신뢰하지 못하는 트랙터를 맞이해야 했다. 그것은 밝은 오렌지색으로, 녀석의 마음에 들기에는 너무 붉은색에 가까웠고, 그래서 녀석은 그것을 마당으로 몰았다가 다시 엔진이 멎으며 우르릉거리는 소리가 멈출 때까지 몬다. 내 생각에 녀석은 그것이 잠들었다고 믿는 것 같다.

가을이 되면 조금 더 편안할 것이다. 빛나는 오렌지색 호박으로 시작되는 연휴들은 늘 나의 기운을 북돋우어 주었다. 물론 올해는 상황이 좀 다를 테지만 말이다. 코로나바이러스가 지속되고 있고, 진짜 희망은 좀처럼 보이지 않는다. 하지만 이곳은 꽤 많은 사람들이 코로나바이러스를 속임수로 여기는 남부이고, 그들은 남부 사람 특유의 호전성으로 그것을 무시해 버리기로 결정한 듯하다. 나와 내 가족은 그만큼 무지하지 않기에 마스크를 쓰고, 어머니는 우리를 기도로 감싼다. 나는 불편한 기분이 들면서도 감사한다. 계속 일상을 이어 가며 신나게 노는 것도 이상한 일이지만, 코로나바이러스가 우리의 남은 계절을 빼앗아 가게 내버려두는 것 또한 잘못된 일일 것이다.

오두막 주변에서는 산들바람을 타고 오는 장작 연기 냄

새를 맡을 수 있다. 사람들은 처음으로 찬비가 내리고 난 하루나 이틀 후면 덤불 더미를 태우고 난로에 첫 불을 피운다. 산비탈의 울긋불긋한 잎이 그러하듯 연휴가 다가오고 있다는 신호다. 때로 바람만 제대로 불어 주면 금요일과 토요일 밤에 시내에서 행진하는 밴드의 소리를 들을 수 있고, 희미하게 빛나는 경기장의 조명도 볼 수가 있다. 흑사병이 이곳을 덮치더라도 노인들이 "시체를 내놓으시오" 하고 외치면서 종을 울리며 거리를 걷더라도 이곳 사람들은 여전히 미식축구를 즐길 것이다. 하지만 이곳 사람들은 이 모든 것에 질린 나머지 그저 상황이 나아지기만을 바라고 있고, 어떤 이들은 어차피 과학을 딱히 믿었던 적도 없는 사람들이다. 이곳에서는 다들 그렇게 자랐다. 그들에게 축복이 있기를.

과학자들은 상황이 나빠질 수도 있다고, 올해 늦가을이나 겨울에는 훨씬 더 나빠질 수도 있다고 경고한다. 시내나 병원 진료실에서 주변 사람들의 얼굴을 쳐다보면 내가 너무나도 잘 아는 표정이 보인다. 나의 표정, 바로 그 지친 우울의 표정이. 다들 그 망할 '우울의 강' 옆을 계속 걸어가며 기다리고 있다. 그들에게 어서 가서 못난 개를 찾으라고 말해 주고 싶지만, 그렇게 외치고 싶지만, 그들이 찾고 있는 해결책은 그런 것이 아니라는 것을 나는 안다. 하지만 못난 개를 해결책으로 삼아도 나쁠 것은 없으리라.

하루하루가 두 배나 길게 느껴지고 온 세상이 느릿느릿 지나갈 때, 밖으로 나가 그 모든 더러운 거리와 황량한 시골길에서 그 모든 끔찍하고 가망 없는 개를 찾아서 녀석들에게 집을 마련해 준다고 해서 나쁠 것은 없으리라. 그러니까 내 말은, 몇백만 마리의 개를 구해서 하루하루를 갈기갈기 찢어 버리게 하면 어떨까?

어머니는 내게 식료품점에서 괜찮은 가격의 냉동 칠면조를 내놓는지 지켜보기 시작하라고 말한다. 칠면조는 스펙을 염두에 두어야 하기 때문에 큰 것이어야 한다. 녀석은 작년 추수감사절에 너무 많이 먹은 나머지 잠시 혼수상태에 빠졌다.

나는 옛 기자 노트에 쓴 크리스마스 리스트의 항목을 HB연필로 하나씩 지워 나간다. 올해는 리스트가 짧아졌다. 대가족의 숫자가 줄었으니까. 그러니 더더욱 낭비해서는 안 된다.

우리 가족은 금으로 된 십자가나 훌륭한 주머니칼, 두꺼운 스웨트 셔츠나 좋은 양말 같은 구식 물건을 좋아한다. 우리는 자신들을 위해 직접 사지는 않을 음식들, 즉 깡통에

든 대추와 무화과와 브라질너트와 피칸과 호두와 캐슈와 조지아 땅콩, 상자에 든 퍼지와 초콜릿을 입힌 체리와 위스키에 흠뻑 절인 화려한 종류의 프루트케이크를 좋아한다. 지금껏 어머니의 입안으로 들어간 술은 그것이 유일하다.

어머니는 내가 들이민 리스트를 확인하고 고개를 끄덕이더니 마지막에 이렇게 말한다.

"개는 어쩌고?"

"엄마가 녀석한테 물병이나 하나 더 던져 주면 되잖아요." 나는 말한다.

어머니는 내가 아이라도 되는 양 연필을 쥐여 주며 나를 방으로 돌려보낸다.

스펙의 리스트,라고 나는 휘갈겨 쓴다.

슬라이스 햄

슬라이스 칠면조

슬라이스 치킨

칵테일 소시지

고무공 일곱 개 (파묻을 것 여섯 개, 씹을 것 한 개)

형광성 줄무늬가 있는 새 목걸이

그리니즈

여러 가지 간식

피넛 버터를 채운 거대한 뼈

개 전용 침대

나는 마지막 항목을 지워 버렸다가 다시 써 넣는다. 녀석이 침대를 먹어 치운 지도 몇 년이 지났다. 어쩌면 녀석은 변했을지도 모른다. 하지만 나는 그 항목을 결국 지워 버린다.

◇ ◇ ◇

나는 여전히 욥이 앓았던 모든 질병으로 고통받고 있다. 어떨 때는 내가 여전히 메뚜기를 제외한 모든 것의 방문을 받았다고 느끼고, 비참한 이 삶에 기쁨 같은 것은 없다고 느낀다. 하지만 그토록 냉혹한 진짜 고통의 한복판에서 나는 입을 닫는다. 내 마음을 진정으로 이해해 주는 유일한 존재는 잡초와 나무 사이에서 난리를 피우고 있다. 매일 밤 우리는 부엌문 바깥의 계단에서 이야기하고, 내가 잠이 안 오면 다시 이야기한다. 때로는 이른 아침까지, 혹은 녀석이 어둠 속에서 도깨비 소리를 듣고는 그것을 쫓아 요란하게 산 위로 올라가 버릴 때까지. 녀석이 나가 있는 동안 나는 집 안으로 들어가지 않고, 이따금 계단에서 졸다가 녀석이 차가운 코를 내 귀나 눈에 갖다 댈 때만 잠을 깬다. 나는 이번에 나타난 것이 곰이 아니라는 것을 확인하기 위해 현관 등의 노란 불빛 너머로 녀석을 바라보고, 그러고는 비틀거리며 계단을 올라가 잠자리로 가면서 적어도 하나의 문설주에 몸을 쿵 부딪친다. 나는 녀석이 소파에서 자고 싶어 할까 봐 문을 연 채로 붙잡고 있었는데, 녀석은 그저 문 옆의 자기 자리로 천천히 걸어가더니 또 다른 잎사귀 부스럭거리는 소리나 소나무 삐걱이는 소리를 기다렸다. 저 못난 개는 잠귀가 밝다. 가끔 내가 그저 손을 들어 올려서 바스락거리는 소리만 내도 녀석은 잠이 깬다.

"잘 자, 친구." 나는 늘 이렇게 말하고 또 덧붙인다. "아침에 만나."

나는 마치 그 모든 것에 대해 어떤 통제력을 지니기라도 한 것처럼 그렇게 말한다. 거의 매일 밤 눈을 감기 전에 나는 나무 사이에서 소란이 벌어지는 소리와 다급히 짖는 소리를 듣는데, 그럴 때면 그저 문밖으로 고개만 쏙 내밀기도 하고 비틀거리며 문밖으로 나가서 어떤 무고한 주머니쥐나 나무에 올라간 고양이를 구하기도 한다. 그리하여 녀석이 나를 보고는 내가 녀석의 근면함을 기록했다는 것을, 내가 그것을 녀석이 생각하는 나의 어떤 장부에 기록했다는 것을 알 수 있게 말이다. 녀석은 그런 것이 있다고 마냥 확신한다.

나 하는 거 봤어?

그리고 녀석은 자신이 두 번 다시는 보이지 않는 존재가 되지 않으리라는 것을 안다.

◇ ◇ ◇

못난 개는 새해에 왼쪽 뒷다리 인대가 파열되면서 큰 소리로 울부짖었다. 어쩌다 그랬는지는 나도 모른다. 녀석은 또다시 어두운 야생의 땅에서 무언가와 싸웠을 수도 있고, 아니면 그저 어떤 쓰러진 나무에서 벗어나려고 격렬히 애쓰다가 다리를 접질렸을 수도 있다. 아니면 그것은 유전적인 문제, 즉 결함으로 가득한 녀석의 또 한 가지 결함일지도 모른다고 수의사는 말했다.

그리하여 그들은 녀석을 또 한번 원래대로 되돌려 놓았다.

"수술은 이렇게 진행되었습니다." 수의사가 수술의 개요를 설명해 주었다. "무릎 인대의 일부를 앞쪽 십자 인대 자리에 이식했고, 이두박근 대퇴골 삽입물을 뒤바꾸고 나일론 봉합선을 박아넣어서 이식한 부위가 아무는 동안 무릎을 지지해 주도록 했습니다. 아무는 동안 녀석의 활동을 반드시 엄격히 제한하셔야 합니다."

나는 개를 쳐다보았다. 녀석도 나를 쳐다보았다.

"이 말은 네가 이제 가망이 없다는 뜻인 것 같아." 내가 녀석에게 말했다.

녀석은 며칠 동안 괜찮아 보였고, 아니면 그저 조금 아파했는지도 모르겠다. 어머니는 녀석을 침대 발치에서 자게 해 주었고, 자신의 유일한 손주이자 나의 조카인 메러디스가 어렸을 때 덮어 주던 집안의 가보인 작은 누비이불을 녀석에게 덮어 주었다.

녀석은 그 이불을 갈기갈기 찢어 버렸다.

그날 밤 녀석은 앞문으로 탈출하더니 껑충껑충 뛰고 절뚝이고 울부짖으며 어둠 속으로 들어갔다. 나는 녀석을 찾아내서 간신히 목줄을 붙잡은 다음 꿈틀대며 쏘아보는 녀석을 끌고 집 안으로 들어갔다.

벌써 몇 주째 녀석은 문을 쳐다보며 탈출할 기회를 엿보고 있다. 때로는 탈출에 성공하고 때로는 실패한다. 하지만 나는 녀석을 붙잡는다. 이제 녀석보다 내가 빠르다. 나는 바람에 날리는 잎사귀다.

"12주가 지나면 다시 정상적인 활동을 할 수 있음." 수의사는 이렇게 썼다.

정상적인 활동.

그래.

우리는 그날을 기다릴 것이다.

이 책을 쓰는 동안

그 어떤 고양이도 다치지 않았습니다.

감사의 말

이분들이 안 계셨다면 이 책은 세상에 나올 수 없었을 것이다. 스펙이 세상에 없었을 것이기 때문이다.

팸,

메리,

앤지,

대니엘,

클랜턴 선생님과

라이언 선생님.

내 망나니 개를 살아 있게 해 준 이분들께 감사드린다.

옮긴이의 말

이 세상에서 가장 특별한 개에 대한 이야기

"개가 완벽하기를 바랄 사람이 누가 있겠나?"라는 윌리 모리스의 문장을 인용하며 시작되는 것에서 짐작할 수 있다시피 『얼룩덜룩해도 아름다워』는 완벽한 개에 대한 이야기가 아니다. 아니 완벽과는 거리가 멀어도 한참 먼, 어쩌면 완벽한 구석이라고는 하나도 없는 개에 대한 이야기라고 하는 것이 맞을지도 모르겠다. 우리의 주인공 '스펙'은 '미국애견협회'에 등록된 고상하고 말 잘 듣는 개가 아니라 눈이 반쯤 먼 채 길 위를 헤매던 떠돌이 개니까.

그리고 여기 완벽과는 거리가 먼 또 한 사람이 있다. 〈뉴욕타임스〉 기자 시절 퓰리처상까지 받았으나 이제는 "나이가 들면서 멍청함이 나의 자연스러운 상태가" 되었으며 여기저기 안 아픈 데가 없는, 항암 치료로 "자신감과 오만함과 배짱을" 잃고 심부전과 신부전에 재발성 폐렴까지 앓고 있는 사람. 아버지가 알코올중독자여서 어릴 때 어머니의 보살핌만으로 자라야 했던 상처를 가슴속 깊이 껴안은 채 살아온 사람. 바로 『얼룩덜룩해도 아름다워』의 저자인 릭 브래그다. "솔직히 나는 내 삶을 이미 끝난 이야기로, 남은 것은 하워드 존슨 레스토랑에서의 칵테일 시간처럼 그저 따분한 기다림일 뿐으로 여기고 있었다"라고 말하던 그는, 그러나 끝난 줄로만 알았던 이야기의 끝자락에서 어느 날 "썩은 고기 냄새를 희미하게" 풍기는 개 한 마리를 만나게 된다. 이 책은 아무래도 서로 닮은 듯한, 몸의 이곳저곳이 허물어졌거나 허물어져 가고 있는 이 둘이 우연히 만나 일어나는 마법과도 같은 일들에 대한 섬세하고도 가슴 아린 기록이다.

『얼룩덜룩해도 아름다워』의 가장 큰 미덕이자 감동적 요소 중 하나는 이 책의 장르가 '회상록Memoir'인 만큼 당연하게도 이야기 자체에 있다. 주인공 스펙은 이야기, 즉 '사연'을 가지고 있는 개다. 이 세상을 하루하루 힘겹게 살아가는 것들 가운데 사연 없는 존재가 어디 있겠느냐마는, 짝짝이 눈 때문에 해적처럼 보이는 이 얼룩덜룩한 개보다 더 깊은 사연을 지닌 존재가 그리 많을 성싶지는 않다. 그것은 때로는 우리를 그 무게로 숙연하게 하고 분노로 주먹을 쥐게 할 만큼 심각한 종류의 것이다. 패스트푸드 포장지에 남은 음식이나 소스를 차지하기 위해 도로 한복판에서 다른 개 떼와 목숨을 걸고 싸우다 운이 나쁘면 돌진해 오는 트럭에 로드킬을 당하기도 하는 삶. 갑자기 증발하듯 사라져 버려도 이 세상 그 누구도 그 사실을 알아차리지 못할 삶. 바로 그런 거친 삶을 살아온 사연이 스펙을 이 세상 그 어느 개보다 더 특별한 개로 만들어 준다. 그리고 바로 이 경험의 특별한 깊이와 강도 덕분에 사연이 있는 사람과 사연이 있는 개의 만남이라는 다소 뻔한 주제는 전혀 뻔하지 않은 것으로 거듭나며 우리의 마음에 진솔히 다가온다. 보기 괴로워도 도저히 물리칠 수 없는 사랑스러운 개처럼 꼬리를 흔들면서. 누구나 동의하겠지만, 순탄한 삶을 살아온 둘의 만남 같은 이야기는 그 누구의 마음도 사로잡지 못한다. 결국 우리의 마음을 건드리는 것은 고통과, 그것에 굴하지 않고 벗어나려는 필사적 노력의 이야기니까.

브래그는 말한다. "우리 가족은 좋은 이야기가 무슨 문제든 해결해 줄 것이라고 생각한다"라고. 그리고 『얼룩덜룩해도 아름다워』는 좋은 이야기가 분명한데, 브래그가 삶의 어두운 부분을 절대 외면하지 않는 동시에 삶의 기쁨과

활기 넘치는 생명력 또한 간과하지 않기 때문이다. 그것도 이런 이야기에 흔히 도입하기 마련인 감상적인 제스처 하나 없이. 우리는 스펙의 심각한 사연에 마음이 무거워져 인상을 쓰다가도 "이제는 녀석의 머릿속에 '안 돼'라는 말이 '자, 어서 네가 하고 싶은 대로 하렴'이라는 뜻으로 입력된 것이 아닌가 싶은 생각이 들기 시작한다" 같은 대목에서는 절로 웃음을 터뜨리고 만다. 이런 이야기가 '무슨 문제든 해결해 줄 것이라고' 믿는 것은 너무 순진한 태도이겠지만, 그래도 이런 이야기를 읽는 동안 우리는 어떤 문제든 어떤 식으로든 해결되게 마련이라는 소박하고 견고한 믿음을 얻을 수는 있다. 그리고 그런 믿음의 힘은 늘 생각보다 훨씬 더 큰 법이다.

『얼룩덜룩해도 아름다워』는 가족과 집의 가치에 대한 이야기이기도 하다. 브래그가 개를 둘러싸고 엄마와 형인 샘—책 출간 후 암 투병을 하다 세상을 떠났다—과 티격태격하다가 서로를 조금이나마 더 이해하게 되는 순간들은 이 책에서 가장 빛나는 부분들 중 하나인데, 그것은 모두 앨라배마주 잭슨빌에 있는 집을 배경으로 펼쳐진다. 브래그는 "나는 어디로 갈지 모를 때면 늘 집으로 왔다. 집에서는 나를 받아 주어야만 했다"라고 말하며 집을 거의 절대적인 공간으로 만드는 한편, "하지만 한번 버려진 적이 있는 개보다 자기 집을 더 잘 아는 개는 없으리라"라고 말하며 집을 그 무엇보다 더 소중한 공간으로 만든다. 『얼룩덜룩해도 아름다워』가 미국에서도 문화적으로 다소 특이한 위치를 차지하는 남부를 배경으로 하고 있음에도 지극히 보편적인 울림을 지니는 까닭은 바로 이 때문이다.

브래그가 말하듯 "누구든 때로 인생에서 개가 최고의 동반자가 되는 시기를 맞이하게 되는 법이다." 물론 그런 역할을 우리의 반려자가 해 줄 수도 있을 것이다. 하지만 반려견이든 아니든 우리는 모두 어렴풋이 알고 있다. 때로 개는 어쩔 수 없이 조건에 얽매일 수밖에 없는 우리 인간은 주지 못하는 거의 무조건적인 사랑과 위안을 주는 존재가 될 수 있음을. 그리고 사랑은 다시 사랑을 부르는 법이다. 『얼룩덜룩해도 아름다워』는 그런 당연한 사실을 담담하고도 절절하게 우리에게 다시 한번 알려 준다. 조용하고 깊은 한밤중에 어디에서인가 짖는 개의 목소리처럼 깊고 우렁차고 맑은 목소리로.

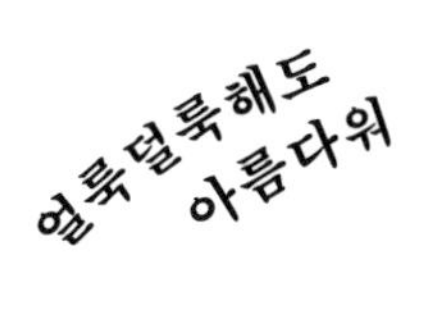

1판 1쇄 찍음 2024년 8월 20일
1판 1쇄 발행 2024년 8월 30일

지은이 릭 브래그
옮긴이 황유원

편집 임정우, 김혜영
디자인 디스커버

펴낸곳 아카넷
출판등록 2000년 1월 24일(제406-2000-000012호)
주소 (10881) 경기도 파주시 회동길 445-3
전화 031-955-9509(편집), 031-955-9514(주문)
팩스 031-955-9519
www.acanet.co.kr

ISBN 978-89-5733-938-1(03840)